語意錯誤

寫真劇本書

J-sun —— 著

莊曼淳 — 譯

春光出版

극　본：제이선
연　출：김수정

백서향 귀 하

ⒸRIDI Beyond　원작 저수리

시맨틱 에러
/ SEMANTIC ERROR

제 1~8 화

기획 WATCHA

제작 레몽레인 (주)RaymongRonin AXIS

극 본 : 제이선
연 출 : 김수정

_____ 귀 하

WATCHA Original
《시맨틱 에러》

ⓒRIDI Beyond 원작 저수리

시맨틱 에러
/ SEMANTIC ERROR

제 1~8 화

기획 WATCHA

제작 래몽래인 AXIS

S＃：場景（Scene）之意。在同一場所、同一時間內，融合各種角度（Shot）和行動、臺詞，構成一個場景。

INS：插入（Insert），即插入畫面之意。使觀眾集中注意在某個人、事、物，或為了說明，常以擴大局部的特寫鏡頭構成的畫面。

（E）：效果音（Effect），主要用於畫面外傳來之音效的時候。

（OL）：重疊畫面（Overlap）。眼前畫面模糊消失的同時，下一個畫面慢慢出現，使兩個畫面交疊的技術；聲音或畫面互相銜接。

淡出（Fade Out）：畫面慢慢變暗的技術。

溶景（Disslove）：一個畫面與下一個畫面互相重疊，同時轉換場景。

Contents

編劇的話

通常，對於某件事的單純喜愛和滿溢的心意，
會讓我們的人生變得很愉快。
《語意錯誤》原著小說對我來說，就是那樣的存在。
在電視劇《語意錯誤》問世後的此時此刻，
這部電視劇對某個人來說，成為了那種存在的事實，
讓我感到滿心的喜悅。

因為彼此太過不同而互相討厭，卻又強烈地互相吸引的張宰英和秋尚宇，
一步一步經歷邁向愛情的八個階段，
最終迎來幸福的結局。
雖然如今已是該祝他們幸福、並向他們道別的時候了，
不過我聽說還是有些觀眾仍帶著依戀的腳步，徘徊在韓國大學周遭。
我也不知道如何對每個瞬間不要那麼執著的好方法，
我自己緊緊抱著已經結束的作品不願放手的夜晚亦不可勝數，
所以能充分理解大家感受到的那份不捨與空虛。

因此，帶著這份感恩的心，為了多少報答各位的愛護，
我決定拋下害羞的心情，推出這本寫真劇本書。
雖然是在漫長的十一個月裡經歷整併、修改、潤飾的劇本，
依舊覺得有些許不足，每次我閱讀的時候，還是有滿滿的可惜之處。

儘管如此，我之所以鼓起勇氣，
是希望可以讓所有觀眾看到原本只是一張張圖文的這些想法，
如何在導演卓越的指導、演員們細緻的演出，
以及眾多工作人員的專業技術之下變得立體鮮明了起來，
並能體會到這份辛勞所呈現的成果。
因此，我衷心期盼各位能夠從多元的角度來享受這本書。

最後，我要感謝這部作品的原創作者J. Soori老師。
能夠獲得這樣充滿了優秀元素的原著做為基礎來創作劇本，
讓身為電視劇編劇的我感覺很幸運，也很榮幸。

希望透過這本書，可以讓諸位對《語意錯誤》的欣賞
更加深入、豐富……
再次感謝對於喜愛的事物熱情地大喊「我喜歡」的各位，
以後也要持續去做自己喜歡的事哦，我們一起努力吧！

2022 年春
J-sun
敬上

ONE

[SEMANTIC
ERROR]

S#1. 開場連續鏡頭

1a. 漢江／白天（交錯）

宰英（二十六歲，男）踩著滑板輕鬆穿越寧靜的漢江公園。

他優秀的身材和華麗的衣著（閃閃發光的耳釘）、

控制滑板的流暢動作再再吸引著路人們的目光。

表情開朗的宰英，將身體與滑板合而為一，順暢地滑下坡道。

導演
指示

攝影機跟著，
曲線移動。

DJ旁白　緣分的開始是偶然，還是選擇呢？

1b. 校園／白天（交錯）

校內廣播在校園上空響起的同時，

面無表情走在學期末寂靜校園中的尚宇（二十三歲，男）。

一身黯沉的全黑裝扮，加上壓到低得不能再低的鴨舌帽，

連步伐都散發著冷漠的氣息。

隨後，他走進貼著「韓國大學資訊工程系獲獎作品展」告示的展覽室。

DJ旁白　在反覆的偶然與選擇中，

今天不也在創造屬於我們的緣分嗎？

1c. 展覽室／白天

在昏暗的展覽室裡播放的動畫作品，

擁有獨特色彩與質感的角色們以感性的動作上演著故事情節。

作品下方掛著「班錫國際動畫節學生畢業作品部門評審委員特別獎

獲獎作品」標示。

尚宇站在作品前認真觀看，

S#1. 開場連續鏡頭

1a. 漢江／白天（交錯）

宰英（二十六歲，男）踩著滑板輕鬆穿越寧靜的漢江公園。

他優秀的身材和華麗的衣著（閃閃發光的耳釘）、

控制滑板的流暢動作再再吸引著路人們的目光。

表情開朗的宰英，將身體與滑板合而為一，順暢地滑下坡道。

DJ旁白　緣分的開始是偶然，還是選擇呢？

導演
指示

攝影機固定，
直線移動，
僵硬的感覺。

1b. 校園／白天（交錯）

校內廣播在校園上空響起的同時，

面無表情走在學期末寂靜校園中的**尚宇（二十三歲，男）**。

一身黯沉的全黑裝扮，加上壓到低得不能再低的鴨舌帽，

連步伐都散發著冷漠的氣息。

隨後，他走進貼著「韓國大學資訊工程系獲獎作品展」告示的展覽室。

DJ旁白　在反覆的偶然與選擇中，

今天不也在創造屬於我們的緣分嗎？

1c. 展覽室／白天

在昏暗的展覽室裡播放的動畫作品，

擁有獨特色彩與質感的角色們以感性的動作上演著故事情節。

作品下方掛著「班錫國際動畫節學生畢業作品部門評審委員特別獎

獲獎作品」標示。

尚宇站在作品前認真觀看，

表情看似漫不經心，但是雙眼卻忙著仔細欣賞作品。

宰英　（E）這個作品很棒吧？天才啊，天才～～ *哇，聽說是天才？*

哇，真的是

突然打斷思緒、妨礙自己欣賞作品的嗓音響起，讓尚宇不悅地往身旁一看。
穿著一身花俏的衣服，吊兒郎當站在一旁的宰英，看著尚宇咧嘴一笑。
尚宇的眉心微微一皺。

DJ旁白　當然，沒有人知道那個緣分究竟是善緣，還是孽緣。

冷淡收回視線的尚宇，拿起手機拍了張照片後，咻一下就離開了。 *擺出姿勢，讓尚宇拍照。*

宰英　搞什麼？他是在無視我嗎？

宰英不可置信地笑了出來，視線緊緊追著離去的尚宇……

DJ旁白　在一個學期即將結束和開始的現在，各位遇到了什麼樣的緣分？

學弟妹們一擁而上，擋住宰英的視線。
「哇～～宰英哥！」「得獎也太帥了吧？」眾人包圍住宰英，讓展場瞬間熱鬧了起來。
宰英笑了一笑，又莫名覺得在意，再看了一眼尚宇的背影。

DJ旁白　又打算創造什麼樣的緣分呢？

隨後，被框在同一畫面的兩人。
畫面彷彿發生故障，發出「滋滋滋」的聲響，同時顯示「錯誤」標示！

表情看似漫不經心，但是雙眼卻忙著仔細欣賞作品。

宰英　　（E）這個作品很棒吧？天才啊，天才～～

突然打斷思緒、妨礙自己欣賞作品的嗓音響起，讓尚宇不悅地往身旁一看。
穿著一身花俏的衣服，吊兒郎當站在一旁的宰英，看著尚宇咧嘴一笑。
尚宇的眉心微微一皺。

DJ旁白　　當然，沒有人知道那個緣分究竟是善緣，還是孽緣。

冷淡收回視線的尚宇，拿起手機拍了張照片後，咻一下就離開了。

宰英　　搞什麼？他是在無視我嗎？

宰英不可置信地笑了出來，視線緊緊追著離去的尚宇……

DJ旁白　　在一個學期即將結束和開始的現在，各位遇到了什麼樣的緣分？

學弟妹們一擁而上，擋住宰英的視線。
「哇～～宰英哥！」「得獎也太帥了吧？」眾人包圍住宰英，讓展場瞬間熱鬧了起來。
宰英笑了一笑，又莫名覺得在意，再看了一眼尚宇的背影。

DJ旁白　　又打算創造什麼樣的緣分呢？

隨後，被框在同一畫面的兩人。
畫面彷彿發生故障，發出「滋滋滋」的聲響，同時顯示「錯誤」標示！

Title in ／語意錯誤

S#2. 美術學院，工作室前的走廊／白天

亨卓（二十二歲，男）急急忙忙在通往工作室的走廊上奔跑著。

S#3. 美術學院，工作室／白天

亨卓粗魯地打開工作室的門。

宰英的臉被塗上了奶油，正擺著搞怪的姿勢。

在他身邊，化身成人體花圈的學弟妹嘻嘻哈哈地笑鬧著，不停按下快門。

花圈上的句子：「（祝）臉蛋天才張宰英畢業！」

「（賀）KilArts的傢伙，繃緊神經吧！」

牆上貼著「KilArts，HELLO」「張宰英，預約花路」等標語。

亨卓　（走向宰英一群人）哥，你為什麼不接我電話！！

宰英　（悠哉地指著亨卓）嘿，高亨卓！你也一起來拍張照吧！

亨卓　（走近）唉……現在不是悠哉拍照的時候？！

把手機貼近宰英眼前的亨卓。

「怎麼了？」**宥娜**（二十六歲，女）因為好奇而和宰英一起看著手機。

INS＞韓國大學時時刻刻論壇最佳文章：〔品格報告爆炸性發言現場直擊心得.jpg〕

組長：秋尚宇

報告：秋尚宇

PART 1 資料調查：秋尚宇

PART 2 資料調查：秋尚宇

資料整理：秋尚宇

報告資料製作：秋尚宇

參與組員名單：秋尚宇

導演指示

這裡不會出現暖暖（Bono Bono[註]）的畫面。

譯註：日本漫畫《暖暖日記》中的主角。

Title in ／語意錯誤

S#2. 美術學院，工作室前的走廊／白天

亨卓（二十二歲，男）急急忙忙在通往工作室的走廊上奔跑著。

S#3. 美術學院，工作室／白天

亨卓粗魯地打開工作室的門。

宰英的臉被塗上了奶油，正擺著搞怪的姿勢。

在他身邊，化身成人體花圈的學弟妹嘻嘻哈哈地笑鬧著，不停按下快門。

花圈上的句子：「（祝）臉蛋天才張宰英畢業！」

「（賀）KilArts的傢伙，繃緊神經吧！」

牆上貼著「KilArts，HELLO」「張宰英，預約花路」等標語。

亨卓　　（走向宰英一群人）哥，你為什麼不接我電話！！

宰英　　（悠哉地指著亨卓）嘿，高亨卓！你也一起來拍張照吧！

亨卓　　（走近）唉……現在不是悠哉拍照的時候？！

把手機貼近宰英眼前的亨卓。

「怎麼了？」**宥娜**（二十六歲，女）因為好奇而和宰英一起看著手機。

INS＞韓國大學時時刻刻論壇最佳文章：〔品格報告爆炸性發言現場直擊心得.jpg〕

組長：秋尚宇

報告：秋尚宇

PART 1 資料調查：秋尚宇

PART 2 資料調查：秋尚宇

資料整理：秋尚宇

報告資料製作：秋尚宇

參與組員名單：秋尚宇

導演指示 宰英，覺得沒什麼大不了！

宰英　（不明所以而笑）這是什麼？說我的設計很爛？？

怎樣

亨卓　（鬱悶地）不是！你看仔細一點。這篇文章是在說你。

在說我?!

宰英　！！（後知後覺並重新看了標題──『品格報告』）品格？必修通識「品格」？

亨卓　（點頭）文章裡說，搭便車的人成績都只有「F」。

　　　哥，這樣你不就沒辦法畢業了？

宰英　瘋了……給我看看。

宰英吐了口氣，不斷往下滑動手機螢幕，仔細閱讀著文章。

匿名旁白　現在為各位公開品格報告爆炸性發言的現場直擊心得。

S#4. 通識大樓，研討教室／白天（回憶剪接）

以暖暖人物為背景的畫面，斗大地顯示在教室中央的螢幕上。
尚宇緩緩走到螢幕前，向在座學生打招呼。（穿格子襯衫戴黑色棒球帽）

尚宇　以上是秋尚宇報告。（鞠躬）

比起掌聲，「哇塞」、「太扯了」，學生們因為驚訝而議論紛紛的聲音更加響亮。
尚宇毫不理會這些騷動，自顧自地整理著筆記型電腦。

匿名旁白　首先，第一次的震撼是親眼看到傳說中該死的暖暖背景，
　　　　　第二次的震撼則是把搭便車的組員姓名全都刪掉，然後……

下課後，站在講臺上和教授談話的尚宇。
教授翻閱著出席表，帶著嚴肅的表情詢問他。

匿名旁白　教授問：組員們是不是真的都沒有參與……

宰英	（不明所以而笑）這是什麼？說我的設計很爛？？
亨卓	（鬱悶地）不是！你看仔細一點。這篇文章是在說你。
宰英	！！（後知後覺並重新看了標題——『品格報告』）品格？必修通識「品格」？
亨卓	（點頭）文章裡說，搭便車的人成績都只有「F」。
	哥，這樣你不就沒辦法畢業了？
宰英	瘋了……給我看看。

宰英吐了口氣，不斷往下滑動手機螢幕，仔細閱讀著文章。

匿名旁白 　現在為各位公開品格報告爆炸性發言的現場直擊心得。

S#4. 通識大樓，研討教室／白天（回憶剪接）

以暖暖人物為背景的畫面，斗大地顯示在教室中央的螢幕上。
尚宇緩緩走到螢幕前，向在座學生打招呼。（穿格子襯衫戴黑色棒球帽）

尚宇　　以上是秋尚宇報告。（鞠躬）

*報告的樣子
一直說話不停頓
即興發揮

比起掌聲，「哇塞」、「太扯了」，學生們因為驚訝而議論紛紛的聲音更加響亮。
尚宇毫不理會這些騷動，自顧自地整理著筆記型電腦。

匿名旁白 　首先，第一次的震撼是親眼看到傳說中該死的暖暖背景，
　　　　　　第二次的震撼則是把搭便車的組員姓名全都刪掉，然後……

下課後，站在講臺上和教授談話的尚宇。
教授翻閱著出席表，帶著嚴肅的表情詢問他。

匿名旁白 　教授問：組員們是不是真的都沒有參與……

尚宇　　一個說自己得了思鄉病，一個說自己的姨婆過世……

匿名旁白　大家的良心應該都被狗啃了吧？接下來，報告人的發言更是大快人心。

尚宇　　另一個因為是準畢業生就不參加報告討論，還找人幫忙點名，
　　　　這樣對其他乖乖聽課的學生不公平吧？

就算站在教授面前也毫無顧忌，把自己想說的話全說出來的尚宇，露出堅決的樣貌。

匿名旁白　哇～～真是正義完美的化身，對吧？

S#5. 美術學院，工作室／白天（接續）

溶景至宰英僵硬的臉。

> 導演
> 指示
>
> 宰英，悵然若
> 失！
> 無力癱坐？

匿名旁白　總之，他們那一組的組員應該全部完蛋了。

就在這個瞬間，宰英身後的「KilArts」和「O」的標語「啪」一聲掉在地上，
只剩下「HELL」。
宰英的眼中流露出不安，出神地坐在原處……

S#6. 工學院，教室前的走廊／白天

宰英拉緊連帽T恤的帽帶，遮住自己的臉，並用奇怪的姿勢徘徊在教室前。
窗戶的另一邊，可以看到寫著「演算法期末考」的黑板字和正在考試的學生們。
宰英一邊等待，一邊和宥娜通話。

宰英　　（對著耳機）對，我到了。
　　　　（聽完話）還能怎麼辦？當然是好好安撫他，然後帶他去見教授解釋。

宰英一邊通話，一邊確認傳給「組長」的簡訊內容。

尚宇　　一個說自己得了思鄉病，一個說自己的姨婆過世……

匿名旁白　大家的良心應該都被狗啃了吧？接下來，報告人的發言更是大快人心。

尚宇　　另一個因為是準畢業生就不參加報告討論，還找人幫忙點名，
　　　　這樣對其他乖乖聽課的學生不公平吧？

就算站在教授面前也毫無顧忌，把自己想說的話全說出來的尚宇，露出堅決的樣貌。

匿名旁白　哇～～真是正義完美的化身，對吧？ *尚宇說

> 導演指示
>
> 尚宇，凝視著鏡頭說：
> 對吧？

S#5.　美術學院，工作室／白天（接續）

溶景至宰英僵硬的臉。

匿名旁白　總之，他們那一組的組員應該全部完蛋了。

就在這個瞬間，宰英身後的「KilArts」和「O」的標語「啪」一聲掉在地上，只
剩下「HELL」。
宰英的眼中流露出不安，出神地坐在原處……

S#6.　工學院，教室前的走廊／白天

宰英拉緊連帽T恤的帽帶，遮住自己的臉，並用奇怪的姿勢徘徊在教室前。
窗戶的另一邊，可以看到寫著「演算法期末考」的黑板字和正在考試的學生們。
宰英一邊等待，一邊和宥娜通話。

宰英　　（對著耳機）對，我到了。
　　　　（聽完話）還能怎麼辦？當然是好好安撫他，然後帶他去見教授解釋。

宰英一邊通話，一邊確認傳給「組長」的簡訊內容。

〔那個……學弟？〕

〔學弟，對不起。請跟我聯絡吧！T^T〕

〔這是攸關我能不能畢業的問題T^T你方便講電話嗎？〕

〔因為忙作品集而沒辦法參與報告討論，我很抱歉。咱們見面聊聊吧！〕

（未讀標示『1』）

真是的……

宰英　（看著未讀標示喃喃自語）該死，還真會吊人胃口……

此時，穿著格子襯衫，頭戴棒球帽的工科生1號從教室一走出來，

宰英說了一句「喂，先掛了」便掛斷電話，連忙擋在工科生1號的面前。

*好像嚇到一樣

宰英　　　（立刻出聲）尚宇，跟我談談吧！

工科生1號　（一臉慌張）什麼？

宰英　　　你不是秋尚宇嗎？

> 導演
> 指示
>
> 工科生的
> 服裝守則：
> 格子襯衫。

大概是考試結束了，緊接著魚貫走出教室的學生們。

其中，**東健**（二十三歲，男）和朋友們認出了宰英，便上前調侃他。

東健　啊！這個學長又來了耶～～

　　　　學長，那個人第一個交卷，早就離開教室了！

什麼？　**宰英**　這麼快？我二十分鐘前就來了耶？？

S#7.　學生餐廳／白天

走進餐廳的尚宇，因為考完試而露出放鬆的表情。

正當他拿出手機，想要從以小時為單位緊湊安排的待辦事項中，

勾選「遊戲地圖設計會議 —— 韓秀英學姊2：00」時，電話響了。

來電的人是「搭便車3號」。

〔那個……學弟？〕

〔學弟，對不起。請跟我聯絡吧！T^T〕

〔這是攸關我能不能畢業的問題T^T你方便講電話嗎？〕

〔因為忙作品集而沒辦法參與報告討論，我很抱歉。咱們見面聊聊吧！〕

（未讀標示『1』）

宰英　　（看著未讀標示喃喃自語）該死，還真會吊人胃口……

此時，穿著格子襯衫，頭戴棒球帽的工科生1號從教室一走出來，
宰英說了一句「喂，先掛了」便掛斷電話，連忙擋在工科生1號的面前。

宰英　　　（立刻出聲）尚宇，跟我談談吧！

工科生1號（一臉慌張）什麼？

宰英　　　你不是秋尚宇嗎？

大概是考試結束了，緊接著魚貫走出教室的學生們。
其中，**東健**（二十三歲，男）和朋友們認出宰英，便上前調侃他。

東健　　　啊！這個學長又來了耶～～

　　　　　學長，那個人第一個交卷，早就離開教室了！

宰英　　　這麼快？我二十分鐘前就來了耶？？

S#7. 學生餐廳／白天

走進餐廳的尚宇，因為考完試而露出放鬆的表情。
正當他拿出手機，想要從以小時為單位緊湊安排的待辦事項中，
勾選「遊戲地圖設計會議 ── 韓秀英學姊2：00」時，電話響了。
來電的人是「搭便車3號」。

尚宇　　（喃喃自語）還真是不死心⋯⋯

尚宇沒有接電話，直接把手機關機。

聽到有人叫了一聲「學弟！」尚宇抬頭一看。

秀英（二十七歲，女）佔好了位子，正坐在書桌前。尚宇走了過去。

尚宇　　（坐在秀英對面）妳來得真早。

　　　　我們應該要開始設計地圖了吧？（看著秀英）

秀英　　啊，那個⋯⋯

一臉猶豫且欲言又止的秀英雙手合十，擺出道歉的姿態。

秀英　　學弟，對不起⋯⋯

　　　　我突然找到工作，所以不能跟你一起設計遊戲了⋯⋯真的很抱歉！

尚宇　　（突然覺得青天霹靂）

秀英　　我也沒想到事情會變成這樣，但是公司要我明天馬上去參加研習⋯⋯

尚宇　　⋯⋯真的有點突然。遊戲的構想都完成了。

秀英　　（立刻接話）不過我會幫忙介紹幾個實力很好的人給你！！

　　　　你就跟他們一起設計⋯⋯對了！你不是去看過展覽嗎？有喜歡的作品嗎？

INS＞突然想起在#1c展覽室看到的宰英的動畫作品，尚宇從手機相簿中找出照片，接著把手機推到秀英面前。

尚宇　　這個人⋯⋯他有時間嗎？

秀英　　（看著照片）咦？張宰英？

　　　　（可惜地）啊⋯⋯他馬上要去美國留學了，可能有點困難⋯⋯

尚宇　　（雖然可惜，卻很快接受）沒辦法了。

尚宇　　（喃喃自語）還真是不死心……

尚宇沒有接電話，直接把手機關機。

聽到有人叫了一聲「學弟！」尚宇抬頭一看。

秀英（二十七歲，女）佔好了位子，正坐在書桌前。尚宇走了過去。

尚宇　　（坐在秀英對面）妳來得真早。

　　　　我們應該要開始設計地圖了吧？（看著秀英）

秀英　　啊，那個……　　　對

一臉猶豫且欲言又止的秀英雙手合十，擺出道歉的姿態。

秀英　　學弟，對不起……

　　　　我突然找到工作，所以不能跟你一起設計遊戲了……真的很抱歉！

尚宇　　（突然覺得青天霹靂）

秀英　　我也沒想到事情會變成這樣，但是公司要我明天馬上去參加研習……

啊……　尚宇　真的有點突然。遊戲的構想都完成了。

秀英　　（立刻接話）不過我會幫忙介紹幾個實力很好的人給你！！

　　　　你就跟他們一起設計……對了！你不是去看過展覽嗎？有喜歡的作品嗎？

INS ＞突然想起在#1c展覽室看到的宰英的動畫作品，尚宇從手機相簿中找出照片，接著把手機推到秀英面前。

那麼，　尚宇　這個人……他有時間嗎？

秀英　　（看著照片）咦？張宰英？

　　　　（可惜地）啊……他馬上要去美國留學了，可能有點困難……

尚宇　　（雖然可惜，卻很快接受）沒辦法了。

　　　　　　那就

尚宇　　（闔上筆電）這段時間辛苦妳了。

秀英　　嗯，學弟也是……（話說到一半）等一下，就這樣結束了？

尚宇　　（停下動作，歪著頭）還有什麼要說的嗎？

秀英　　不是啦……是我對你不好意思……今天我請你吃飯！

尚宇　　（馬上）沒關係，不用了。

看著毫不留戀揹上書包，然後向自己點了點頭的尚宇，
覺得有點難為情的秀英輕輕搖了搖頭，發出嘆息般的自言自語。

秀英　　不愧是我們秋尚宇學弟，真是爽快到令人脊椎發涼……

> **導演指示**
>
> 要讓健熙、東健朗誦出
> 秋尚宇的來歷嗎？
> 宰英，他是什麼傳說中的
> 動物嗎？

S#8. 工學院，教室前的走廊／白天

將「尋找秋尚宇」的傳單貼在額頭上，
盤腿坐在工學院公布欄前的宰英，
和不知不覺熟識的工科生並肩坐在一起，一邊吃著麵包一邊聊著。

健熙　　你不覺得上次和秋尚宇說話，簡直就像上輩子的事了嗎？
　　　　我連他的聲音都不記得了。

東健　　（向宰英說）學長，你還是放棄吧！
　　　　就算纏著他，也不會有結果。

喂，

宰英　　（一笑）你這麼說，讓我更想緊緊纏著他？　　了

東健　　（傻眼）學長還真是個忠誠的瘋子呢！　　＊手指槍

健熙　　沒錯。

沒營養的工學院學生的對話，讓宰英左耳進右耳出，
茫然地用手往後梳了梳瀏海。

現在

宰英　　唉，他是想跟我玩捉迷藏嗎？
　　　　這樣反而讓我慢慢燃起勝負欲了……

　　　　＊吹一口氣，讓瀏海飛起

尚宇　（闔上筆電）這段時間辛苦妳了。

秀英　嗯，學弟也是……（話說到一半）等一下，就這樣結束了？

呃，

尚宇　（停下動作，歪著頭）還有什麼要說的嗎？

秀英　不是啦……是我對你不好意思……今天我請你吃飯！

尚宇　（馬上）沒關係，不用了。

看著毫不留戀揹上書包，然後向自己點了點頭的尚宇，
覺得有點難為情的秀英輕輕搖了搖頭，發出嘆息般的自言自語

> 導演
> 指示
>
> 不是因為心情不好
> 而離開，是因為
> 事情都結束了而離開，
> 繼續對話沒有效率。

秀英　不愧是我們秋尚宇學弟，真是爽快到令人脊椎發涼……

S#8.　工學院，教室前的走廊／白天

將「尋找秋尚宇」的傳單貼在額頭上，
盤腿坐在工學院公布欄前的宰英，
和不知不覺熟識的工科生並肩坐在一起，一邊吃著麵包一邊聊著。

健熙　你不覺得上次和秋尚宇說話，簡直就像上輩子的事了嗎？
　　　我連他的聲音都不記得了。

東健　（向宰英說）學長，你還是放棄吧！
　　　就算纏著他，也不會有結果。

宰英　（一笑）你這麼說，讓我更想緊緊纏著他耶？

東健　（傻眼）學長還真是個忠誠的瘋子呢！

健熙　沒錯。

沒營養的工學院學生的對話，讓宰英左耳進右耳出，
茫然地用手往後梳了梳瀏海。

宰英　唉，他是想跟我玩捉迷藏嗎？
　　　這樣反而讓我慢慢燃起勝負欲了……

宰英的雙眸因為勝負欲而炯炯有神，
兩眼中浮現如同遊戲警報的標語「DANGER! DANGER!」

S#9. 圖書館，書架／白天

冷清書架前的靠窗座位，正用絢爛的控制技巧分析執行中遊戲的尚宇。
跑得很順利的角色一撞到障礙物，畫面便顯示「DANGER!」標語並響起警報。
尚宇一邊操作著遊戲，一邊仔細寫下「遊戲介面粗糙」、「5－1階段出現漏洞」、「音效不錯」等心得。

亨卓　（Ｅ）妳認識一個叫作秋尚宇的人嗎？

尚宇突然聽到有人提到自己的名字，便抬頭望向書架，
看見靠著書架、正在低聲對話的亨卓與女性友人。

女性友人　啊，我聽說了那件事。宰英哥不就是因為他可能沒辦法畢業嗎？
亨卓　別提了。宰英哥最近找他找到快要走火入魔，還說絕對不會放過他。

聞言微微一震的尚宇，悄悄遮住筆記本上寫著的「秋尚宇」三個字。

亨卓　妳知道些什麼嗎？不是說那個秋尚宇在工學院很有名嗎？

尚宇靜靜地看著消失在書架之間越走越遠的兩個人。

S#10. 散步小徑，自動販賣機前／白天

幽靜的散步小徑上，坐落在偏僻角落的自動販賣機前。
尚宇投下零錢，在大部分都賣完的產品之間，選了一罐「黑色狂熱」罐裝咖啡。

宰英的雙眸因為勝負欲而炯炯有神，

兩眼中浮現如同遊戲警報的標語「DANGER! DANGER!」

S#9. 圖書館，書架／白天

冷清書架前的靠窗座位，正用絢爛的控制技巧分析執行中遊戲的尚宇。

跑得很順利的角色一撞到障礙物，畫面便顯示「DANGER!」標語並響起警報。

尚宇一邊操作著遊戲，一邊仔細寫下「遊戲介面粗糙」、「5－1階段出現漏洞」、「音效不錯」等心得。

亨卓　　（E）妳認識一個叫作秋尚宇的人嗎？

尚宇突然聽到有人提到自己的名字，便抬頭望向書架，

看見靠著書架、正在低聲對話的亨卓與女性友人。

女性友人　啊，我聽說過那件事。宰英哥不就是因為他可能沒辦法畢業嗎？

亨卓　　別提了。宰英哥最近找他找到快要走火入魔，還說絕對不會放過他。

聞言微微一震的尚宇，悄悄遮住筆記本上寫著的「秋尚宇」三個字。

導演
指示

若無其事
的表情。

亨卓　　妳知道些什麼嗎？不是說那個秋尚宇在工學院很有名嗎？

尚宇靜靜地看著消失在書架之間越走越遠的兩個人。

S#10. 散步小徑，自動販賣機前／白天

幽靜的散步小徑上，坐落在偏僻角落的自動販賣機前。

尚宇投下零錢，在大部分都賣完的產品之間，選了一罐「黑色狂熱」罐裝咖啡。

尚宇　　（悶悶不樂地）不放過我，又能怎麼樣？

這時，突然探出頭，開朗地向尚宇打招呼的**智慧**（二十一歲，女）。

智慧　　今天也喝這個耶？

尚宇　　（認不出是誰）

智慧　　（和氣地）我是智慧，資訊工程系的柳智慧！

　　　　之前我曾經在這裡向你借過零錢，你忘記了嗎？

尚宇　　（好像想起來）啊，八百元[注]。

智慧　　呃，居然叫我八百元……

　　　　（有朝氣地）算了，沒關係。以後變得更熟就好了！

　　　　（笑著遞出紙鈔）給你！

尚宇　　（收下，露出為難的表情）我現在身上沒有零錢……改天再給妳。

智慧　　（揮動著手）唉呀～～沒關係啦！

尚宇　　下次見面，一定會給妳。

尚宇鞠了個躬，隨即準備離開。

智慧露出惋惜的眼神看著尚宇……接著發現貼在自動販賣機旁的傳單。

智慧　　咦？（撕下傳單）這不是你嗎？

智慧將傳單放在回頭一看的尚宇臉旁比較。

尚宇疑惑究竟是什麼而看了一眼。那是一張跟尚宇一模一樣的漫畫風蒙太奇畫像。

「**WANTED**：懸賞金誠可議，010-xxxx-xxxx」

智慧　　這個跟你好像喔！連帽子也一模一樣！

譯註：八百韓元約等於二十元新臺幣。

030

尚宇　　（悶悶不樂地）不放過我，又能怎麼樣？

導演
指示

智慧猶豫要不要
向尚宇搭話，
需要有朋友
一起出現。

這時，突然探出頭，開朗地向尚宇打招呼的**智慧**（二十一歲，女）。

智慧　　今天也喝這個耶？

尚宇　　（認不出是誰）

智慧　　（和氣地）我是智慧，資訊工程的柳智慧！

　　　　之前我曾經在這裡向你借過零錢，你忘記了嗎？

尚宇　　（好像想起來）啊，八百元。
　　　　　　那個

智慧　　呃，居然叫我八百元……

　　　　（有朝氣地）算了，沒關係。以後變得更熟就好了！

　　　　（笑著遞出紙鈔）給你！

尚宇　　（收下，露出為難的表情）我現在身上沒有零錢……改天再給妳。

智慧　　（揮動著手）唉呀～～沒關係啦！

尚宇　　下次見面，一定會給妳。
　　　　那麼　　　　　　還

尚宇鞠了個躬，隨即準備離開。

智慧露出惋惜的眼神看著尚宇……接著發現貼在自動販賣機旁的傳單。

智慧　　咦？（撕下傳單）這不是你嗎？

智慧將傳單放在回頭一看的尚宇臉旁比較。

尚宇疑惑究竟是什麼而看了一眼。那是一張跟尚宇一模一樣的漫畫風蒙太奇畫像。

「**WANTED：懸賞金誠可議**，010-xxxx-xxxx」

智慧　　這個跟你好像喔！連帽子也一模一樣！

從智慧手上接過傳單，無言地看著的尚宇。

就在這時，「搭便車3號」連續傳來幾則簡訊。

首先是通緝單上的蒙太奇畫像，緊接著……

宰英　**（E）**〔秋尚宇／二十三歲／資訊工程系三年級／因入伍休學，
　　　在下學期復學／不參與社團活動／不參與系上活動〕
　　　〔尚宇啊！如果你不打算自主退學，趁我還好聲好氣時，跟我見一面吧！〕
　　　〔封鎖我也沒用。〕

尚宇　在背後調查我，甚至還威脅我？

尚宇覺得太不像話，立刻封鎖了「搭便車3號」的號碼。

哇，

宰英　**（E）** 他好像封鎖我了。

S#11. 聯排住宅前，上坡路／白天

跟在房仲身後走在上坡路的宰英和宥娜。

宥娜沒好氣地看著一臉惋惜地盯著手機的宰英。

宥娜　難道他會高興地跟你聯絡嗎？如果是我，也會想說：這是哪來的瘋子？
　　　然後躲起來。（搧動衣服，突然感到生氣）可惡，熱死了。

喂，　喂，這次真的是最後一間了！聽到了嗎？　也

宰英　（關掉手機）我寧願睡在路邊，不想睡在和廁所一樣大的地方。　不行！

宥娜　可惡！現在房子大小重要嗎？家具該怎麼辦？

宰英　（對一切感到厭煩貌）反正只住六個月嘛　租

宥娜　從你忙著把家具免費送給新房客的時候，我就看出來了。

宰英　（噗哧一笑，和宥娜勾肩搭臂）崔宥娜，如果我凍死在路邊，
　　　妳一定要讓秋尚宇也一起陪葬，讓我好歹在黃泉路上可以見他一面。

從智慧手上接過傳單，無言地看著的尚宇。

就在這時，「搭便車3號」連續傳來幾則簡訊。

首先是通緝單上的蒙太奇畫像，緊接著……

宰英　（E）〔秋尚宇／二十三歲／資訊工程系三年級／因入伍休學，

　　　　在下學期復學／不參與社團活動／不參與系上活動〕

　　　　〔尚宇啊！如果你不打算自主退學，趁我還好聲好氣時，跟我見一面吧！〕

　　　　〔封鎖我也沒用。〕

尚宇　　在背後調查我，甚至還威脅我？

尚宇覺得太不像話，立刻封鎖了「搭便車3號」的號碼。

宰英　（E）他好像封鎖我了。

S#11. 聯排住宅前，上坡路／白天

跟在房仲身後走在上坡路的宰英和宥娜。

宥娜沒好氣地看著一臉惋惜地盯著手機的宰英。

宥娜　　難道他會高興地跟你聯絡嗎？如果是我，也會想說：這是哪來的瘋子？

　　　　然後躲起來。（搧動衣服，突然感到生氣）可惡，熱死了。

　　　　喂，這次真的是最後一間了！聽到了嗎？

宰英　　（關掉手機）我寧願睡在路邊，不想睡在和廁所一樣大的地方。

宥娜　　可惡！現在房子大小重要嗎？家具該怎麼辦？

宰英　　（對一切感到厭煩貌）反正只住六個月嘛～～

宥娜　　從你忙著把家具免費送給新房客的時候，我就看出來了。

宰英　　（噗哧一笑，和宥娜勾肩搭臂）崔宥娜，如果我凍死在路邊，

　　　　妳一定要讓秋尚宇也一起陪葬，讓我好歹在黃泉路上可以見他一面。

宥娜　　（甩開宰英的手）呃！該死的秋尚宇，我聽到快煩死了。

此時正好停在一棟聯排住宅前的房仲說：「同學們，就是這裡。」
接著，請兩人入內參觀。
跟著走進房裡的宥娜看到宰英盯著手機呆站在原地，
便問了一句：「你在幹嘛？」

宰英　　（按照訊息內容朗誦）特此通知張宰英同學的畢業資格已取消。
宰英拿起手機，讓宥娜看到簡訊的內容。
宰英　　（眼神一變）這下有了可以看他看到膩的機會了，謝天謝地（強顏歡笑）。

S#12. 居酒屋，餐桌／夜晚

熱鬧的大學附近居酒屋。宰英如同要冷卻內心的憤怒，大口大口喝著啤酒。
宥娜和亨卓吃著爆米花，一邊看著渾身散發出殺氣的宰英。

亨卓　　（悄聲）他再繼續這樣喝，很快就會醉倒吧？
宥娜　　（漠不關心）別管他。他說自己的夢想是讓那小子殉葬（話一說完）。
秀英　　（E）對不起，我遲到了！！

後來才加入聚會的秀英，身上穿著套裝，可見是一下班就趕了過來。

宥娜　　我們秀英……聽說妳找到工作，本來還替妳高興，現在一看，上班一
　　　　定很辛苦吧……
秀英　　（馬上倒了一杯酒）喂，你們最好不要畢業。能在學校待多久就待多久。
　　　　（話說到一半看著宰英，心裡暗叫一聲不妙）對了，聽說宰英要延
　　　　畢……抱歉～～
宰英　　……妳是故意要氣我的吧？
　　　　可惡
大家「噗哈哈」爆笑出聲。

宥娜　（甩開宰英的手）呃！該死的秋尚宇，我聽到快煩死了。

此時正好停在一棟聯排住宅前的房仲說：「同學們，就是這裡。」
接著，請兩人入內參觀。
跟著走進房裡的宥娜看到宰英盯著手機呆站在原地，
便問了一句：「你在幹嘛？」

宰英　（按照訊息內容朗誦）特此通知張宰英同學的畢業資格已取消。
宰英拿起手機，讓宥娜看到簡訊的內容。
宰英　（眼神一變）這下有了可以看他看到膩的機會了，謝天謝地（強顏歡笑）。

S#12. 居酒屋，餐桌／夜晚

熱鬧的大學附近居酒屋。宰英如同要冷卻內心的憤怒，大口大口喝著啤酒。
宥娜和亨卓吃著爆米花，一邊看著渾身散發出殺氣的宰英。

亨卓　（悄聲）他再繼續這樣喝，很快就會醉倒吧？
宥娜　（漠不關心）別管他。他說自己的夢想是讓那小子殉葬（話一說完）。
秀英　（**E**）對不起，我遲到了！！

後來才加入聚會的秀英，身上穿著套裝，可見是一下班就趕了過來。

宥娜　我們秀英⋯⋯聽說妳找到工作，本來還替妳高興，現在一看，上班一
　　　　定很辛苦吧⋯⋯
秀英　（馬上倒了一杯酒）喂，你們最好不要畢業，能在學校待多久就待多久。
　　　　（話說到一半看著宰英，心裡暗叫一聲不妙）對了，聽說宰英要延
　　　　畢⋯⋯抱歉～～
宰英　⋯⋯妳是故意要氣我的吧？

大家「噗哈哈」爆笑出聲。

亨卓　　（姑且安慰）哥，既然事已至此，就當成輕鬆再玩半個學期吧！

秀英　　（開朗地）沒錯～～憑你的實力，留學這種事只要你想要，隨時都能

　　　　　去！在可以玩的時候，痛快玩個過癮也不錯嘛～～

　　　　　（雙眼發光）趁這個機會，正好可以順便接手我正在做的設計案，是吧？

宰英　　（不情願地）我才不要。　　　　　　　　　　　　　　等等，

秀英　　唉唷～～負責開發的學弟特別欽點你的作品，說他很喜歡耶～～

宰英　　算他有眼光。（傲慢地笑著，突然有興趣）遊戲開發者的話 是資訊工

　　　　　程系的？

宥娜　　（露出厭煩貌，喃喃說）又來了，又開始了……

秀英　　嗯。雖然他很木訥，但是很聰明幹練！聽說在資訊工程系裡是榜首耶？

宰英　　（輕鬆貌）他叫什麼名字？

秀英　　（開朗地吃著下酒菜）秋尚宇。

> 導演
> 指示
>
> 宰英，
> 笑得很惡
> 毒（？）

宥娜/亨卓（驚訝地）秋尚宇？？！！！

宥娜和亨卓吃驚地看著宰英。

宰英因為感到荒唐而發出「哇哈哈！」的笑聲，

突然像是想到什麼有趣的想法，向宥娜和亨卓「噓！」了一聲，堵住他們的嘴，

然後，望著秀英咧嘴一笑。

　　　　　　　秋尚宇！　　　　　　找

宰英　　很好。要去哪裡才能見到他？

S#13. 圖書館，會議室／白天

在開會前，把筆記型電腦、資料夾、筆、手機等隨身物品整理整齊後，

打開「動作奔跑遊戲——蔬菜人」企畫案的尚宇，挺直了腰桿坐在椅子上，

然後又確認了一次秀英傳來的訊息。

秀英　　（E）〔學弟，之前你說的那個人……〕

　　　　　〔他說自己有空，就把見面的地點和時間告訴我了^^祝你開會順利哦！！〕

亨卓　　（姑且安慰）哥，既然事已至此，就當成輕鬆再玩半個學期吧！

秀英　　（開朗地）沒錯～～憑你的實力，留學這種事只要你想要，隨時都能
　　　　去！在可以玩的時候，痛快玩個過癮也不錯嘛～～
　　　　（雙眼發光）趁這個機會，正好可以順便接手我正在做的設計案，是吧？

宰英　　（不情願地）我才不要。

秀英　　唉唷～～負責開發的學弟特別欽點你的作品，說他很喜歡耶～～

宰英　　算他有眼光。（傲慢地笑著，突然有興趣）遊戲開發者的話，是資訊工
　　　　程系的？

宥娜　　（露出厭煩貌，喃喃說）又來了，又開始了……

秀英　　嗯。雖然他很木訥，但是很聰明幹練！聽說在資訊工程系裡是榜首耶？

宰英　　（輕鬆貌）他叫什麼名字？

秀英　　（開朗地吃著下酒菜）秋尚宇。

宥娜／亨卓（驚訝地）秋尚宇？？！！！

宥娜和亨卓吃驚地看著宰英。
宰英因為感到荒唐而發出「哇哈哈！」的笑聲，突然像是想到什麼有趣的想法，
向宥娜和亨卓「噓！」了一聲，堵住他們的嘴，然後，望著秀英咧嘴一笑。

宰英　　很好。我要去哪裡找他？

S#13. 圖書館，會議室／白天

在開會前，把筆記型電腦、資料夾、筆、手機等隨身物品整理整齊後，
打開「動作奔跑遊戲──蔬菜人」企畫案的尚宇，挺直了腰桿坐在椅子上，
然後又確認了一次秀英傳來的訊息。

秀英　　（E）〔學弟，之前你說的那個人……〕
　　　　〔他說自己有空，就把見面的地點和時間告訴我了^^祝你開會順利哦！！〕

尚宇貌似有些興奮，嘴角微微揚起，

但是看到時間已經超過四點，又再次拉下嘴角。

尚宇　　怎麼還不來呢？時間都已經過了耶……

S#14. 圖書館，階梯／白天

宰英跟著從耳機流瀉出的音樂哼唱，輕快地走下階梯。

尚宇　　（E）如果是不守時的人，應該也不會是什麼正常人吧？

宰英嘴裡叼著棒棒糖，隨著音樂的拍子搖頭晃腦，

然後原地轉一圈的樣子，彷彿已經超越憤怒，甚至充滿喜悅的瘋狂。

*抓起一
把落葉亂撒

因為過量的腎上腺素而無法控制自己的樣子，看起來就像小丑一樣。

導演
指示

致敬《小丑》，
找了整整一個月
的傢伙終於出現
了！！
→喜悅！！！

S#15. 圖書館，會議室／白天

一臉怒氣看著手錶的尚宇，現在已經過了四點十一分。

正當尚宇因為憤怒而把企畫案資料收進包包的那一刻，

宰英打開會議室的門走了進來！

導演
指示

宰英，針織
帽。尚宇，
鴨舌帽。

尚宇　　（雖然不滿意，還是確認了一下）設計師學長？
宰英　　（咧嘴一笑走近）對。你是秋·尚·宇，對吧？
尚宇　　你遲到……（原本想要加上『了』）。

因為一句話也不說就突然貼近自己的宰英而嚇了一跳的尚宇。

宰英彷彿在欣賞尚宇被帽簷遮住的臉，仔細打量著。

尚宇慌張地一步步後退。

尚宇貌似有些興奮，嘴角微微揚起，

但是看到時間已經超過四點，又再次拉下嘴角。

尚宇　　怎麼還不來呢？時間都已經過了耶……

S#14. 圖書館，階梯／白天

宰英跟著從耳機流洩出的音樂哼唱，輕快地走下階梯。

尚宇　　（E）如果是不守時的人，應該也不會是什麼正常人吧？

宰英嘴裡叼著棒棒糖，隨著音樂的拍子搖頭晃腦，

然後原地轉一圈的樣子，彷彿已經超越憤怒，甚至充滿喜悅的瘋狂。

因為過量的腎上腺素而無法控制自己的樣子，看起來就像小丑一樣。

S#15. 圖書館，會議室／白天

一臉怒氣看著手錶的尚宇，現在已經過了四點十一分。

正當尚宇因為憤怒而把企畫案資料收進包包的那一刻，

宰英打開會議室的門走了進來！

尚宇　　（雖然不滿意，還是確認了一下）設計師學長？

宰英　　（咧嘴一笑走近）對。你是秋‧尚‧宇，對吧？

尚宇　　你遲到……（原本想要加上『了』）。　　沒好氣地！

因為一句話也不說就突然貼近自己的宰英而嚇了一跳的尚宇。

宰英彷彿在欣賞尚宇被帽簷遮住的臉，仔細打量著。

尚宇慌張地一步步後退。

 張宰英劇本

導演
指示

看起來
很傲慢！

宰英　　（厚臉皮地微笑）長得比我想像中還帥呢！

尚宇用感到荒謬的目光看著隨意評論自己並逕自坐下的宰英。
華麗又難以理解的穿搭、奇怪的眼鏡，耳朵上還戴著一排耳釘，
宰英斜靠著椅背坐著抖腿的樣子，活像個小混混。

宰英　　（突然開口）你知道我的名字嗎？
尚宇　　知道（在宰英對面坐下）。
宰英　　（試探貌）可是你沒有任何感覺？
尚宇　　（心想：怎麼回事？）這個問題很重要嗎？
　　　　你今天不是要來跟我討論遊戲的事嗎？
宰英　　（微微翹起一邊的嘴角）沒錯，我是來跟你討論遊戲的……
　　　　（凝視著尚宇，突然發現資料夾）我可以看看吧？

宰英拿起放在書桌上的「蔬菜人企畫案」，快速地翻閱著，
貌似隨意看看，但眼神卻閃爍著非常銳利的光芒。

導演
指示

尚宇VS宰英的
角度，正面對應
的角度。

宰英　　哼嗯，聽說你是寫程式天才，我還期待了一下……
　　　　（彷彿沒有必要繼續看下去，把資料夾隨意丟了出去）沒什麼嘛！
尚宇　　！
宰英　　角色設計平淡無味，故事情節更是無聊……
特別的　沒有任何一點吸引人，這樣的企畫可以上架嗎？
尚宇　　（被傷到自尊）那麼，學長有參與過手遊的設計嗎？
宰英　　（理直氣壯地）沒有。
尚宇　　（立刻說）我會再找其他設計師。

正當尚宇不留情面地想把東西全收進背包……

宰英 （厚臉皮地微笑）長得比我想像中還帥呢！

尚宇用感到荒謬的目光看著隨意評論自己並逕自坐下的宰英。
華麗又難以理解的穿搭、奇怪的眼鏡，耳朵上還戴著一排耳釘，
宰英斜靠著椅背坐著抖腿的樣子，活像個小混混。

宰英 （突然開口）你知道我的名字嗎？

尚宇 知道（在宰英對面坐下）。

宰英 （試探貌）可是你沒有任何感覺？

尚宇 （心想：怎麼回事？）這個問題很重要嗎？
你今天不是要來跟我討論遊戲的事嗎？

宰英 （微微翹起一邊的嘴角）沒錯，我是來跟你討論遊戲的……
（凝視著尚宇，突然發現資料夾）我可以看看吧？

> 導演
> 指示
>
> 尚宇的憤怒等級，
> -_+→-_+**

宰英拿起放在書桌上的「蔬菜人企畫案」，快速地翻閱著，
貌似隨意看看，但眼神卻閃爍著非常銳利的光芒。

宰英 哼嗯，聽說你是寫程式天才，我還期待了一下……
（彷彿沒有必要繼續看下去，把資料夾隨意丟了出去）沒什麼嘛！

尚宇 ！

宰英 角色設計平淡無味，故事情節更是無聊……
沒有任何一點吸引人的，這樣的企畫可以上架嗎？

尚宇 （被傷到自尊）那麼學長有參與過手遊的設計嗎？

宰英 （理直氣壯地）沒有。

尚宇 （立刻說）我會再找其他設計師。

正當尚宇不留情面地想把東西全收進背包……

宰英露出悠哉的笑容，在企畫書上迅速畫出了蘿蔔人的草稿，
雖然看起來只像是隨意亂畫，卻在轉眼間完成了一個有個性的角色。
尚宇的雙眼瞬間充滿生氣而亮了起來，甚至不自覺地「哇」了一聲，
對草稿發出讚嘆。宰英心想他已經上鉤了，咧嘴一笑。

宥娜　　（E）你該不會真的打算把他埋起來吧？

S#16. 居酒屋，櫃檯／晚上（回憶）

宥娜悄悄靠近正在結帳的宰英，戳了一下他的側腰。

宰英　　（嘆咻）喂，妳把我當成什麼人了？
宥娜　　不然呢？
宰英　　我只是想看看他到底是什麼樣的人。
　　如果　　還不錯的話，就陪他玩玩。　　一起

S#17. 圖書館，會議室／白天（接續）

完成蘿蔔人後，把草稿推向尚宇的宰英，看著魂不守舍的尚宇，
露出了自信滿滿的表情。

宰英　　這樣應該可以了吧？
尚宇　　（被圖稿迷惑）雖然你不認真的態度讓我有點介意……
　　　　不過實力的確很棒。
宰英　　（對尚宇的耿直覺得傻眼）這算是稱讚吧？
尚宇　　（馬上將手機推向宰英）請把你的電話號碼給我。

看到尚宇這麼容易就交出自己的手機而五味雜陳的宰英，
輸入了自己的電話號碼，卻看到尚宇把自己的名稱設成「搭便車3號」。

宰英　　（喃喃自語）就是因為這樣，才會認不出來啊……

> 導演
> 指示
>
> 真的非常想得到
> 的東西，花了好多年
> 終於到手的感覺！

宰英露出悠哉的笑容，在企畫書上迅速畫出了蘿蔔人的草稿，
雖然看起來只像是隨意亂畫，卻在轉眼間完成了一個有個性的角色。
尚宇的雙眼瞬間充滿生氣而亮了起來，甚至不自覺地「哇」了一聲，
對草稿發出讚嘆。宰英心想他已經上鉤了，咧嘴一笑。

宥娜　　（E）你該不會真的打算把他埋起來吧？

S#16. 居酒屋，櫃檯／晚上（回憶）

宥娜悄悄靠近正在結帳的宰英，戳了一下他的側腰。

宰英　　（噗哧）喂，妳把我當成什麼人了？
宥娜　　不然呢？
宰英　　我只是想看看他到底是什麼樣的人。
　　　　還不錯的話，就陪他玩玩。

S#17. 圖書館，會議室／白天（接續）

完成蘿蔔人後，把草稿推向尚宇的宰英。看著魂不守舍的尚宇，
露出了自信滿滿的表情。

宰英　　這樣應該可以了吧？
尚宇　　（被圖稿迷惑）雖然你不認真的態度讓我有點介意……
　　　　不過實力的確很棒。
宰英　　（對尚宇的耿直覺得傻眼）這算是稱讚吧？
尚宇　　（馬上將手機推向宰英）請把你的電話號碼給我。

看到尚宇這麼容易就交出自己的手機而五味雜陳的宰英，
輸入了自己的電話號碼，卻看到尚宇把自己的名稱設成「搭便車3號」。

宰英　　（喃喃自語）就是因為這樣，才會認不出來啊……

宰英苦笑著，裝作不知道般把手機遞給尚宇。

　　　＊緊接著

宰英　你已經有我的號碼了耶？

尚宇　什麼？怎麼可能？

尚宇一接過手機，便看到螢幕上顯示正在撥打電話給「搭便車3號」。

宰英從口袋裡掏出手機，拿給尚宇看。

螢幕正顯示著「（該死的）組長」的來電畫面。

宰英　（緩緩彎身靠近）終於見到你了，尚宇啊？

終於顯露本性，邪惡地笑著的宰英，

以及大腦正在高速處理緩衝，眼睛骨碌碌轉個不停，

最後好不容易了解狀況而緊皺起眉頭的尚宇。

兩個人之間充滿緊張的氣氛！！

第1話 END

宰英苦笑著，裝作不知道般把手機遞給尚宇。

宰英　你已經有我的號碼了耶？

尚宇　什麼？怎麼可能？

尚宇一接過手機，便看到螢幕上顯示正在撥打電話給「搭便車3號」。

宰英從口袋裡掏出手機，拿給尚宇看。

螢幕正顯示著「（該死的）組長」的來電畫面。

宰英　　（緩緩彎身靠近）終於見到你了，尚宇啊？

終於顯露本性，邪惡地笑著的宰英，

以及大腦正在高速處理緩衝，眼睛骨碌碌轉個不停，

最後好不容易了解狀況而緊皺起眉頭的尚宇。

兩個人之間充滿緊張的氣氛！！

> **導演指示**
>
> 現在才搞清楚狀況！真是的……這傢伙是怎麼回事？

第1話END

TWO

[SEMANTIC
ERROR]

S#1. 圖書館，會議室／白天

瀰漫著緊張的安靜會議室，坐在位子上相互對峙的宰英和尚宇。

> 光線，
> 下午四到
> 五點。

宰英 （緩緩彎身靠近）終於見到你了，尚宇啊？
一直已讀不回我的訊息，很好玩嗎？

大腦暫時緩衝了一下的尚宇，眼睛來回看著手機螢幕上顯示的「搭便車3號」來
電畫面和眼前嘻嘻笑著的宰英，這才掌握了狀況。
INS > 這段時間宰英鍥而不捨聯絡的狀況閃過。（第一話#7、#10）
進退兩難而皺著眉頭的尚宇臉上，
畫面彷彿發生故障，發出「滋滋滋」的聲響，同時顯示「錯誤」標示！

Title in ／語意錯誤

尚宇 遊戲只是藉口，看來你另有其他目的。

宰英 （賴皮地）嗯……順便順便嘛～～可以彼此和解，也可以設計遊戲，
不是很好嗎？

尚宇 （淡定地）這個嘛……我一開始就不曾和你有過不愉快，
是學長一個人因為分組報告的事懷恨在心吧！

宰英 （誇張地抓住胸口）呃……輕一點。再這樣下去，
我可能會瞬間消失……

尚宇 ？？（無法理解而呆呆望著宰英）

宰英 （噗哧一笑）我不是要跟你吵架，表情放輕鬆一點。

尚宇 （看著手錶）我沒辦法信任一個會偷偷調查別人的人。
我和你已經無話可說，我要告辭了。

尚宇對宰英鞠躬道別，彷彿該做的事情已經做完，開始收拾起背包。
心想著：「看看這傢伙？」不想認輸，一直挑釁尚宇的宰英。

S#1. 圖書館，會議室／白天

瀰漫著緊張的安靜會議室，坐在位子上相互對峙的宰英和尚宇。

導演指示

過去令人厭倦的那些日子。想起被剝奪的時間和精神上感到煩躁的瞬間！

宰英　（緩緩彎身靠近）終於見到你了，尚宇啊？
　　　　一直已讀不回我的訊息，很好玩嗎？

大腦暫時緩衝了一下的尚宇，眼睛來回看著手機螢幕上顯示的「搭便車3號」來電畫面和眼前嘻嘻笑著的宰英，這才掌握了狀況。

INS ＞ 這段時間宰英鍥而不捨聯絡的狀況閃過。（第一話#7、#10）

進退兩難而皺著眉頭的尚宇臉上，

畫面彷彿發生故障，發出「滋滋滋」的聲響，同時顯示「錯誤」標示！

　　　　Title in ／語意錯誤

✕ 有力地說出臺詞

尚宇　遊戲只是藉口，看來你另有其他目的。

宰英　（賴皮地）嗯……順便順便嘛～～可以彼此和解，也可以設計遊戲，
　　　　不是很好嗎？

尚宇　（淡定地）這個嘛……我一開始就不曾和你有過不愉快，
　　　　是學長一個人因為分組報告的事懷恨在心吧！

宰英　（誇張地抓住胸口）呃……輕一點。再這樣下去，
　　　　我可能會瞬間消失……

尚宇　？？（無法理解而呆呆望著宰英）

宰英　（噗哧一笑）我不是要跟你吵架，表情放輕鬆一點。

尚宇　（看著手錶）我沒辦法信任一個會偷偷調查別人的人。
　　　　我和你已經無話可說，我要告辭了。 ＊冷靜地
　　　　　　　　先

尚宇對宰英鞠躬道別，彷彿該做的事情已經做完，開始收拾起背包。

心想著：「看看這傢伙？」不想認輸，一直挑釁尚宇的宰英。

宰英　你好像忘了，今天說要見面的是學弟你。
　　　（搖晃著手中的文件）我的畫，▽聽說你很喜歡？

尚宇　（站起來看著對方）沒錯，不過那是在我還不知道學長
　　　就是「搭便車3號」的時候。
　　　（搶回文件）我不會跟你合作，以後請不要再聯絡我了。

宰英　（因為對話進行得不太順利，不滿意地看著）……才不要咧？
　　　　　　＊翹腳

尚宇因為宰英幼稚的回答而感到無言，於是停下動作看著他。
宰英打算擋住尚宇的去路，緩緩起身並朝著尚宇走去。

　　　　　　　　　　就這樣
宰英　我費了多少工夫才找到你～～在這裡像這樣道別，
　　　也太可惜了吧……
　　　（站在尚宇面前）不過，也不是完全沒有協商的餘地。

尚宇　（盯著）

宰英　（彷彿在朗誦臺詞）「學長，很遺憾你因為我而無法順利畢業……」

尚宇　？

宰英　……你這樣說說看。（愉快地）這樣的話，我會考慮看看。

尚宇　（覺得荒謬而看著宰英，有條理地）在此糾正兩個錯誤。
　　　學長之所以無法畢業，不是因為我，
　　　而是學長自己沒有管理好學分。

宰英　（覺得一條一條反駁的尚宇很有趣）

尚宇　第二，我完全不覺得遺憾。
　　　重新整理一下的話，應該是說「你『不能』畢業了呢！」——瘋子

宰英　（安靜了一下，感嘆）哇哈哈——你真的是個神經病呢？！
　　　　　　　　　　　　　　　　～呼哈哈……

尚宇彷彿毫不在意獨自感嘆的宰英，正打算從他身邊離開，
宰英卻咧嘴一笑，再次擋住尚宇的去路，並朝著他向前踏出一步。

宰英　你好像忘了，今天說要見面的是學弟你。

　　　（搖晃著手中的文件）我的畫，聽說你很喜歡？

尚宇　（站起來看著對方）沒錯，不過那是在我還不知道學長

　　　就是「搭便車3號」的時候。

　　　（搶回文件）我不會跟你合作，以後請不要再聯絡我了。

宰英　（因為對話進行得不太順利，不滿意地看著）……才不要咧？

尚宇因為宰英幼稚的回答而感到無言，於是停下動作看著他。
宰英打算擋住尚宇的去路，緩緩起身並朝著尚宇走去。

宰英　我費了多少工夫才找到你～～在這裡像這樣道別，

　　　也太可惜了吧……

　　　（站在尚宇面前）不過，也不是完全沒有協商的餘地。

尚宇　（盯著）

宰英　（彷彿在朗誦臺詞）「學長，很遺憾你因為我而無法順利畢業……」

尚宇　　？

宰英　……你這樣說說看。（愉快地）這樣的話，我會考慮看看。

尚宇　（覺得荒謬而看著宰英，有條理地）在此糾正兩個錯誤。

　　　第一，學長之所以無法畢業，不是因為我，

　　　而是學長自己沒有管理好學分。

宰英　（覺得一條一條反駁的尚宇很有趣）

尚宇　第二，我完全不覺得遺憾。

非要說　重新整理一下的話，應該是說「你『不能』畢業了呢！」

宰英　（安靜了一下，感嘆）哇哈哈——你真的是個神經病呢？！

尚宇彷彿豪不在意獨自感嘆的宰英，正打算從他身邊離開，
宰英卻咧嘴一笑，再次擋住尚宇的去路，並朝著他向前踏出一步。

導演
指示

尚宇，
誰才該覺得
誰是神經病
啊……

051

宰英　　學弟，你有沒有什麼討厭的東西？

尚宇　　（去路被擋住而嘆口氣）……就是學長。

宰英　　（彷彿早就知道而一笑）討厭的顏色呢？

尚宇　　（反射性地）紅色？（回過神來）你幹嘛問我這些問題？

宰英　　（再次縮短距離）那麼，你討厭的場所呢？

尚宇　　（越來越莫名其妙）學長身邊半徑十公尺的範圍內。

　　　　所以，請你滾……（遠一點）

宰英　　（打斷）尚宇，我本來打算就這樣算了……但是我變心了。

　　　　（更加靠近，對尚宇說悄悄話）你可以好好期待。　改變心意

宰英露出邪惡的笑容，

與尚宇不服輸而漫不經心地撥了撥耳邊的樣子／**溶景**。

S#2. 校園，外牆布告欄／白天

撥了撥耳邊，惡狠狠地看著貼在布告欄上的視覺設計系海報的尚宇，

像是出氣似地在上面貼上了「**徵求遊戲設計師**」的公告。

公告上平淡的背景、俗氣的字體，加上光禿禿的蔬菜人，

整體看來稱得上是遇到困境的設計。

智慧　　學長也在找設計師嗎？

智慧晃了晃自己手中的「徵求應用程式設計師」公告，向尚宇打招呼。

認出智慧的尚宇從口袋裡拿出兩百元，接著遞給智慧。

尚宇　　給妳，上次該找給妳的零錢。

智慧　　（微笑）你為了還我這個，所以一直帶在身上嗎？

尚宇　　（點點頭）因為不知道什麼時候會遇到妳。

覺得古怪的尚宇很可愛而燦笑的智慧。

宰英	學弟，你有沒有什麼討厭的東西？
尚宇	（去路被擋住而嘆口氣）……就是學長。
宰英	（彷彿早就知道而一笑）討厭的顏色呢？
尚宇	（反射性地）紅色？（回過神來）你幹嘛問我這些問題？
宰英	（再次縮短距離）那麼，你討厭的場所呢？
尚宇	（越來越莫名其妙）學長身邊半徑十公尺的範圍內。 — 麻煩 所以，請你滾……（遠一點）
宰英	（打斷）尚宇，我本來打算就這樣算了……但是我變心了。 （更加靠近，對尚宇說悄悄話）你可以好好期待。

> **導演指示**
>
> 馬後炮，「哼！他以為自己是誰……」

宰英露出邪惡的笑容，

與尚宇不服輸而漫不經心地撥了撥耳邊的樣子／溶景。

S#2. 校園，外牆布告欄／白天

撥了撥耳邊，惡狠狠地看著貼在布告欄上的視覺設計系海報的尚宇，

像是出氣似地在上面貼上了「徵求遊戲設計師」的公告。

公告上平淡的背景、俗氣的字體，加上光禿禿的蔬菜人，

整體看來稱得上是遇到困境的設計。

智慧	學長也在找設計師嗎？

智慧晃了晃自己手中的「應用程式設計師徵求公告」，向尚宇打招呼。

認出智慧的尚宇從口袋裡拿出兩百元，接著遞給智慧。

尚宇	給妳，上次該找給妳的零錢。
智慧	（微笑）你為了還我這個，所以一直帶在身上嗎？
尚宇	（點點頭）因為不知道什麼時候會遇到妳。

覺得古怪的尚宇很可愛而燦笑的智慧。

似乎不想錯過這個機會，智慧迅速拿出手機遞給尚宇。

智慧　　學長給我電話號碼吧！
尚宇　　為什麼要我的號碼？
智慧　　如果身邊有不錯的設計師可以互相介紹，這樣不是很好嗎？

「是嗎？」尚宇完全感受不到智慧對他的好感，只是站在原地疑惑地望著她。

S#3. 宰英的家，客廳／白天

正忙著搬家的宰英，輕鬆抬起一個箱子走進家中。
家中堆滿還來不及拆開整理的行李。

亨卓　　哥，這個好像搬不進去耶！

亨卓搬著一個和自己的個頭差不多大的箱子，在門前停下了腳步。

宰英　　（瞥了一眼，放下手中的箱子）先放在外面，進來吧！
亨卓　　（放下箱子，步履蹣跚地走進屋）哎唷喂呀……我的手快痠死了，哥～～

宥娜跟在無病呻吟的亨卓身後，「還滿大的嘛？」
說完四處張望著走了進來。
亨卓彷彿癱瘓似地躺在地上。宰英在大致整理後，也跟著坐在地板上。

宥娜　　拿去，禮物。（環顧四周）一開始還說死都不想搬進來，看來你還滿喜
　　　　歡這間的嘛？
宰英　　還算可以住。（意味深長地笑著）而且也有意想不到的驚喜。

打開購物袋確認禮物的宰英，眼神閃爍著危險的光芒。
靠近他身邊的亨卓瞥了一眼，感到吃驚。

導演
指示

不要清楚
拍到禮物。

似乎不想錯過這個機會，智慧迅速拿出手機並遞給尚宇。

智慧　學長給我電話號碼吧！
尚宇　為什麼要我的號碼？
智慧　如果身邊有不錯的設計師可以互相介紹，這樣不是很好嗎？

「是嗎？」尚宇完全感受不到智慧對他的好感，只是站在原地疑惑地望著她。

S#3. 宰英的家，客廳／白天

正忙著搬家的宰英，輕鬆抬起一個箱子走進家中。
家中堆滿還來不及拆開整理的行李。

亨卓　哥，這個好像搬不進去耶！

亨卓搬著一個和自己的個頭差不多大的箱子，在門前停下了腳步。

宰英　（瞥了一眼，放下手中的箱子）先放在外面，進來吧！
亨卓　（放下箱子，步履蹣跚地走進屋）哎唷喂呀……我的手快痠死了，哥～～

宥娜跟在無病呻吟的亨卓身後，「還滿大的嘛？」
說完四處張望著走了進來。
亨卓彷彿癱瘓似地躺在地上。宰英在大致整理後，也跟著坐在地板上。

宥娜　拿去，禮物。（環顧四周）一開始還說死都不想搬進來，看來你還滿喜
　　　　歡這間的嘛？
宰英　還算可以住。（意味深長地笑著）而且也有意想不到的驚喜。

打開購物袋確認禮物的宰英，眼神閃爍著危險的光芒。
靠近他身邊的亨卓瞥了一眼，感到吃驚。

亨卓　咦？為什麼是帽子？哥不是因為不喜歡毀了髮型，
　　　所以不太戴帽子嗎？

宥娜　就是說啊。唉，送他這個，我也總覺得有點不妙……

宰英　（笑著說）開學後你們就會知道了～～不要這麼急著破壞興致，
　　　我們來吃飯吧！炸醬麵，OK？

「我要吃糖醋肉！」「除了那個，還要高粱酒！」
在亨卓和宥娜興奮地你一言我一語之際，
打開手機的宰英看著畫面上方顯示的「D－3開學驚喜」，隱約露出笑容。
接著，行程通知的視窗變成「D－DAY」。
響亮的起床鬧鐘聲**溶景**至其上方。

S#4. 尚宇的家／白天

尚宇的手關掉手機鬧鐘。.
之後，他有條有理又機械性的起床步驟蒙太奇式在畫面上展開。
－做體操的尚宇。**（BGM IN）**
－配合節奏刷牙的尚宇。
－打開衣櫃的尚宇。在配色相似的衣服中，看中左邊數來第三件，
　並把那件衣服拿了出來。
－站在鏡子前的尚宇。將帽子壓低，然後看了一眼手錶。現在是九點十五分。
因為順利進行的早晨例行公事而感到滿足的尚宇，微笑著打開玄關門，
但是門卻「喀」一聲被擋住，無法順利打開。

尚宇　什麼東西？

尚宇輕輕皺了一下眉頭，硬是把門打開。

S#5. 聯排住宅，走廊／白天

隔壁（401號）鄰居的搬家用行李箱，大膽侵犯到尚宇家（402號）門口。

亨卓	咦？為什麼是帽子？哥不是因為不喜歡毀了髮型，
	所以不太戴帽子嗎？
宥娜	就是說啊。唉，送他這個，我也總覺得有點不妙……
宰英	（笑著說）開學後你們就會知道了～～不要這麼急著破壞興致，
	我們來吃飯吧！炸醬麵，OK？

「我要吃糖醋肉！」「除了那個，還要高粱酒！」

在亨卓和宥娜興奮地你一言我一語之際，

打開手機的宰英看著畫面上方顯示的「D－3開學驚喜」，隱約露出笑容。

接著，行程通知的視窗變成「D－DAY」。

響亮的起床鬧鐘聲溶景至其上方。

S#4. 尚宇的家／白天

尚宇的手關掉手機鬧鐘。

之後，他有條有理又機械性的起床步驟蒙太奇式在畫面上展開。

－做體操的尚宇。（BGM IN）

－配合節奏刷牙的尚宇。

－打開衣櫃的尚宇。在配色相似的衣服中，看中左邊數來第三件，

並把那件衣服拿了出來。

－站在鏡子前的尚宇。將帽子壓低，然後看了一眼手錶。現在是九點十五分。

因為順利進行的早晨例行公事而感到滿足的尚宇，微笑著打開玄關門，

但是門卻「喀」一聲被擋住，無法順利打開。

尚宇	什麼東西？

尚宇輕輕皺了一下眉頭，硬是把門打開。

S#5. 聯排住宅，走廊／白天

隔壁（401號）鄰居的搬家用行李箱，大膽侵犯到尚宇家（402號）門口。

導演
指示

做體操的尚宇必須
很可愛。國民健康
操（尚宇會知道
嗎？）。鳥窩頭。

再加上各種購物平臺的包裹，無數個箱子被高高疊起，看起來搖搖欲墜。

輕輕嘆了口氣的尚宇用腳緩緩將門前的箱子送回隔壁，

再從背包前側的口袋拿出便利貼，寫下「請把箱子清乾淨。__402號」貼在401號的門上。

S#6. 聯排住宅前＋聯排住宅前，上坡路＋校園，上學路＋散步小徑，自動販賣機前／白天

接著，尚宇騎上停在聯排住宅前的腳踏車，狂飆至校門前，

悠哉地穿過可以感受到秋季新學期的悸動與忙碌的校園。

走進散步小徑，尚宇將腳踏車停在自動販賣機前。

尚宇確認了一下，現在的時間是九點二十五分，於是趕緊走向自動販賣機，

卻發現只有「黑色狂熱」咖啡賣完了。

（其他飲料有別於第一話，全都供貨正常）

尚宇　　咦？不可能發生這種事啊……

尚宇感到無比詫異而用力按了按「黑色狂熱」的「售完」按鈕。

宥娜　　（E）這傢伙到底在做什麼啊？

S#7. 美術學院，工作室／白天

聽到漫長的通話提示音而狠狠掛斷電話的宥娜，

煩躁地嘆了口氣後，環顧著工作室。

宥娜　　這些他是打算怎麼樣啊……

堆滿工作室每個角落的「黑色狂熱」咖啡，有些甚至被堆成了高塔。

宥娜用手指輕輕一推，將罐裝咖啡塔推倒。

再加上各種購物平臺的包裹，無數個箱子被高高疊起，看起來搖搖欲墜。

輕輕嘆了口氣的尚宇用腳緩緩將門前的箱子送回隔壁，

再從背包前側的口袋拿出便利貼，寫下「請把箱子清乾淨。＿402號」貼在401號的門上。

S#6. 聯排住宅前＋聯排住宅前，上坡路＋校園，上學路＋散步小徑，自動販賣機前／白天

接著，尚宇騎上停在聯排住宅前的腳踏車，狂飆至校門前，

悠哉地穿過可以感受到秋季新學期的悸動與忙碌的校園。

走進散步小徑，尚宇將腳踏車停在自動販賣機前。

尚宇確認了一下，現在的時間是九點二十五分，於是趕緊走向自動販賣機，

卻發現只有「黑色狂熱」咖啡賣完了。

（其他飲料有別於第一話，全都供貨正常）

尚宇　　咦？不可能發生這種事啊⋯⋯

尚宇感到無比詫異而用力按了按「黑色狂熱」的「售完」按鈕。

宥娜　　（E）這傢伙到底在做什麼啊？

S#7. 美術學院，工作室／白天

聽到漫長的通話提示音而狠狠掛斷電話的宥娜，

煩躁地嘆了口氣後，環顧著工作室。

宥娜　　這些他是打算怎麼樣啊⋯⋯

堆滿工作室每個角落的「黑色狂熱」咖啡，有些甚至被堆成了高塔。

宥娜用手指輕輕一推，將罐裝咖啡塔推倒。

尚宇　　（E）從開學第一天就諸事不順呢。

S#8. 工學院，教室／白天

空蕩蕩的教室，站在窗邊第四排座位前的尚宇，
帶著反感的表情斜眼看了放在桌上的紅色環保袋一眼。

尚宇　　（確認手錶顯示的時間是九點半）提早了三十分鐘，也沒有走錯教室。
　　　　（環顧四周）到底是誰的啊？
宰英　　（E）是我的。

尚宇反射性地回頭，看到了一個戴著紅色帽子、身穿紅色飛行夾克，手上還拿著
紅色可樂罐的不速之客！
全身上下都用紅色武裝的宰英氣勢洶洶地走向尚宇面前。

宰英　　（厚著臉皮）喂，沒想到尚宇你也選了這堂課耶？

（畫面從）立刻認出宰英而露出驚訝表情的尚宇！！

（切換至）
像是一幅畫般坐在第四排窗邊座位的宰英。
適量的陽光圍繞在他身邊，微風從窗戶的縫隙陣陣吹入，窗簾也隨之擺盪。
鏡頭從宰英平和的樣子往右移開後，
可以看到坐在對角線斜後方的座位上，正用不滿意的目光瞪著宰英的尚宇。
在這個畫面上，彷彿背景音般響起了資工系教授的點名聲。

教授　　（看著點名簿）嗯……張宰英同學？
宰英　　（露出得體的微笑並舉起手）有！ *塗鴉即興發揮
教授　　你是視覺設計系的？跟得上這門課的進度嗎？

尚宇　　（E）從開學第一天就諸事不順呢。

S#8. 工學院，教室／白天

空蕩蕩的教室，站在窗邊第四排座位前的尚宇，
帶著反感的表情斜眼看了放在桌上的紅色環保袋一眼。

尚宇　　（確認手錶顯示的時間是九點半）提早了三十分鐘，也沒有走錯教室。
　　　　（環顧四周）到底是誰的啊？

宰英　　（E）是我的。

尚宇反射性地回頭，看到了一個戴著紅色帽子、身穿紅色飛行夾克，手上還拿著
紅色可樂罐的不速之客！
全身上下都用紅色武裝的宰英氣勢洶洶地走向尚宇面前。

宰英　　（厚著臉皮）沒想到尚宇你也選了這堂課耶？

（畫面從）立刻認出宰英而露出驚訝表情的尚宇！！
（切換至）
像是一幅畫般坐在第四排窗邊座位的宰英。
適量的陽光圍繞在他身邊，微風從窗戶的縫隙陣陣吹入，窗簾也隨之擺盪。
鏡頭從宰英平和的樣子往右移開後，
可以看到坐在對角線斜後方的座位上，正用不滿意的目光瞪著宰英的尚宇。
在這個畫面上，彷彿背景音般響起了資工系教授的點名聲。

教授　　（看著點名簿）嗯……張宰英同學？
宰英　　（露出得體的微笑並舉起手）有！
教授　　你是視覺設計系的？跟得上這門課的進度嗎？

站在講臺上的教授背後的黑板上，寫著「應用軟體工學」的科目名稱。

宰英　　那當然，教授！我平常對資訊工程很～～有興趣。

就

教授　　……是嗎？

哈！

宰英　　（若無其事地）因為藝術和程式的融合　是未來的趨勢嘛！（豎起大拇指）

聽到宰英厚臉皮的回答，教授高興地呵呵笑著。

「呵！」覺得傻眼而冷笑出聲的尚宇，在筆記本上繼續畫著運算法則。

宰英惹人厭地往後看，朝著尚宇微微一笑，接著運算法則在畫面上具象化……

（運算法則幻想１）

尚宇揮舞著手，驅趕變成蜜蜂角色的張宰英。

朝著尚宇發射蜂針的宰英，尚宇因而昏倒在地。

之後尚宇生命值不斷降低！

畫面上顯示【發生報復】

（運算法則幻想２）

尚宇忽視化身蜜蜂角色的張宰英，並背對著他。

宰英雖然黏著尚宇，尚宇卻一概無視。

因為疲倦而放棄的張宰英，在那之後生命值不斷降低。

畫面上顯示【興趣缺缺】

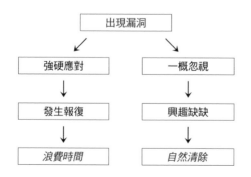

站在講臺上的教授背後的黑板上，寫著「應用軟體工學」的科目名稱。

宰英　　那當然，教授！我平常對資訊工程很～～有興趣。

教授　　⋯⋯是嗎？

宰英　　（若無其事地）因為藝術和程式的融合是未來的趨勢嘛！

　　　　　（豎起大拇指）

導演
指示

用乜整齊
地畫。

聽到宰英厚臉皮的回答，教授高興地呵呵笑著。

「呵！」覺得傻眼而冷笑出聲的尚宇，在筆記本上繼續畫著運算法則。

宰英惹人厭地往後看，朝著尚宇微微一笑，接著運算法則在畫面上具象化⋯⋯

（運算法則幻想1）

尚宇揮舞著手，驅趕變成蜜蜂角色的張宰英。

朝著尚宇發射蜂針的宰英，尚宇因而昏倒在地。

之後尚宇生命值不斷降低！

畫面上顯示【發生報復】

（運算法則幻想2）

尚宇忽視化身蜜蜂角色的張宰英，並背對著他。

宰英雖然黏著尚宇，尚宇卻一概無視。

因為疲倦而放棄的張宰英，在那之後生命值不斷降低。

畫面上顯示【興趣缺缺】

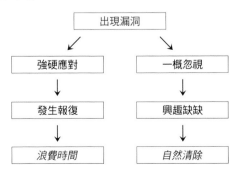

從想像中回到現實的尚宇，看著宰英的背影，圈起筆記本上的「忽視」二字。

S#9. 學生餐廳／白天

和朋友**恩情**（二十一歲，女）拿著餐盤尋找空位的智慧，

坐在位子上後，一直重新整理沒有收到尚宇回覆的聊天室。

〔尚宇學長，你好！我是幾天前拿到你的電話號碼的智慧！！（表情符號）

你找到設計師了嗎？^~^〕

智慧　（悶悶不樂地）沒有回覆耶……

恩情　算了吧！他的防火牆可不是普通的釣魚病毒可以突破的。

智慧　哇！妳的意思是說，我是病毒嗎？

恩情　（安撫）我是擔心妳，才會這麼說的啦～～他可不是其他人，而是秋尚
　　　　宇學長耶！

　　　　妳有看過那個學長跟誰一起行動……

　　　　（用筷子夾起小菜吃到一半，停頓）什麼……那個組合是怎麼回事？

智慧順著恩情的視線轉頭一看，

竟發現尚宇和宰英面對面坐在一起吃飯。

宰英正咧嘴一笑，從自己的餐盤上，分了某道菜給尚宇。

> **導演指示**
>
> 開心死了！
> 像小學生一樣興
> 奮的宰英。

恩情　甚至還夾菜給他，看來他們很熟嘛？

鏡頭移動至尚宇和宰英的餐桌。

無視正在捉弄自己的宰英，默默吃著飯的尚宇。咻～

習慣性地從熱炒類的配菜中挑出不吃的花椰菜，

宰英卻用湯匙盛滿了花椰菜，「啪」一聲放在尚宇的飯上。　哐～

尚宇訝異地望向宰英。

從想像中回到現實的尚宇，看著宰英的背影，圈起筆記本上的「忽視」二字。

S#9. 學生餐廳／白天

和朋友**恩情**（二十一歲，女）拿著餐盤尋找空位的智慧，

坐在位子上後，一直重新整理沒有收到尚宇回覆的聊天室。

〔尚宇學長，你好！我是幾天前拿到你的電話號碼的智慧！！（表情符號）

你找到設計師了嗎？^~^〕

智慧　（悶悶不樂地）沒有回覆耶……

恩情　算了吧！他的防火牆可不是普通的釣魚病毒可以突破的。

智慧　呿！妳的意思是說，我是病毒嗎？

恩情　（安撫）我是擔心妳，才會這麼說的啦～～他可不是其他人，而是秋尚
　　　　宇學長耶！

　　　　妳有看過那個學長跟誰一起行動……

　　　　（用筷子夾起小菜吃到一半，停頓）什麼……那個組合是怎麼回事？

智慧順著恩情的視線轉頭一看，

竟發現尚宇和宰英面對面坐在一起吃飯。

宰英正咧嘴一笑，從自己的餐盤上，分了某道菜給尚宇。

恩情　甚至還夾菜給他，看來他們很熟嘛？

鏡頭移動至尚宇和宰英的餐桌。

無視正在捉弄自己的宰英，默默吃著飯的尚宇。

習慣性地從熱炒類的配菜中挑出不吃的花椰菜，

宰英卻用湯匙盛滿了花椰菜，「啪」一聲放在尚宇的飯上。

尚宇訝異地望向宰英。

宰英　我看你好像捨不得吃。盡量吃吧！（眨眼）　　＊假裝在擔心他

尚宇瞬間想要罵人，於是把剩下的食物全都塞進嘴裡，然後迅速站起身。
宰英這次大聲叫住尚宇，引起了眾人的注意。

宰英　（誇張地）喂，飯菜沒吃完，可是會遭天譴的哦，尚宇～～！

尚宇已經無比煩躁，卻還是頭也不回地走向回收區。

智慧　（仔細觀察）他們……好像不是朋友耶……

智慧和恩情在尚宇經過兩人身邊時，趕快向他說了一聲「你好～～」
但臉上滿是不悅的尚宇沒聽見，逕自離開了。

S#10. 通識大樓，研討教室／白天（翌日）

講臺的投影螢幕上，顯示著「韓國大學生品格教育－成績標準」的標題。
「變得超困難的。」「好像是因為去年的事件……」
竊竊私語著走進教室的學生們。

宥娜　嘖……都怪某人，現在連來點個名就走都不行了。

伸著懶腰，嘴裡小聲抱怨的宥娜，看到走進教室的宰英後，覺得很驚訝。
宰英今天也是全身紅的怪異時尚。

宥娜　嘖嘖……都第幾天了？又不是在示威！
　　　　如果你要這樣戴那頂帽子就還給我！我拿去丟掉。
宰英　幹嘛～～同一種顏色不是很搭嗎？而且也很引人注意。
宥娜　這就是問題！我怕我連作夢也會夢到。

宰英　　我看你好像捨不得吃。盡量吃吧！（眨眼）

尚宇瞬間想要罵人，於是把剩下的食物全都塞進嘴裡，然後迅速站起身。
宰英這次大聲叫住尚宇，引起了眾人的注意。

宰英　　（誇張地）飯菜沒吃完，可是會遭天譴，尚宇～～！

尚宇已經無比煩躁，卻還是頭也不回地走向回收區。

智慧　　（仔細觀察）他們……好像不是朋友耶……

智慧和恩情在尚宇經過兩人身邊時，趕快向他說了一聲「你好～～」
但臉上滿是不悅的尚宇沒聽見，逕自離開了。

S#10. 通識大樓，研討教室／白天（翌日）

講臺的投影螢幕上，顯示著「韓國大學生品格教育－成績標準」的標題。
「變得超困難的。」「好像是因為去年的事件……」
竊竊私語著走進教室的學生們。

宥娜　　嘖……都怪某人，現在連來點個名就走都不行了。

伸著懶腰，嘴裡小聲抱怨的宥娜，看到走進教室的宰英後，覺得很驚訝。
宰英今天也是全身紅的怪異時尚。

宥娜　　嘖嘖……都第幾天了？又不是在示威！
　　　　　如果你要這樣戴那頂帽子就還給我！我拿去丟掉。
宰英　　幹嘛～～同一種顏色不是很搭嗎？而且也很引人注意。
宥娜　　這就是問題！我怕我連作夢也會夢到。

宰英在宥娜身邊坐下，宥娜則彷彿在閃躲他似地，往旁邊挪了一個座位。

宰英　　果然是這樣沒錯吧？是沒辦法忽視的打扮吧？

（算）

（啊）但是他的表情不知道原本就是那樣，還是在故作冷靜，

完全看不懂他的反應，真是吊人胃口……（酸澀的語氣）

宥娜　　（驚訝地）你這些話裡的人……該不會是秋尚宇吧？

宰英　　（微微一笑）尚宇說，他討厭紅色，而且最討厭的人是我。

宥娜　　（覺得傻眼，無話可說）

宰英　　（可惜地）唉……要不是這堂課，我現在就能
　　　　跟他一起聽工程數學了……

「瘋子……」搖了搖頭，又朝旁邊移動，再挪了一個座位的宥娜。

宰英沒受到任何打擊，只是忙著確認某事。

仔細一看，是尚宇的課表。畫面切換宰英看到尚宇在下午一點有法語課而咧嘴一笑。

S#11. 通識大樓，法語教室／白天

快步跑進教室的尚宇，

看到放在窗邊座位上的包包，果不其然煩躁地嘆了一口氣。

此時，宰英勾住他的肩膀，站到尚宇身旁。

宰英　　今天也白忙一場了，對吧？

尚宇　　（甩開宰英的手）到底是怎麼知道我的課表的？

從懷中拿出一張紙，示威似地揮舞著的宰英。

宰英　　你不是想要讓我知道，才親切地留下這張紙嗎？

INS ＞＃1，會議室裡，因為一份文件而鬥氣的兩人之間，

宰英在宥娜身邊坐下，宥娜則彷彿在閃躲他似地，往旁邊挪了一個座位。

宰英　　果然是這樣沒錯吧？是沒辦法忽視的打扮吧？
　　　　但是他的表情不知道原本就是那樣，還是在故作冷靜，
　　　　完全看不懂他的反應，真是吊人胃口……
宥娜　　（驚訝地）你這些話裡的人……該不會是秋尚宇吧？
宰英　　（微微一笑）尚宇說，他討厭紅色，而且最討厭的人是我。
宥娜　　（覺得傻眼，無話可說）
宰英　　（可惜地）唉……要不是這堂課，我現在就能
　　　　跟他一起聽工程數學了……

「瘋子……」搖了搖頭，又朝旁邊移動，再挪了一個座位的宥娜。
宰英沒有受到任何打擊，只是忙著確認某事。
仔細一看，是尚宇的課表。畫面切換宰英看到尚宇在下午一點有法語課而咧嘴一笑。

S#11. 通識大樓，法語教室／白天

快步跑進教室的尚宇，
看到放在窗邊座位上的包包，果不其然煩躁地嘆了一口氣。
此時，宰英勾住他的肩膀，站到尚宇身旁。

宰英　　今天也白忙一場了，對吧？
尚宇　　（甩開宰英的手）到底是怎麼知道我的課表的？

從懷中拿出一張紙，示威似地揮舞著的宰英。

宰英　　你不是想要讓我知道，才親切地留下這張紙嗎？

INS＞#1，會議室裡，因為一份文件而鬥氣的兩人之間，

一張印著下學期課表的紙掉落在地上。

尚宇　（忍住怒火，搶走紙張）看來你的專長是浪費時間，
　　　不過我對你沒興趣。

宰英　（走向座位）你還滿會忍的嘛！我承認！

彷彿在炫耀一般，傲慢地癱坐在椅子上，甚至還翹起腳的宰英，
接著從包包裡拿出「黑色狂熱」咖啡，「喀」一聲放在桌上。

尚宇　真幼稚。

尚宇好像不想再見到宰英，找到一個盡可能離宰英最遠的座位坐下。

（切換至）

教授　（E）好了～～大家都跟搭檔打過招呼了吧？

顯示在投影螢幕上的「法語會話報告名單」。
其中，「視覺設計系張宰英－資訊工程系秋尚宇」被分配到前面的順序。
無可奈何坐在宰英旁邊的尚宇，表情越來越難看。

尚宇　（舉起手）教授，我不喜歡我的搭檔，
　　　實在無法跟他一起準備報告，可以換人嗎？

教授　不行，克服這一點正是團隊合作的真諦。

尚宇　（不得已）……是。

宰英　（噗哧一笑，靠向尚宇並在他耳邊說悄悄話）相・信・我・吧！

尚宇　（輕蔑地拉開距離）

宰英　學長我會好好罩你的～～

導演指示

咧嘴一笑，
但是情緒
不要太嗨。

意味深長的表情。（宰英已經知道要一起報告的事）

一張印著下學期課表的紙掉落在地上。

尚宇　　（忍住怒火，搶走紙張）看來你的專長是浪費時間，
　　　　不過我對你沒興趣。
宰英　　（走向座位）你還滿會忍的嘛！我承認！

彷彿在炫耀一般，傲慢地攤坐在椅子上，甚至還翹起腳的宰英。
接著從包包裡拿出「黑色狂熱」咖啡，「喀」一聲放在桌上。

尚宇　　真幼稚。

尚宇好像不想再見到宰英，找到一個盡可能離宰英最遠的座位坐下。

（切換至）
教授　　（E）好了～～大家都跟搭檔打過招呼了吧？

顯示在投影螢幕上的「法語會話報告名單」。
其中，「視覺設計系張宰英－資訊工程系秋尚宇」被分配到前面的順序。
無可奈何坐在宰英旁邊的尚宇，表情越來越難看。

尚宇　　（舉起手）教授，我不喜歡我的搭檔，
　　　　實在無法跟他一起準備報告，可以換人嗎？
教授　　不行，因為克服這一點正是團隊合作的真諦。
尚宇　　（不得已）……是。
宰英　　（噗哧一笑，靠向尚宇並在他耳邊說悄悄話）相‧信‧我‧吧！
尚宇　　（輕蔑地拉開距離）
宰英　　學長我會好好罩你的～～

開心笑著的宰英臉上，畫上了一條長長的紅線。

尚宇　　（E）穿著紅色的衣服到處亂晃的罪。〔沒有犯法〕

S#12. 聯排住宅前，外部／夜晚

一條一條讀著手機記事本裡的「瘋子罪行」，一邊走回家的尚宇。
一邊在沒有犯法的項目畫上紅線刪去。

尚宇　　（E）霸佔我最愛座位的罪。〔沒有犯法〕
　　　　讓咖啡缺貨的罪。〔沒有犯法〕
　　　　存在本身。〔沒有犯法〕

尚宇　　這算什麼法律……

尚宇突然感覺有點鬱悶，於是把頭往後仰，看著天空……
竟從街道上的反光鏡看到站在自己身後的宰英！
尚宇嚇了一跳，隨即轉身一看，幸好只是一片漆黑。

尚宇　　現在居然產生幻覺了。

尚宇一臉緊張地察看著四周，繼續往家的方向前進。

導演
指示

宰英踏著輕快的腳
步。不能看起來像
是在犯案，反而要
很輕快（？）

S#13. 聯排住宅，走廊／夜晚

在無比敏感的狀態下穿過走廊的尚宇，
隱約感覺到背後好像有人正尾隨著自己。
尚宇因為緊張而漸漸加快腳步，後面的人也跟著越走越快。
最後，尚宇幾乎是用跑的抵達家門前，就在他急著要拿出鑰匙的瞬間……

開心笑著的宰英臉上，畫上了一條長長的紅線。

尚宇　　（E）穿著紅色的衣服到處亂晃的罪。▽〔沒有犯法〕

S#12. 聯排住宅前，外部／夜晚

一條一條讀著手機記事本裡的「瘋子罪行」，一邊走回家的尚宇。
一邊在沒有犯法的項目畫上紅線刪去。

尚宇　　（E）霸佔我最愛座位的罪。▽〔沒有犯法〕
　　　　讓咖啡缺貨的罪。▽〔沒有犯法〕
　　　　存在本身。▽〔沒有犯法〕

尚宇　　這算什麼法律……

尚宇突然覺得有點鬱悶，於是把頭往後仰，看著天空……
竟從街道上的反光鏡看到站在自己身後的宰英！
尚宇嚇了一跳，隨即轉身一看，幸好只是一片漆黑。

尚宇　　現在居然產生幻覺了。

尚宇一臉緊張地察看著四周，繼續往家的方向前進。

S#13. 聯排住宅，走廊／夜晚

在無比敏感的狀態下穿過走廊的尚宇，
隱約感覺到背後好像有人正尾隨著自己。
尚宇因為緊張而漸漸加快腳步，後面的人也跟著越走越快。
最後，尚宇幾乎是用跑的抵達家門前，就在他急著要拿出鑰匙的瞬間……

跟著他的男人在隔壁（401號）的門前停下。

尚宇繃緊了神經，小心翼翼地望向隔壁……居然是宰英！

喂，臭小子，

尚宇　　啊！

宰英　　（跟著被嚇到而全身一震）可惡，嚇死我了。你幹嘛嚇成那樣？

尚宇　　你瘋了嗎？你怎麼會知道這裡！！

宰英　　（『噓』了一聲）鄰居會被你嚇到。

尚宇　　（嚴肅地）我要報警，說你跟蹤我。

宰英　　（咧嘴一笑）用什麼理由？　＊惹人厭地

宰英像是炫耀似地拿出鑰匙，打開了401號大門。

尚宇驚訝地看著他。

宰英　　因為認識的學長偶然搬到你隔壁嗎？

　　　　（抓抓頭）這可以當作報案的理由嗎？

尚宇　　（嗤笑）你現在是想要我相信你嗎？

宰英　　（討人厭地）如果不相信也沒辦法～～反正這都是事實。

你

　　　　我也是這幾天才知道，真～～的嚇了一跳……可是我卻沒有表現出來。

好大

看著悠哉地捉弄自己的宰英，尚宇一下子平息怒氣，立刻冷靜了下來。

尚宇　　我還以為你只是個人渣，沒想到根本是個神經病。

宰英　　（完全不受打擊，微笑著）我常常聽別人這麼說我。　──評論

尚宇　　（嘲笑著）你好像在期待我會做出什麼了不起的反應，

　　　　不過學長做的這些事，對我來說根本不算什麼。

宰英　　聽到你這麼說，讓我更火大了呢！

有勝負欲

跟著他的男人在隔壁（401號）的門前停下。

尚宇繃緊了神經，小心翼翼地望向隔壁……居然是宰英！

尚宇　　啊！

宰英　　（跟著被嚇到而全身一震）可惡，嚇死我了。你幹嘛嚇成那樣？

尚宇　　你瘋了嗎？你怎麼會知道這裡！！

　我說，

宰英　　（『噓』了一聲）鄰居會被你嚇到。

尚宇　　（嚴肅地）我要報警，說你跟蹤我。

宰英　　（咧嘴一笑）用什麼理由？

宰英像是炫耀似地拿出鑰匙，打開了401號大門。

尚宇驚訝地看著他。

宰英　　因為認識的學長偶然搬到你隔壁嗎？

　　　　（抓抓頭）這可以當作報案的理由嗎？

尚宇　　（嗤笑）你現在是想要我相信你嗎？

宰英　　（討人厭地）如果不相信也沒辦法～～反正這都是事實。

　　　　我也是這幾天才知道，真～～的嚇了好大一跳……可是我卻沒有表現出來。

看著悠哉地捉弄自己的宰英，尚宇一下子平息怒氣，立刻冷靜了下來。

＊接著

尚宇　　我還以為你只是個人渣，沒想到根本是個神經病。

宰英　　（完全不受打擊，微笑著）我常常聽別人這麼說我。

尚宇　　（嘲笑著）你好像在期待我會做出什麼了不起的反應，

　　　　不過學長做的這些事，對我來說根本不算什麼。

宰英　　聽到你這麼說，讓我更火大了呢！

尚宇不以為然地看著宰英，打開了家門。

尚宇　我們好好相處吧，神經病學長！
宰英　（目光含笑）感謝你的打氣，瘋子學弟。

兩人半開著大門，一直瞪著對方直到最後。
兩人的頭頂上，走廊照明的燈泡奄奄一息地忽明忽暗。

S#14. 工學院，廁所前走廊／白天（翌日）

黑眼圈已經蔓延到顴骨的尚宇，正因為睏意而搖頭晃腦。
智慧正想要爽朗地向尚宇打招呼，卻因為他的模樣而大吃一驚。

智慧　（倒抽一口氣）學長，你哪裡不舒服嗎？（驚嚇）天啊，鼻血！！

尚宇擦去突然流下來的鼻血，然後呆呆看著。
智慧嚇了一跳，立刻拿出衛生紙堵住尚宇的鼻子……

另一方面，一邊哼著歌，一邊和不知不覺熟識的工科生朋友漫步在走廊上的宰英，注視著親密地並肩消失在走廊另一端的尚宇和智慧，不禁感到疑惑。

宰英　怎麼會有女生……？（輕輕撞了一下東健）喂，那是誰啊，秋尚宇旁邊的？
東健　好像是……柳智慧耶？對吧？B班的柳智慧。
健熙　哦……聽說她好像對秋尚宇有意思，看來他們真的有什麼耶？
宰英　嗯哼～～原來你還有這種閒工夫？啊

宰英的視線一直盯著走進大樓的尚宇和智慧。

尚宇不以為然地看著宰英，打開了家門。

尚宇　　我們好好相處吧，神經病學長！
宰英　　（目光含笑）感謝你的打氣，瘋子學弟。

兩人半開著大門，一直瞪著對方直到最後。
兩人的頭頂上，走廊照明的燈泡奄奄一息地忽明忽暗。

S#14. 工學院，廁所前走廊／白天（翌日）

黑眼圈已經蔓延到顴骨的尚宇，正因為睏意而搖頭晃腦。
智慧正想要爽朗地向尚宇打招呼，卻因為他的模樣而大吃一驚。

智慧　　（倒抽一口氣）學長，你哪裡不舒服嗎？（驚嚇）天啊，鼻血！！

尚宇擦去突然流下來的鼻血，然後呆呆看著。
智慧嚇了一跳，立刻拿出衛生紙堵住尚宇的鼻子⋯⋯

另一方面，一邊哼著歌，一邊和不知不覺熟識的工科生朋友漫步在走廊上的宰英，注視著親密地並肩消失在走廊另一端的尚宇和智慧，不禁感到疑惑。

宰英　　怎麼會有女生⋯⋯？（輕輕撞了一下東健）那是誰啊，秋尚宇旁邊的？
東健　　好像是⋯⋯柳智慧耶？對吧？ B班的柳智慧。
健熙　　哦⋯⋯聽說她好像對秋尚宇有意思，看來他們真的有什麼耶？
宰英　　嗯哼～～原來你還有這種閒工夫？

宰英的視線一直盯著走進大樓的尚宇和智慧。

張宰英劇本

S#15. 工學院，教室／白天

喝著飲料，慢慢走進教室的宰英，
看到枕著自己的包包睡著的尚宇，露出了傻眼的笑容。

黑色狂熱

宰英　　現在打算豁出去了，是嗎？

哎呀，

宰英想要抽出被尚宇枕著的包包，後來卻直接放棄，坐到尚宇身旁的位子。
然後，他用手撐著頭並靠在桌上，彷彿探索似地靜靜看著尚宇的睡顏。

宰英　　每次見面，他總是戴著帽子呢⋯⋯不會覺得不方便嗎？

宰英拿起眼前的原子筆輕輕頂開帽簷，悄悄打量著尚宇。

宰英　　嗯⋯⋯不皺眉頭的時候，還滿耐看的嘛！

緊盯著尚宇的素顏，突然想起了什麼而挑了挑眉，接著頑皮一笑的宰英。

教授　　（E）秋尚宇同學！秋尚宇同學！！

（切換至）

突然張開眼睛的尚宇，因為驚嚇而迅速抬起上半身。
教授和其他同學們的目光，全都聚集在尚宇身上。

教授　　才開學第一週就打瞌睡，這樣像話嗎？
尚宇　　（慌張鞠躬）對不起。

尚宇挺直了鞠躬的腰，終於完全露出自己的臉。

S#15. 工學院，教室／白天

喝著飲料，慢慢走進教室的宰英，

看到枕著自己的包包睡著的尚宇，露出了傻眼的笑容。

宰英　　現在打算豁出去了，是嗎？

宰英想要抽出被尚宇枕著的包包，後來卻直接放棄，坐到尚宇身旁的位子。

然後，他用手撐著頭並靠在桌上，彷彿探索似地靜靜看著尚宇的睡顏。

宰英　　每次見面，他總是戴著帽子呢⋯⋯不會覺得不方便嗎？

宰英拿起眼前的原子筆輕輕頂開帽簷，悄悄打量著尚宇。

宰英　　嗯⋯⋯不皺眉頭的時候，還滿耐看的嘛！

緊盯著尚宇的素顏，突然想起了什麼而挑了挑眉，接著頑皮一笑的宰英。

教授　　（**E**）秋尚宇同學！秋尚宇同學！！

（切換至）

突然張開眼睛的尚宇，因為驚嚇而迅速抬起上半身。

教授和其他同學們的目光，全都聚集在尚宇身上。

教授　　才開學第一週就打瞌睡，這樣像話嗎？

尚宇　　（慌張鞠躬）對不起。

> 導演指示
>
> 一開始不公開
> 塗鴉。
> 只塗鴉一邊。

尚宇挺直了鞠躬的腰，終於完全露出自己的臉。

「噗」的一聲，不約而同哄堂大笑的學生們。

不明就裡而一臉茫然的尚宇，臉上被畫滿了可愛的塗鴉。

尚宇直覺不太對勁，轉頭看向身旁的座位，

卻看到宰英正晃動著手中的奇異筆。

宰英快被尚宇迷糊的表情笑死，一直拚命憋笑。

中招了！尚宇露出絕望的表情。

S#16. 工學院，廁所／白天

尚宇粗暴地打開水龍頭，將肥皂搓出泡沫，接著迅速搓洗人中，
因為洗得掉的部分微乎其微而覺得懊惱。

尚宇　　該死的傢伙……！全身上下都是錯誤的傢伙！

因為肥皂水碰到眼睛而用水不斷清洗，突然湧上一股怒氣，瞪著鏡子的尚宇，
抽出紙巾擦拭著臉，實在無法繼續忍受般用力將紙巾捏成一團。

S#17. 工學館，廁所前走廊／白天

斜倚在廁所前走廊的牆上，有一下沒一下抖著腳的宰英。

　　　　　　　　有點
宰英　　用油性筆會不會太過分了啊～～？

宰英一邊嘻皮笑臉，一邊望穿秋水地等著不知何時才會出現的尚宇。
走出廁所的尚宇，毫無顧忌地大步朝著宰英走去。

尚宇　　我說……你瘋了嗎？！

看到尚宇激動的反應而有些訝異的宰英，卻馬上又覺得很有意思。

「噗」的一聲，不約而同哄堂大笑的學生們。

不明就裡而一臉茫然的尚宇，臉上被畫滿了可愛的塗鴉。

尚宇直覺不太對勁，轉頭看向身旁的座位，卻看到宰英正晃動著手中的奇異筆。

宰英快被尚宇迷糊的表情笑死，一直拚命憋笑。

中招了！尚宇露出絕望的表情。

S#16. 工學院，廁所／白天

尚宇粗暴地打開水龍頭，將肥皂搓出泡沫，接著迅速搓洗人中，

因為被洗掉的部分微乎其微而覺得懊惱。

尚宇 ~~該死的傢伙……！~~

可惡，美術學院的學生畫得還真是仔細

全身上下都是錯誤的傢伙！

混帳

喃喃自語的部分
不表現

因為肥皂水碰到眼睛而用水不斷清洗，突然湧上一股怒氣，瞪著鏡子的尚宇，

抽出紙巾擦拭著臉，實在無法繼續忍受般用力將紙巾捏成一團。

S#17. 工學館，廁所前走廊／白天

斜倚在廁所前走廊的牆上，有一下沒一下抖著腳的宰英。

宰英 用油性筆會不會太過分了啊～～？

導演指示

1. 受到實質上的欺負？
2. 在眾人面前丟臉→尚宇的憤怒值上升；像小學生一樣興奮，覺得眼前的狀況很有趣的宰英。

宰英一邊嘻皮笑臉，一邊望穿秋水地等著不知何時才會出現的尚宇。

走出廁所的尚宇，毫無顧忌地大步朝著宰英走去。

尚宇 我說……你瘋了嗎？！

看到尚宇激動的反應而有些訝異的宰英，卻馬上又覺得很有意思。

張宰英劇本

導演
指示

宰英，接近
尚宇。

宰英　（四處打量）洗得很乾淨嘛？
　　　哇啊，　　　耶

尚宇　請你適可而止。我不打算接受學長幼稚的玩笑。

宰英　你生氣的時候，眉毛會抖動耶！＊輕撫下巴

一直無視自己的
尚宇第一次有了
反應！

因為憤怒而把帽簷壓得更低的尚宇。
宰英則因為尚宇開始在意自己的話而感到開心。

尚宇　（恢復理性）你做到這個地步的理由是什麼？

　　　就算這麼做，你也不能現在就立刻畢業。

宰英　（噗哧）說什麼畢業……現在才開學多久？

尚宇　那麼到底為什麼……

宰英　現在我對你已經沒有什麼不滿，多虧了學弟，我每天都過得很愉快。

尚宇　（傻眼）折磨我對你有什麼好處？

宰英　就只是……（咧嘴一笑）心情問題。

突然覺得毛骨悚然而微微一顫的尚宇，
接著緊緊握住拳頭，彷彿要挑戰宰英般直視著他。

尚宇　如果你有什麼目的，就直接說清楚，不要一直折磨人。

宰英　我的目的啊……

　　　（彷彿在試探般緊盯著尚宇，接著把視線移到他的臉上）脫掉吧！

尚宇　？！！

宰英　脫掉吧！那頂帽子。

聽到宰英挑釁的話而一臉陰沉的尚宇！！

第2話END

宰英　（四處打量）洗得很乾淨嘛？

尚宇　請你適可而止。我不打算接受學長幼稚的玩笑。

宰英　你生氣的時候，眉毛會抖動耶！

因為憤怒而把帽簷壓得更低的尚宇。

宰英則因為尚宇開始在意自己的話而感到開心。

尚宇　（恢復理性）你做到這個地步的理由是什麼？

　　　就算這麼做，你也不能現在就立刻畢業。

宰英　（噗哧）說什麼畢業……現在才開學多久？

尚宇　那麼到底為什麼……

宰英　現在我對你已經沒有什麼不滿，多虧了學弟，我每天都過得很愉快。

尚宇　（傻眼）折磨我對你有什麼好處？

宰英　就只是……（咧嘴一笑）心情問題。

突然覺得毛骨悚然而微微一顫的尚宇，

接著緊緊握住拳頭，彷彿要挑戰宰英般直視著他。

> 導演指示
>
> 尚宇，往前一步。

尚宇　如果你有什麼目的，就直接說清楚，不要一直折磨人。

宰英　我的目的啊……

　　　（彷彿在試探般緊盯著尚宇，接著把視線移到他的臉上）脫掉吧！

尚宇　？！！

宰英　脫掉吧！那頂帽子。

聽到宰英挑釁的話而一臉陰沉的尚宇！！

第2話END

THREE

[SEMANTIC
ERROR]

S#1. 工學院，廁所前走廊／白天

矗立在空蕩蕩的走廊上，互相看著對方的宰英和尚宇。

尚宇　　如果你有什麼目的，就直接說清楚，不要一直折磨人。
宰英　　我的目的啊……
　　　　（彷彿在試探般緊盯著尚宇，接著把視線移到他的臉上）脫掉吧！
尚宇　　？！！
宰英　　脫掉吧！那頂帽子。

聽到宰英挑釁的話而一臉陰沉的尚宇！！

尚宇　　你是流氓嗎？你覺得耍流氓很好玩嗎？
宰英　　（看到尚宇這麼激動，有點吃驚）為了一頂帽子，你反應也太大了吧？
　　　　（故作鎮定）你不是叫我說出我的目的嗎？
尚宇　　哈！你好像以為自己隨便亂說什麼都可以……
　　　　（走近一步）我不想再被學長牽著鼻子走了！
宰英　　（因為突然靠近的尚宇而嚇了一跳）
尚宇　　（看著宰英的雙眼）意思就是，以後我不會再忍耐了。

帽簷下，尚宇散發出強烈光芒的眼神，在宰英心裡留下深刻的印象。
接著，在尚宇毫不留戀地離開後，宰英緊繃的神經一放鬆，便露出了苦笑。

宰英　　看看他這魄力！

不要說是被嚇到了，宰英反而露出更興味盎然的微笑。
在他的笑臉上，畫面彷彿發生故障，不停發出「滋滋滋」的聲響，
同時顯示「錯誤」標示！

S#1. 工學院，廁所前走廊／白天

矗立在空蕩蕩的走廊上，互相看著對方的宰英和尚宇。

尚宇　　如果你有什麼目的，就直接說清楚，不要一直折磨人。

宰英　　我的目的啊……

　　　　（彷彿在試探般緊盯著尚宇，接著把視線移到他的臉上）脫掉吧！

尚宇　　？！！

宰英　　脫掉吧！那頂帽子。

聽到宰英挑釁的話而一臉陰沉的尚宇！！

尚宇　　你是流氓嗎？你覺得耍流氓很好玩嗎？

宰英　　（看到尚宇這麼激動，有點吃驚）為了一頂帽子，反應也太大了吧？

　　　　（故作鎮定）你不是叫我說出目的嗎？

尚宇　　哈！你好像以為自己隨便亂說什麼都可以……

　　　　（走近一步）我不想再被學長牽著鼻子走了！

宰英　　（因為突然靠近的尚宇而嚇了一跳）

尚宇　　（看著宰英的雙眼）意思就是，以後我不會再忍耐了。

帽簷下，尚宇散發出強烈光芒的眼神，在宰英心裡留下深刻的印象。

接著，在尚宇毫不留戀地離開後，宰英緊繃的神經一放鬆，便露出了苦笑。

宰英　　看看這魄力！

不要說是被嚇到了，宰英反而露出更興味盎然的微笑。

在他的笑臉上，畫面彷彿發生故障，不停發出「滋滋滋」的聲響，

同時顯示「錯誤」標示！

Title in ／語意錯誤

S#2. 美術學院，工作室／白天

宥娜和亨卓在一旁取笑著坐在沙發上吃泡麵的宰英。

宥娜　（痛快地笑著）秋尚宇的脾氣也不是蓋的耶！張宰英吃鱉了吧～～

亨卓　（看著宰英）就是說啊！幹嘛沒頭沒尾叫人家脫帽子？哥，霸凌別人可
　　　　是犯法的。

宰英　什麼霸凌……（吃一口泡麵）我只是……

INS ＞ #1，想起戲劇性地突然走近自己的尚宇露出的強烈眼神。

宰英　（沉浸在感慨中）我只是想看清楚一點他生氣的臉而已。

宥娜　（嫌惡地）怎麼回事？你剛才……真的超像死變態神經病。

宰英　嗯～～感謝稱讚。

宥娜　嗯～～把罵你的話當成稱讚，我也要謝謝你。

看著兩人吵吵鬧鬧，亨卓說了一句「真幼稚」，便將目光轉向放在膝上的筆電。
但他在看到網路上張貼的公告後，表情馬上皺成一團。

亨卓　瘋了……你們看看這個！

亨卓激動地將螢幕轉向宥娜和宰英。
「捷星遊戲金圭泰代表（經營系04級）輔導特別講座」的海報被貼在學校布告欄
上。（海報上有主講人的臉）

宥娜　（仔細一看）咦？這傢伙不是只給你一點零頭，
　　　　最後沒把錢付清就逃走的混蛋嗎？

亨卓　（激動地點頭）這傢伙真的很惡劣耶！

Title in ／語意錯誤

S#2. 美術學院，工作室／白天

宥娜和亨卓在一旁取笑著坐在沙發上吃泡麵的宰英。

宥娜　（痛快地笑著）秋尚宇的脾氣也不是蓋的耶！張宰英吃鱉了吧～～

亨卓　（看著宰英）就是說啊！幹嘛沒頭沒尾叫人家脫帽子？哥，霸凌別人可
　　　　是犯法的。

宰英　什麼霸凌……（吃一口泡麵）我只是……

INS ＞#1，想起戲劇性地突然走近自己的尚宇露出的強烈眼神。

宰英　（沉浸在感慨中）我只是想看清楚一點他生氣的臉而已。

宥娜　（嫌惡地）怎麼回事？你剛才……真的超像死變態神經病。

宰英　嗯～～感謝稱讚。

宥娜　嗯～～把罵你的話當成稱讚，我也要謝謝你。

看著兩人吵吵鬧鬧，亨卓說了一句「真幼稚」，便將目光轉向放在膝上的筆電。
但他在看到網路上張貼的公告後，表情馬上皺成一團。

亨卓　瘋了……你們看看這個！

亨卓激動地將螢幕轉向宥娜和宰英。
「捷星遊戲金圭泰代表（經營系04級）輔導特別講座」的海報被貼在學校布告欄
上。（海報上有主講人的臉）

宥娜　（仔細一看）咦？這傢伙不是只給你一點零頭，
　　　　最後沒把錢付清就逃走的混蛋嗎？

亨卓　（激動地點頭）這傢伙真的很惡劣耶！

宥娜	（憤怒地）哇……居然還敢厚著臉皮來辦什麼輔導講座？學校真的瘋了！
亨卓	我那個時候因為這傢伙，整整瘦了五公斤～～
宰英	（夾了一口泡麵給亨卓）我們亨卓原本胖嘟嘟的，很可愛的說……

亨卓張口吃掉宰英遞來的泡麵，可憐兮兮地叫了一聲「哥～～」。
宥娜因為太生氣，漫不經心地打開堆滿工作室的「黑色狂熱」咖啡喝了一口。

宥娜	（表情扭曲）呃……瘋了。我不是叫你把這些垃圾都拿去丟掉了嗎？！

S#3. 聯排住宅前，上坡路／夜晚

拿著一箱裝滿「黑色狂熱」咖啡罐的箱子，走在回家路上的尚宇，
雖然很重，不過他卻一臉滿足。

尚宇	咖啡的問題解決了。

此時，箱子上「唰」一聲，飛來一個紅色包包。
尚宇不用想也知道是誰，帶著難看的表情抬頭一看，果然看到宰英正對他露出
一抹微笑。

宰英	（悠哉地）我綁個鞋帶。
尚宇	（煩躁地）我說……
宰英	（無視）明天可以用這個包包幫我佔位子嗎？
	每天都要早起，真的快累死了～～

找！

此時，不等宰英說完，逕自轉身離開的尚宇，
抵達聯排住宅後，理直氣壯地把宰英的包包從上坡路往下一丟，
東西一個接一個從包包裡滾出來。
「喂！！」宰英大叫一聲，慌慌張張跑過去把東西撿起來。

宥娜　　（憤怒地）哇……居然還敢厚著臉皮來辦什麼輔導講座？學校真的瘋了！

亨卓　　我那個時候因為這傢伙，整整瘦了五公斤～～

宰英　　（夾了一口泡麵給亨卓）我們亨卓原本胖嘟嘟的，很可愛的說……

亨卓張口吃掉宰英遞來的泡麵，可憐兮兮地叫了一聲「哥～～」。

宥娜因為太生氣，漫不經心地打開堆滿工作室的「黑色狂熱」咖啡喝了一口。

宥娜　　（表情扭曲）呃……瘋了。我不是叫你把這些垃圾都拿去丟掉了嗎？！

S#3. 聯排住宅前，上坡路／夜晚

拿著一箱裝滿「黑色狂熱」咖啡罐的箱子，走在回家路上的尚宇，

雖然很重，不過他卻一臉滿足。

尚宇　　咖啡的問題解決了。

此時，箱子上「唰」一聲，飛來一個紅色包包。

尚宇不用想也知道是誰，帶著難看的表情抬頭一看，果然看到宰英正對他露出

一抹微笑。

宰英　　（悠哉地）我綁個鞋帶。

尚宇　　（煩躁地）我說……

宰英　　（無視）明天可以用這個包包幫我佔位子嗎？

　　　　每天都要早起，真的快累死了～～

此時，不等宰英說完，逕自轉身離開的尚宇，

抵達聯排住宅後，理直氣壯地把宰英的包包從上坡路往下一丟，

東西一個接一個從包包裡滾出來。

「喂！！」宰英大叫一聲，慌慌張張跑過去把東西撿起來。

宰英　（呼呼，瞪著尚宇）仔細一看，你比我更像小混混呢？　＊喘氣

可惡！

尚宇　所以啊……自己的東西應該要自己保管嘛！（惡意的微笑）

尚宇話一說完，便高傲地走進聯排住宅。
就在此時，宰英彷彿想讓整個社區都聽到一樣地大叫。

喂，

宰英　尚宇！晚安！一定要夢到我哦！！

尚宇厭煩地皺起眉頭，接著充滿鬥志地瞪大了雙眼。

S#4. 校園，上學路／早晨

清幽的早晨，警衛大叔正在用掃帚打掃著校園內的道路。
尚宇朝氣蓬勃地踩著腳踏車的踏板，進入了校園。
警衛大叔詫異地看了看手錶的時間。

S#5. 工學院，教室／白天

尚宇踏著輕快的腳步走進空曠的教室，看了一下手錶，現在是早上六點半。

尚宇　（勝利的微笑）果然這個時間他不會出現。

走向尚未被人放了包包的窗邊第四排座位，尚宇用手輕撫著空蕩蕩的書桌。
他確認了從窗戶吹進來的微風和清楚出現在視野中的黑板，輕輕露出了微笑。
接著，尚宇將文具完美地擺放在桌上，進入預習模式。
隨著時間流逝，就連學生們一個接一個走進教室時，他也依舊專心讀著書。
突然間，有人拉開尚宇身旁座位的椅子，是宰英。

宰英　你旁邊的位子應該可以坐吧？

宰英　　（呼呼，瞪著尚宇）仔細一看，你比我更像小混混呢？

尚宇　　所以啊⋯⋯自己的東西應該要自己保管嘛！（惡意的微笑）

尚宇話一說完，便高傲地走進聯排住宅。
就在此時，宰英彷彿想讓整個社區都聽到一樣地大叫。

宰英　　尚宇！晚安！一定要夢到我哦！！

尚宇厭煩地皺起眉頭，接著充滿鬥志地瞪大了雙眼。

S#4. 校園，上學路／早晨

清幽的早晨，警衛大叔正在用掃帚打掃著校園內的道路。
尚宇朝氣蓬勃地踩著腳踏車的踏板，進入了校園。
警衛大叔詫異地看了看手錶的時間。

S#5. 工學院，教室／白天

尚宇踏著輕快的腳步走進空曠的教室，看了一下手錶，現在是早上六點半。

尚宇　　（勝利的微笑）果然這個時間他不會出現。

導演指示

就算高興到很誇張，好像也很可愛！

走向尚未被人放了包包的窗邊第四排座位，尚宇用手輕撫著空蕩蕩的書桌。
他確認了從窗戶吹進來的微風和清楚出現在視野中的黑板，輕輕露出了微笑。
接著，尚宇將文具完美地擺放在桌上，進入預習模式。
隨著時間流逝，就連學生們一個接一個走進教室時，他也依舊專心讀著書。
突然間，有人拉開尚宇身旁座位的椅子，是宰英。

導演指示

鏡頭橫向移動，燈光從清晨變換至白天。

宰英　　你旁邊的位子應該可以坐吧？

看著笑得很討人厭的宰英，尚宇的表情微微扭曲。

突然翻找起背包的尚宇，然後像是掏出殺手鐧一般，「唰」一聲從背包裡拿出隔板，塞進兩張桌子中間。

彷彿一切都在自己意料之中而洋洋得意的尚宇，讓宰英不禁噗哧一聲笑了出來。

宰英　（用手輕敲）這個又是什麼時候準備的 ~~啊~~ ？看來你應該煩惱了一整晚 ~~吧~~ ？

尚宇　（E）（聲音從隔板另一邊傳來）你不要管，上你的課。

宰英　你這麼用心準備，如果我的反應太平淡，你應該會很失望吧～～ *臭小子*
　　　（把筆扔到隔板另一邊）哎呀，跑過去了。你可以幫我撿一下嗎？
　　　不對，因為已經越線了，現在是你的東西了嗎？

接過從隔板的另一邊丟回來的筆，宰英無可奈何地笑著。

S#6. 學生餐廳／白天

輕快地吹著口哨，在餐廳內四處張望的宰英，尋找著尚宇，卻看著空位感到疑惑。

宰英　已經到吃飯時間了耶？

此時，以飛快的速度經過宰英面前的尚宇，
放著還有許多空位的桌子不坐，偏偏鑽進幾乎坐滿人的桌子坐了下來。
「誰啊？」「不知道？」就算周遭的人投來奇怪的目光，依舊堅定拿起餐具的尚宇。
無處可去的宰英愣愣地站在原地，用新奇又有趣的目光看著尚宇。

S#7. 通識大樓，研討教室／白天

通識課結束後，正當宥娜轉動著緊繃的脖子舒展筋骨之際，
宰英興奮地滔滔不絕著。

導演指示

對尚宇的興趣增加。

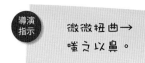

導演指示

微微扭曲→
嗤之以鼻。

看著笑得很討人厭的宰英，尚宇的表情微微扭曲。

突然翻找起背包的尚宇，然後像是掏出殺手鐧一般，「啪」一聲從背包裡拿出隔板，塞進兩張桌子中間。

彷彿一切都在自己意料之中而洋洋得意的尚宇，讓宰英不禁噗哧一聲笑了出來。

宰英　　（用手輕敲）這個又是什麼時候準備的？看來你應該煩惱了一整晚？

尚宇　　**（E）**（聲音從隔板另一邊傳來）你不要管，上你的課～

就好

宰英　　你這麼用心準備，如果我的反應太平淡，你應該會很失望吧～～

　　　　（把筆扔到隔板另一邊）哎呀，跑過去了。你可以幫我撿一下嗎？

　　　　不對，因為已經越線了，現在是你的東西了嗎？

接過從隔板的另一邊丟回來的筆，宰英無可奈何地笑著。

S#6. 學生餐廳／白天

輕快地吹著口哨，在餐廳內四處張望的宰英，尋找著尚宇，
卻看著空位感到疑惑。

導演指示

噗哧一笑的尚宇，勝利的微笑 2

宰英　　已經到吃飯時間了耶？

此時，以飛快的速度經過宰英面前的尚宇，
放著還有許多空位的桌子不坐，偏偏鑽進幾乎坐滿人的桌子坐了下來。
「誰啊？」「不知道？」就算周遭的人投來奇怪的目光，依舊堅定拿起餐具的尚宇。
無處可去的宰英愣愣地站在原地，用新奇又有趣的目光看著尚宇。

S#7. 通識大樓，研討教室／白天

通識課結束後，正當宥娜轉動著緊繃的脖子舒展筋骨之際，
宰英興奮地滔滔不絕著。

宰英 　所以他中午的時候，刻意去坐在幾乎客滿的餐桌吃飯耶？

　　　　不喜歡吵雜環境的孩子，只是為子不讓我坐在他旁邊？

宥娜 　好啦、好啦～～秋尚宇好像真的非常討厭你，恭喜你！

朋友，宰英 　喂，重點才不是那個……

　　　　不管我做了什麼依然死守自己步調的傢伙，

　　　　（氣焰沖天）現在居然因為我，去做自己不曾做過的事！

宥娜 　（傲慢地）那又怎樣？

　　　　（感到煩躁而認真訓誡）喂，張宰英。你真正想要的到底是什麼？

宰英 　蛤？我想要的？

宥娜 　就算他因為你而改變好了，這對你來說到底有什麼意義？

　　　　你是打算從最糟糕的瘋子，嗯……變成更、更、更糟糕的瘋子嗎？

宰英 　（瞬間無話可說）……崔宥娜，今天莫名地有邏輯耶？

宥娜 　（嘆氣）我只是要你搞清楚，

　　　　　　　　　妳

　　　　別人看了，還以為你是欺負自己暗戀對象的小學生。

導演
指示

快被煩死的宥娜！
宰英完全不管她，
彷彿在炫耀情人，
一直說個沒完。

宥娜沒有誠意地拍了下宰英就逕自離開。「胡說什麼啊？」宰英傻眼地嘀咕著。

S#8. 校園，外牆布告欄／白天

亨卓帶著充滿興趣的表情看著智慧的徵人海報，
拿出手機將海報拍下來後，笑嘻嘻地經過布告欄前。

畫面交錯，將隔板夾在側腰，一臉欣慰地走來的尚宇。
看到自己的徵人公告被人畫成一團糟，突然停下了腳步。
尚宇的徵人公告上，被醒目地畫上「張宰英PICK！」的塗鴉。
瞬間燃起怒火的尚宇，粗暴地撕下徵人公告，
他好像把那些紙當成了宰英，毫不留情地用力將其揉爛。

| 宰英 | 所以他中午的時候，刻意去坐在幾乎客滿的餐桌吃飯耶？ |

宰英　所以他中午的時候，刻意去坐在幾乎客滿的餐桌吃飯耶？

　　　　不喜歡吵雜環境的孩子，只是為了不讓我坐在他旁邊。

宥娜　好啦、好啦～～秋尚宇好像真的非常討厭你，恭喜你！

宰英　喂，重點才不是那個……

　　　　不管我做了什麼依然死守自己步調的傢伙，

　　　　（氣焰沖天）現在居然因為我，去做自己不曾做過的事！

宥娜　（傲慢地）那又怎樣？

　　　　（感到煩躁而認真訓誡）喂，張宰英。你真正想要的到底是什麼？

宰英　蛤？

宥娜　就算他因為你而改變好了，這對你來說到底有什麼意義？

　　　　你是打算從最糟糕的瘋子，嗯……變成更、更、更糟糕的瘋子嗎？

宰英　（瞬間無話可說）……崔宥娜，今天莫名地有邏輯耶？

宥娜　（嘆氣）我只是要你搞清楚，

　　　　別人看了，還以為你是欺負自己暗戀對象的小學生。

宥娜沒有誠意地拍了下宰英就逕自離開。「胡說什麼啊？」宰英傻眼地嘀咕著。

S#8. 校園，外牆布告欄／白天

亨卓帶著充滿興趣的表情看著智慧的徵人海報，
拿出手機將海報拍下來後，笑嘻嘻地經過布告欄前。

畫面交錯，將隔板夾在側腰，一臉欣慰地走來的尚宇。
看到自己的徵人公告被人畫成一團糟，突然停下了腳步。
尚宇的徵人公告上，被醒目地畫上「張宰英PICK！」的塗鴉。
瞬間燃起怒火的尚宇，粗暴地撕下徵人公告，
他好像把那些紙當成了宰英，毫不留情地用力將其揉爛。

導演
指示

走到一半停
下來的感覺。

＊感覺很差！

S#9. 散步小徑，自動販賣機前／白天

坐在自動販賣機附近的桌子前，神情認真地翻著書的尚宇，

手邊全都是與「報復」有關的書籍，帶著怒氣的手指，粗暴地隨意翻著書頁。

尚宇 （咬牙切齒）攻擊能力值必須再提高一點……

智慧 （突然出聲）才開學第一週，你會不會太用功了啊？

親切地笑著走近的智慧，自然而然地在尚宇對面落座。

尚宇帶著一點警戒的態度，悄悄向後退了些，不讓智慧看到自己正在閱讀的書。

智慧 （想要放鬆尚宇的戒心而開玩笑）今天沒有流鼻血呢？

我那天真～～的嚇了一跳……

尚宇 （後來才想起，並放鬆警戒）啊！那個時候，謝謝妳。

智慧 （期待已久似地）如果真的感謝我……可不可以不要對我說敬語？

尚宇 （無法理解而歪頭）為什麼感謝妳敬語就不能說了？

智慧 我不是比你還小兩歲嗎？

（眼看尚宇似乎沒有被說服）而且這樣溝通起來也會更有效率吧？

尚宇 （是嗎？）……好的，呃……（一直感受到智慧的視線）好啦！

智慧 嗯哼……感覺更親近了，真好～～

S#10. 工學院前＋散步小徑，自動販賣機前／白天

另一方面，一邊沉思，一邊走在散步小徑上的宰英。

INS＞#7，回想著不久前和宥娜的對話。

宥娜 喂，張宰英。你真正想要的到底是什麼？

宰英 蛤？

宥娜 就算他因為你而改變好了，這對你來說到底有什麼意義？

S#9. 散步小徑，自動販賣機前／白天

坐在自動販賣機附近的桌子前，神情認真地翻著書的尚宇，

手邊全都是與「報復」有關的書籍，帶著怒氣的手指，粗暴地隨意翻著書頁。

才行

尚宇　　（咬牙切齒）攻擊能力值必須再提高一點⋯⋯

智慧　　（突然出聲）才開學第一週，你會不會太用功了啊？

親切地笑著走近的智慧，自然而然地在尚宇對面落座。

尚宇帶著一點警戒的態度，悄悄向後退，不讓智慧看到自己正在閱讀的書。

智慧　　（想要放鬆尚宇的戒心而開玩笑）今天沒有流鼻血呢？

　　　　我那天真～～的嚇了一跳⋯⋯

尚宇　　（後來才想起，並放鬆警戒）啊！那個時候，謝謝妳。

智慧　　（期待已久似地）如果真的感謝我⋯⋯可不可以不要對我說敬語？

尚宇　　（無法理解而歪頭）為什麼感謝妳敬語就不能說了？

智慧　　我不是比你還小兩歲嗎？

　　　　（眼看尚宇似乎沒有被說服）而且這樣溝通起來也會更有效率吧？

尚宇　　（是嗎？）⋯⋯好的，呃⋯⋯（一直感受到智慧的視線）好啦！

智慧　　嗯哼⋯⋯感覺更親近了，真好～～

S#10. 工學院前＋散步小徑，自動販賣機前／白天

另一方面，一邊沉思，一邊走在散步小徑上的宰英。

INS＞#7，回想著不久前和宥娜的對話。

宥娜　　喂，張宰英。你真正想要的到底是什麼？

宰英　　蛤？

宥娜　　就算他因為你而改變好了，這對你來說到底有什麼意義？

張宰英劇本

導演指示

還沒有忌妒的自覺。

宰英 （反覆思索）我真正想要的……？

此時，宰英發現了坐在自動販賣機附近桌子前的尚宇和智慧，漸漸放慢腳步，朝兩人走去。

智慧 （剛剛正在談論著輔導講座）好可惜哦～～如果我沒有打工，就可以去聽了……

（偷偷看了正在收拾東西的尚宇一眼）學長，我可以問你一件事嗎？

尚宇 （看著智慧）這就是妳想問的嗎？

智慧 （一笑）不是。是我接下來要問你的問題修辭學表現方式。

你小時候的綽號叫作「生菜注」吧？

尚宇 （驚訝地）妳怎麼知道？

智慧 （拍手）果然～～我就知道！

（立刻說）那個……我可以叫你生菜哥嗎？

尚宇 （不假思索地）嗯……我不介意。

智慧 （自己重複說著）嘿嘿……秋生菜……真可愛。

宰英 **（E）**（冒出聲）生菜？我覺得不好吃耶……

尚宇因為突然介入並坐到自己身邊的宰英而表情一僵。

宰英 （看著智慧）妳是資訊工程系的智慧，對吧？我是視覺設計系的張宰英。

智慧 （驚訝地）哦？你好！我是學長作品的粉絲呢！！

不過你怎麼會知道我……

尚宇毫不在乎兩人在做什麼，因為不想被捲入而打算馬上離開。
宰英卻故作親近搭上尚宇的肩，硬是讓他再次坐回原位。

哦

宰英 我對於跟我們尚宇有關的事，沒有什麼是不知道的～～

譯註：韓文的「生菜」發音與「尚、秋」相近。

宰英　　（反覆思索）我真正想要的⋯⋯？

此時，宰英發現坐在自動販賣機附近桌子前的尚宇和智慧，
漸漸放慢腳步，朝兩人走去。

智慧　　（剛剛正在談論著輔導講座）好可惜哦～～如果我沒有打工，就可以去
　　　　聽了⋯⋯
　　　　（偷偷看了正在收拾東西的尚宇一眼）學長，我可以問你一件事嗎？
尚宇　　（看著智慧）這就是妳想問的嗎？
智慧　　（一笑）不是。是我接下來要問你的問題修辭學表現方式。
　　　　你小時候的綽號叫作「生菜」吧？
尚宇　　（驚訝地）妳怎麼知道？
智慧　　（拍手）果然～～我就知道！
　　　　（立刻說）那個⋯⋯我可以叫你生菜哥嗎？
尚宇　　（不假思索地）嗯⋯⋯我不介意。
智慧　　（自己重複說著）嘿嘿⋯⋯秋生菜⋯⋯真可愛。
宰英　　（E）（冒出聲）生菜？我覺得不好吃耶⋯⋯

尚宇因為突然介入並坐到自己身邊的宰英而表情一僵。

宰英　　（看著智慧）妳是資訊工程系的智慧，對吧？我是視覺設計系的張宰英。
智慧　　（驚訝地）哦？你好！我是學長作品的粉絲呢！！
　　　　不過你怎麼會知道我⋯⋯

尚宇毫不在乎兩人在做什麼，因為不想被捲入而打算馬上離開。
宰英卻故作親近搭上尚宇的肩，硬是讓他再次坐回原位。

宰英　　我對於跟我們尚宇有關的事，沒有什麼是不知道的～～

智慧　（開朗地）哇啊～～原來你們兩位很熟啊！

尚宇／宰英　不熟。／沒錯。（同時說）

尚宇煩躁地撥開宰英的手，接著站起身。

宰英　（油膩地）怎麼了？~~唉呀，~~我們可是每天從一睡醒睜開眼，

　　　直到閉上眼睛睡覺前都在一起的關係耶？

智慧　？？

尚宇　（無視宰英，對著智慧說）走了。

尚宇接著以最快的速度拿起背包離開。智慧雖然有些不知所措，仍然急忙向尚宇
打了招呼。

智慧　好喔，生菜哥！祝你的講座聽得開心！

宰英　（對智慧說）真無趣，對吧？（說到一半）不過，是什麼講座啊？

S#11. 通識大樓外／白天

宰英緊追在尚宇身後，向他搭話。

宰英　她是你的女朋友啊嗎？你最近好像很常跟她在一起說耶？

尚宇　（神情嚴肅地）她是跟我沒有任何關係的善良孩子，請你不要欺負她。

宰英　（看到尚宇展現防備的態度，略顯慌張）誰要欺負她？臭小子，

　　　幹嘛那麼嚴肅……

嘀嘀咕咕著的宰英，看到通識大樓前張貼的輔導講座海報。

宰英　捷星根本是家垃圾公司，你是不知道才去聽講座的嗎？

尚宇　我不想知道你的意見。

宰英　你不知道他們是以騙吃騙喝出名的嗎？吃過虧的人不只一、兩個。

尚宇　應該是學長身邊的人老是太傻了，才會上他們的當吧？

導演
指示

並肩走著，宰英
突然轉身倒退
走，並一邊觀察
尚宇的表情。

102

智慧 （開朗地）哇啊～～原來你們兩位很熟啊！

尚宇／宰英 不熟。／沒錯。（同時說）

尚宇煩躁地撥開宰英的手，接著站起身。

宰英 （油膩地）怎麼了？我們可是每天從一睡醒睜開眼，到閉上眼睛睡覺前
　　　　都在一起的關係耶？

智慧 ？？

尚宇 （無視宰英，對著智慧說）走了。

　　　　　　　　　　　　我先

尚宇接著以最快的速度拿起背包離開。智慧雖然有些不知所措，仍然急忙向尚宇
打了招呼。

智慧 好喔，生菜哥！祝你的講座聽得開心！

宰英 （對智慧說）真無趣，對吧？（說到一半）不過，是什麼講座啊？

S#11. 通識大樓外／白天

宰英緊追在尚宇身後，向他搭話。

宰英 她是你的女朋友啊？你最近好像很常跟她在一起說。

尚宇 （神情嚴肅地）她是跟我沒有任何關係的善良孩子，請你不要欺負她。

宰英 （看到尚宇展現防備的態度，略顯慌張）誰要折磨她？真小子，幹嘛那
　　　　麼嚴肅……

嘀嘀嘀咕著的宰英，看到通識大樓前張貼的輔導講座海報。

宰英 捷星根本是家垃圾公司，你是不知道才去聽講座的嗎？

尚宇 我不想知道你的意見。

宰英 你不知道他們是以騙吃騙喝出名的嗎？吃過虧的人不只一、兩個。

尚宇 應該是學長身邊的人太傻了，才會上他們的當吧？

宰英　　（受傷地）看看你說話的態度。

　　　　也對⋯⋯你身邊沒有人會告訴你這種事。

　　　　就算別人跟你說話，你也都當成耳邊風⋯⋯

尚宇打斷他的話，從背包拿出皺成一團的徵人公告丟向宰英。

宰英發現是被自己塗鴉的徵人公告，覺得有點尷尬。

宰英　　（耍賴地）嗯⋯⋯滿顯眼的，很好啊！

尚宇　　對你來說，或許只是個玩笑，但是這個遊戲企畫對我來說很重要。

宰英　　（各方面都無話可說）

尚宇　　還有，學長對我只是敗類、小混混般的人，

　　　　所以不要再耍一些有的沒的手段，趕快走吧！

宰英看著果斷地說完話便直接離開的尚宇背影，

不舒服的感覺漸漸湧起，神情變得有些僵硬。

S#12. 居酒屋，宰英餐桌／夜晚

幽靜的角落座位，在好幾瓶啤酒之間，

亨卓把智慧的徵人公告拿給宥娜看，兩人正竊竊私語。

亨卓　　怎麼樣？看起來很有趣吧？

宥娜　　你打算去玩個三天就放棄逃跑嗎？

亨卓　　才⋯⋯才沒有咧！我也是決定要做，就會好好做的人——

　　　　（正要說『好不好？』）

連續順利射中紅心的飛鏢們。

宥娜和亨卓看著好像要把鏢靶弄碎，不斷地射出飛鏢的宰英。

宰英　　（受傷地）看看你說話的態度。

　　　　也對⋯⋯你身邊沒有人會告訴你這種事。

　　　　就算別人跟你說話，你也都當成耳邊風⋯⋯

尚宇，露出
生氣的表情
停頓一下，
然後再繼續。

導演
指示

尚宇打斷他的話，從背包拿出皺成一團的徵人公告丟向宰英。

宰英發現是被自己塗鴉的徵人公告，覺得有點尷尬。

宰英　　（耍賴地）嗯⋯⋯滿顯眼的，很好啊！

尚宇　　對你來說，或許只是個玩笑，但是這個遊戲企畫對我來說很重要。

宰英　　（各方面都無話可說）

尚宇　　還有，學長對我只是敗類、小混混般的人，

　　　　所以不要再耍一些有的沒的手段，趕快走吧！

還是

宰英看著果斷地說完話便直接離開的尚宇背影，

不舒服的感覺漸漸湧起，神情變得有些僵硬。

S#12. 居酒屋，宰英餐桌／夜晚

幽靜的角落座位，在好幾瓶啤酒之間，

亨卓把智慧的徵人公告拿給宥娜看，兩人正竊竊私語。

亨卓　　怎麼樣？看起來很有趣吧？

宥娜　　你打算去玩個三天就放棄逃跑嗎？

亨卓　　才⋯⋯才沒有咧！我也是決定要做，就會好好做的人──

　　　　（正要說『好不好？』）

連續順利射中紅心的飛鏢們。

宥娜和亨卓看著好像要把鏢靶弄碎，不斷射出飛鏢的宰英。

亨卓　　這股氣勢是怎麼回事？我以為鏢靶要被射穿了。

宥娜　　（毫不在意，抓起爆米花來吃）你今天不去欺負秋尚宇嗎？

聽到宥娜提到秋尚宇而偏離方向、往鏢靶外圍飛去的飛鏢。

宰英　　可惡，真是倒胃口。幹嘛突然提到那個名字？

宥娜　　說什麼啊？明明你自己每天掛在嘴邊。

宰英　　（無話可說，走回座位大口大口喝著啤酒）

亨卓　　對了！哥想不想交女朋友？聽說是跟你一起修應用軟體工學的女生。

宥娜　　（驚訝地）應用軟體工學？？你聽得懂嗎？

亨卓　　啊，反正哥下個禮拜就要退選了，那就沒機會了吧？

宥娜　　（好像在取笑宰英）哪會～～他還是可以繼續聽啊！

宰英　　我又不是瘋了。

> **導演指示**
> 不知道自己為什麼要生氣……對覺得失落的自己感到火大。

此時，以穿著一身西裝的**捷星代表**（三十六歲，男）為首，

五、六名學生一起走進居酒屋。（東健在內的高年級學生為主）

宰英發現尷尬地混在人群中的尚宇而表情一僵。

宥娜　　時間點還真是巧妙。

亨卓　　啊……那傢伙只要喝了酒，就會變得不是個人……

　　　　為什麼偏偏要來這裡？

宰英　　（收回視線）有什麼關係？來喝酒吧！

S#13. 居酒屋，尚宇餐桌／夜晚

一臉不自在地坐在位子上，不停看著手錶的尚宇，

看到喝醉的捷星代表用手不斷拍打著東健的臉頰，

臉色漸漸失去耐心，眼神也變得冷冽。

| 亨卓 | 這股氣勢是怎麼回事？我以為鏢靶要被射穿了。 |

亨卓　這股氣勢是怎麼回事？我以為鏢靶要被射穿了。

宥娜　（毫不在意，抓起爆米花來吃）你今天不去欺負秋尚宇嗎？

聽到宥娜提到秋尚宇而偏離方向、往鏢靶外圍飛去的飛鏢。

宰英　可惡，真是倒胃口。幹嘛突然提到那個名字？

宥娜　說什麼啊？明明你自己每天掛在嘴邊。

宰英　（無話可說，走回座位大口大口喝著啤酒）

亨卓　對了！哥想不想交女朋友？聽說是跟你一起修應用軟體工學的女生。

宥娜　（驚訝地）應用軟體工學？？你聽得懂嗎？

亨卓　啊，反正哥下個禮拜就要退選了，那就沒機會了吧？

宥娜　（好像在取笑宰英）哪會～～他還是可以繼續聽啊！

宰英　我又不是瘋了。

此時，以穿著一身西裝的**捷星代表**（三十六歲，男）為首，

五、六名學生一起走進居酒屋。（包括東健在內的高年級學生為主）

宰英發現尷尬地混在人群中的尚宇而表情一僵。

宥娜　時間點還真是巧妙。

亨卓　啊……那傢伙只要喝了酒，就會得不是個人……

　　　為什麼偏偏要來這裡？

宰英　（收回視線）有什麼關係？來喝酒吧！

S#13. 居酒屋，尚宇餐桌／夜晚

一臉不自在地坐在位子上，不停看著手錶的尚宇，

看到喝醉的捷星代表用手不斷拍打著東健的臉頰，

臉色漸漸失去耐心，眼神也變得冷冽。

尚宇　　（對著代表）我要先離開了。

捷星代表（看著尚宇）你叫作秋尚宇，是吧？我們不是還有事要談嗎？

尚宇　　您說的那個企畫案合約，等我看過您寄來的合約後，會再仔細考慮。

捷星代表嗯哼……是因為還年輕嗎？這小子也太不懂人情世故了～～

　　　　如果有人給你機會，應該要趕快道謝接受，怎麼可以欲拒還迎呢？

尚宇　　（硬生生打斷）因為IP著作權問題好像還需要再詳細討論。

　　　　（站起來）等您酒醒後，我們找時間再談。

捷星代表（瞬間『哐！』一聲放下酒杯）

一行人　（驚訝地看著）

捷星代表（用下巴指了指尚宇的酒杯）就算要走，

　　　　也得把杯子裡的酒喝光了再走吧？

　　　　（語氣突然變得險惡）竟敢這麼沒禮貌地耍賴？

因為捷星代表粗魯的語氣，聚會的氣氛瞬間變得緊繃萬分。

S#14. 居酒屋，宰英餐桌／夜晚

宰英被突然傳來的叫罵聲嚇到，轉頭一探究竟，
看到尚宇被潑了一臉酒的樣子而嚇了一跳。

亨卓　　（噴）現出原形了。

宥娜　　啊……煩死了。要不要換個地方？

宰英　　（不想多管閒事，將視線轉開）把這杯喝完就走。

宰英喝光杯中剩下的啤酒，看起來好像一點也不擔心尚宇。

S#15. 居酒屋，尚宇餐桌／夜晚

正當尚宇冷靜地抽出幾張衛生紙擦臉之際，
情緒激動的捷星代表氣得暴跳如雷，被嚇到的學生們連忙出手阻止。

尚宇　　（對著代表）我要先離開了。

捷星代表（看著尚宇）你叫做秋尚宇，是吧？我們不是還有事要談嗎？

尚宇　　您說的那個企畫案合約，等我看過您寄來的合約後，會再仔細考慮。

捷星代表　哼嗯……是因為還年輕嗎？這小子也太不懂人情世故了～～

　　　　如果有人給你機會，應該要趕快道謝接受，怎麼可以欲拒還迎呢？

尚宇　　（硬生生打斷）因為IP著作權問題好像還需要再詳細討論。

　　　　（站起來）等您酒醒後，我們找時間再談。

捷星代表（瞬間『哐！』一聲放下酒杯）

一行人　（驚訝地看著）

捷星代表（用下巴指了指尚宇的酒杯）就算要走，

　　　　也得把杯子裡的酒喝光了再走吧？

　　　　（語氣突然變得險惡）竟敢這麼沒禮貌地耍賴？

因為捷星代表粗魯的語氣，聚會的氣氛瞬間變得緊繃萬分。

S#14. 居酒屋，宰英餐桌／夜晚

宰英被突然傳來的叫罵聲嚇到，轉頭一探究竟，
看到尚宇被潑了一臉酒的樣子而嚇了一跳。

亨卓　　（噴）現出原形了。

宥娜　　啊……煩死了。要不要換個地方？

宰英　　（不想多管閒事，將視線轉開）把這杯喝完就走。

宰英喝光杯中剩下的啤酒，看起來好像一點也不擔心尚宇。

S#15. 居酒屋，尚宇餐桌／夜晚

正當尚宇冷靜地抽出幾張衛生紙擦臉之際，
情緒激動的捷星代表氣得暴跳如雷，被嚇到的學生們連忙出手阻止。

捷星代表 你不會喝酒嗎？還是你有什麼宗教信仰？

尚宇 （有勇氣地）要我喝酒也沒關係，只是我現在不想喝。

捷星代表（乾笑）沒經過社會歷練的傢伙，就是會在這種地方露出馬腳。

（走近尚宇）喂，你覺得我很好欺負嗎？啊？

捷星代表不斷用手指戳著尚宇的頭，漸漸顯露出危險的氣息。

尚宇靜靜凝視著代表，然後從口袋中拿出手機。

尚宇 （按下按鈕）酒瘋發過一次就夠了。您再繼續下去，我要叫警察來了。

像是在警告代表，尚宇把已經撥出報案電話的手機畫面給代表看。

捷星代表 ！！你這小子……！

慌張的捷星代表舉起手想要毆打尚宇，尚宇卻頑固地不打算躲開，

只是反射性地緊緊閉上雙眼。此時，捷星代表突然發出一陣短促的哀號。

尚宇後來才搞清楚狀況：有一支飛鏢差點就要射中捷星代表的手。

捷星代表彷彿感受到生命的威脅，就這樣僵在原地，無法動彈。

而手握飛鏢、擺出滑稽的姿勢，假裝自己被嚇到的宰英就站在對面。

宰英 啊，不好意思～～這傢伙居然飛到不該去的地方了呢？

尚宇 （因為宰英的突然登場而驚訝）

捷星代表（惱羞成怒）你又是誰？臭小子！！

宰英一手拿著飛鏢，帶著微笑朝兩人走去。

宰英 大叔……（模仿尚宇）酒瘋發過一次就夠了。再繼續下去……

捷星代表 你不會喝酒嗎？還是你有什麼宗教信仰？

尚宇 （有勇氣地）要我喝酒也沒關係，只是我現在不想喝。

捷星代表 （乾笑）沒經過社會歷練的傢伙，就是會在這種地方露出馬腳。

（走近尚宇）喂，你覺得我很好欺負嗎？啊？

捷星代表不斷用手指戳著尚宇的頭，漸漸顯露出危險的氣息。
尚宇靜靜凝視著代表，然後從口袋中拿出手機。

尚宇 （按下按鈕）酒瘋發過一次就夠了。您再繼續下去，我要叫警察來了。

報警

像是在警告代表，尚宇把已經撥出報案電話的手機畫面給代表看。

捷星代表 ！！你這小子……！

導演
指示

捷星代表拿起菜
單想要打尚宇，
飛鏢卻插
在菜單上。

慌張的捷星代表舉起手想要毆打尚宇，尚宇卻頑固地不打算躲開，
只是反射性地緊緊閉上雙眼。此時，捷星代表突然發出一陣短促的哀號。
尚宇後來才搞清楚狀況：一支飛鏢差點就要射中捷星代表的手。
捷星代表彷彿感受到生命的威脅，就這樣僵在原地，無法動彈。
而手握飛鏢、擺出滑稽的姿勢，假裝自己被嚇到的宰英就站在對面。

宰英 啊，不好意思～～這傢伙居然飛到不該去的地方了呢？

尚宇 （因為宰英的突然登場而驚訝）

捷星代表 （惱羞成怒）你又是誰？臭小子！！

宰英一手拿著飛鏢，帶著微笑朝兩人走去。

宰英 大叔……（模仿尚宇）酒瘋發過一次就夠了。再繼續下去……

身材高大的宰英一靠近，感受到威脅的捷星代表悄悄向後退了幾步。

宰英　　這個可能就會往你的頭飛過去……

宰英開玩笑地做出拿著飛鏢往代表頭頂輕輕一戳的動作，
捷星代表因為害怕而縮了縮身子。尚宇失望地看著那樣的捷星代表。
站在遠處目睹這一切的宥娜和亨卓無計可施，只能互相交換了眼神。
和宰英對上眼的尚宇，關閉了顯示撥通報案電話的手機螢幕。

捷星代表　　（火大地來回看著兩人）你們是一夥的嗎？！
尚宇／宰英　　不是。／（嗯（同時說）！
捷星代表　　這群傢伙……！

捷星代表做出最後的掙扎，飛身向兩人撲過去。
混亂地糾纏在一起的捷星代表和尚宇、宰英。
捷星代表雖然怒氣沖沖地想要揪住尚宇衣領，卻被尚宇敏捷地躲開。
這時宰英迅速伸出自己的長腿，絆倒了捷星代表。
因此「磅噹！」一聲，難看地趴倒在餐桌上的捷星代表，
整張臉都沾滿了食物和酒。
尚宇因為不太適應眼前的混亂，一時陷入了恍惚。
突然有人緊緊握住尚宇的手……是宰英。

宰英　　（拉著尚宇）先逃再說！

宰英將不斷掙扎的捷星代表拋在腦後，
一把抓住尚宇的手，拚命往居酒屋外跑。

導演
指示

追加左手
受傷的演技。

身材高大的宰英一靠近，感受到威脅的捷星代表悄悄向後退了幾步。

宰英　　這個可能就會往你的頭飛過去……

宰英開玩笑地做出拿著飛鏢往代表頭頂輕輕一戳的動作，
捷星代表因為害怕而縮了縮身子。尚宇失望地看著那樣的捷星代表。
站在遠處目睹這一切的宥娜和亨卓無計可施，只能互相交換了眼神。
和宰英對上眼的尚宇，關閉了顯示撥通報案電話的手機螢幕。

捷星代表　　（火大地來回看著兩人）你們是一夥的嗎？！
尚宇／宰英　　不是。／嗯！（同時說）
捷星代表　　這群傢伙……！

捷星代表做出最後的掙扎，飛身向兩人撲過去。
混亂地糾纏在一起的捷星代表和尚宇、宰英。
捷星代表雖然怒氣沖沖地想要揪住尚宇衣領，卻被尚宇敏捷地躲開。
這時宰英迅速伸出自己的長腿，絆倒了捷星代表。
因此「磅噹！」一聲，難看地趴倒在餐桌上的捷星代表，
整張臉都沾滿了食物和酒。
尚宇因為不太適應眼前的混亂，一時陷入了恍惚。
突然有人緊緊握住尚宇的手……是宰英。

宰英　　（拉著尚宇）先逃再說！

宰英將不斷掙扎的捷星代表拋在腦後，
一把抓住尚宇的手，拚命往居酒屋外跑。

S#16. 居酒屋前＋街道／夜晚

宰英和尚宇從居酒屋脫身，狂奔在涼爽的夜晚街道上，
兩人臉上露出莫名痛快的表情。

導演
指示

失落的感覺緩解，
非常興奮。
就像狗狗一樣？

S#17. 聯排住宅，走廊／夜晚

走在走廊上的宰英和尚宇，
撥了撥被汗水微微浸濕的頭髮和衣服，往家的方向走去。

那個

宰英　　（因為介意而解釋）今天⋯⋯我可沒有跟蹤你，
　　　　只是碰巧發現你也在居酒屋　的哦？

尚宇　　我知道。（思考了一下）萬一你因為傷害罪而被抓走⋯⋯

宰英　　（悠哉地）誰會因為對大學生發酒瘋卻反被修理而去報案啊？

尚宇　　（想偷笑卻沒笑出來）出了一口氣，真是太好了。

尚宇抵達家門口，打開背包想要拿出鑰匙。
宰英因為多少變得舒適的氣氛一笑，然後把手伸進口袋翻找著鑰匙。

宰英　　啊，包包⋯⋯

宰英把裝著鑰匙的包包忘在居酒屋了。
他急忙拿出手機，卻發現電力已經耗盡。
因為慌張而朝著尚宇骨碌碌地轉著眼球的宰英。

喂

宰英　　那個⋯⋯秋尚宇。

尚宇　　（門開到一半，看向宰英）

宰英　　借我用一下你的筆電。

吧⋯⋯

尚宇看著什麼都沒帶的宰英，反應過來後，拿出了手機。

S#16. 居酒屋前＋街道／夜晚

宰英和尚宇從居酒屋脫身，狂奔在涼爽的夜晚街道上，
兩人臉上露出莫名痛快的表情。

導演
指示

漸漸心意相通！
如果宰英笑了，
尚宇也會跟著笑。

S#17. 聯排住宅，走廊／夜晚

走在走廊上的宰英和尚宇，
撥了撥被汗水微微浸濕的頭髮和衣服，往家的方向走去。

宰英　　（因為介意而解釋）今天……我可沒有跟蹤你，
　　　　只是碰巧發現你也在居酒屋。

尚宇　　我知道。（思考了一下）萬一你因為傷害罪而被抓走……

宰英　　（悠哉地）誰會因為對大學生發酒瘋卻反被修理而去報案啊？

尚宇　　（想偷笑卻沒笑出來）出了一口氣，真是太好了。

尚宇抵達家門口，打開背包想要拿出鑰匙。
宰英因為多少變得舒適的氣氛一笑，然後把手伸進口袋翻找著鑰匙。

宰英　　啊，包包……

宰英把裝著鑰匙的包包忘在居酒屋了。
他急忙拿出手機，卻發現電力已經耗盡。
因為慌張而朝著尚宇骨碌碌地轉著眼球的宰英。

宰英　　那個……秋尚宇。

尚宇　　（門開到一半，看向宰英）

宰英　　借我用一下你的筆電。

尚宇看著什麼都沒帶的宰英，反應過來後，拿出了手機。

宰英　最近哪有誰會背朋友的電話號碼啊？我傳個訊息就好。

尚宇　（下意識收起手機）你直接再回去一趟應該比較快。

宰英　萬一那傢伙狠下心在那裡堵我怎麼辦？

尚宇　（覺得有些好笑）你不是天不怕地不怕嗎？

宰英　（呃嗯⋯⋯避而不答）

尚宇　（看了他一眼，冷酷地）我不會讓別人隨便進我家。

尚宇終於打開門鎖，走進家門。

宰英嫌棄地看著尚宇家的門說：「無情的傢伙⋯⋯」

突然，「嘎吶⋯⋯」一聲，原本緊閉的402號大門，突然又被打開了。

尚宇　十分鐘，不能再多了。

隔著敞開的大門相視而立的宰英和尚宇。

> 導演指示
>
> 尚宇家玄關的
> 藍色燈光 →
> 門打開時，
> 映在宰英身上。

第3話END

宰英　　　最近哪有誰會背朋友的電話號碼啊？我傳個訊息就好。

尚宇　　　（下意識收起手機）你直接再回去一趟應該比較快。

宰英　　　萬一那傢伙狠下心在那裡堵我怎麼辦？

尚宇　　　（覺得有些好笑）你不是天不怕地不怕嗎？

宰英　　　（呃嗯……避而不答）

尚宇　　　（看了他一眼，冷酷地）我不會讓別人隨便進我家。

尚宇終於打開門鎖，走進家門。

宰英嫌棄地看著尚宇家的門說：「無情的傢伙……」

突然，「嘎吆……」一聲，原本緊閉的402號大門，突然又被打開了。

尚宇　　　十分鐘，不能再多了。

隔著敞開的大門相視而立的宰英和尚宇。

第3話END

FOUR

[SEMANTIC
ERROR]

張宰英劇本

S#1. 尚宇的家，客廳／夜晚

在生硬地打開家門進入屋內的尚宇身後，

「打擾了～～」宰英帶著充滿好奇的眼神跟著進門，

看到低彩度的配色加上數量極簡化的家具，

以及一絲不苟的書桌、床舖時，輕輕打了個冷顫。

哇……

宰英　（四處張望）看來房子也會跟主人越來越像。

　　　真是沒有人情味啊，沒有人情味。

尚宇無視那樣說的宰英，立刻打開背包，將筆電放在桌上。

才行

尚宇　（打開筆電）趕快用吧！你只剩下八分鐘了。

宰英　（坐在椅子上發牢騷）我還要找一下帳號跟密碼耶……

　　　說什麼八分鐘……

試著輸入社群網站帳號和密碼的宰英，卻因為密碼錯誤而無法登入。

像是在監視著他而站在一旁的尚宇覺得礙眼。

宰英　沒有人會偷走啦！我又不知道要怎麼駭進去。

尚宇　（忽視宰英說的話，矗立在一旁）

宰英　（看了看尚宇的狀態）不然你先去洗個澡吧！酒味重到這裡都聞得到。

真是的……　　　　　　　　　　　　　　　　，你這傢伙！

尚宇抓起襯衫前襟聞了聞味道，接著安靜地走向浴室……又突然停下腳步轉身。

宰英　（舉起雙手）我什麼都沒動！

尚宇發射出會緊盯著宰英的眼神後，才走向浴室。

宰英搖了搖頭。

導演
指示

宰英，
受不了！

S#2. 尚宇的家，浴室／夜晚

尚宇脫下帽子，弄亂被汗水浸濕的髮絲。

S#1. 尚宇的家，客廳／夜晚

在生硬地打開家門進入屋內的尚宇身後，

「打擾了～～」宰英帶著充滿好奇的眼神跟著進門，

看到低彩度的配色加上極簡化的家具，

以及一絲不苟的書桌、床舖時，輕輕打了個冷顫。

宰英　（四處張望）看來房子也會跟主人越來越像。

　　　　真是沒有人情味啊，沒有人情味。

尚宇無視那樣說的宰英，立刻打開背包，將筆電放在桌上。

尚宇　（打開筆電）趕快用吧！你只剩下八分鐘了。
宰英　（坐在椅子上發牢騷）我還要找一下帳號跟密碼耶……

試著輸入社群網站帳號和密碼的宰英，卻因為密碼錯誤而無法登入。

像是在監視著他而站在一旁的尚宇覺得礙眼。

宰英　沒有人會偷走啦！我又不知道要怎麼駭進去。
尚宇　（忽視宰英說的話，矗立在一旁）
宰英　（看了看尚宇的狀態）不然你先去洗個澡吧！酒味重到這裡都聞得到。

尚宇抓起襯衫前襟聞了聞味道，接著安靜地走向浴室……又突然停下腳步轉身。

宰英　（舉起雙手）我什麼都沒動！

尚宇發射出會緊盯著宰英的眼神後，才走向浴室。

宰英搖了搖頭。

S#2. 尚宇的家，浴室／夜晚

尚宇脫下帽子，弄亂被汗水浸濕的髮絲。

他這時才放心地大大「呼～～」了一口氣，然後回想著在居酒屋發生的事。

INS ＞第三話# 15，被飛鏢嚇到瑟瑟發抖，還難看地趴倒在地的捷星代表，
令尚宇不自覺地輕聲笑了出來。

宰英 　（**E**）可惡！五次都錯了！

　　　　（大叫）秋尚宇！你沒學過要怎麼駭進 社群網站嗎？！！

啦

之類的

尚宇 　……早知道就不讓他進來了。

收起笑容，一臉嚴肅的尚宇臉上，
畫面彷彿發生故障，發出「滋滋滋」的聲響，同時顯示「錯誤」標示！

Title in ／語意錯誤

> **導演指示**
>
> 迷上尚宇的重要時刻。

S#3. 尚宇的家，客廳／夜晚

宰英劈哩啪啦地向亨卓傳送催促的訊息。
從浴室走出的尚宇，一邊用毛巾擦拭著濕髮，一邊朝宰英走去。

尚宇 　還沒找到密碼嗎？
宰英 　我已經跟他們聯絡了……（抬起頭，突然頓住）

宰英看著尚宇被水氣浸濕的乾淨臉龐，一時說不出話，只是呆呆地盯著尚宇。
尚宇感到不太自在。

尚宇 　看什麼？
宰英 　……你不戴帽子的話，看起來好多了。為什麼老是戴著帽子？
尚宇 　（搶走筆電）不要管別人戴不戴帽子。如果已經連絡上你朋友，
　　　　現在就走吧！

他這時才放心地大大「呼～～」了一口氣，然後回想著在居酒屋發生的事。

INS＞第三話#15，被飛鏢嚇到瑟瑟發抖，還難看地趴倒在地的捷星代表。

令尚宇不自覺地輕聲笑了出來。

宰英	（**E**）可惡！五次都錯了！
	（大叫）秋尚宇！你沒學過要怎麼駭進社群網站嗎？！！
尚宇	……早知道就不讓他進來了。

收起笑容，一臉嚴肅的尚宇臉上，

畫面彷彿發生故障，發出「滋滋滋」的聲響，同時顯示「錯誤」標示！

Title in ／語意錯誤

S#3. 尚宇的家，客廳／夜晚

宰英劈哩啪啦地向亨卓傳送催促的訊息。

從浴室走出的尚宇，一邊用毛巾擦拭著濕髮，一邊朝宰英走去。

尚宇	還沒找到密碼嗎？
宰英	我已經跟他們聯絡了……（抬起頭，突然頓住）

> 水滴落的畫面，慢動作。

宰英看著尚宇被水氣浸濕的乾淨臉龐，一時說不出話，只是呆呆地盯著尚宇。

尚宇感到不太自在。

尚宇	看什麼？
宰英	……你不戴帽子的話，看起來好多了。為什麼老是戴著帽子？
尚宇	（搶走筆電）不要管別人戴不戴帽子。
	如果已經連絡上你朋友，現在就走吧！

嘖，

快點

123

尚宇毫不留情地想將賴在椅子上的宰英硬生生趕出門，
卻突然發現宰英的手臂後側被劃了一道長長的傷口。

宰英　　（故作遺憾貌）太過分了吧～～最近日夜溫差不知道有多～～大……
　　　　難道你希望上課的時候，一直聽到我在你旁邊咳個不停嗎？

尚宇　　（煩躁地）你真的很麻煩耶！（嘴上這麼說，視線卻飄向宰英的傷口）

宰英　　（微笑）在你讓我進家門的時候，就該做好覺悟了～～

　　　　　　如果決定

厭煩地看著宰英的尚宇，從抽屜裡拿出OK繃和軟膏，往書桌上一丟。

宰英　　（看著）？？

尚宇　　手臂後面。

宰英　　（以為是尚宇受了傷，連忙靠近並檢查起尚宇的手臂後側）你受傷了？

尚宇　　（嚇了一跳而推開）不是我，是學長。

宰英　　啊啊，是我啊～～（讓尚宇看著手臂，用手指到處亂指）哪裡？這裡？

尚宇煩躁地看著一直找不到傷口的宰英。

S#4. 居酒屋前／夜晚

一肩扛著喝醉的宥娜，另一邊揹著宰英包包的亨卓，看起來非常吃力。

宥娜　　張宰英，這個臭小子……馬上叫他給我過來！
　　　　誰准他自己拍完電影當完英雄就落跑了？！！

亨卓　　好啦、好啦～～他說他會過來。（哭音）計程車司機，求求你快點來
　　　　啊……

躲開宥娜的攻擊，艱辛地拿出手機的亨卓，被炸彈般連續轟炸的訊息嚇出了一身
冷汗。
「亨卓啊！高卓啊！包包！包包！鑰匙！鑰匙！」等句子就傳了數十次。

尚宇毫不留情地想將賴在椅子上的宰英硬生生趕出門，
卻突然發現宰英的手臂後側被劃了一道長長的傷口。

宰英　　（故作遺憾貌）太過分了吧～～最近日夜溫差不知道有多～～大……
　　　　難道你希望上課的時候，一直聽到我在你旁邊咳個不停嗎？
尚宇　　（煩躁地）你真的很麻煩耶！（嘴上這麼說，視線卻飄向宰英的傷口）
宰英　　（微笑）在你讓我進家門的時候，就該做好覺悟了～～

厭煩地看著宰英的尚宇從抽屜裡拿出OK繃和軟膏，往書桌上一丟。

宰英　　（看著）？？
尚宇　　手臂後面。
宰英　　（以為是尚宇受了傷，連忙靠近並檢查起尚宇的手臂後側）你受傷了？
尚宇　　（嚇了一跳而推開）不是我，是學長。
宰英　　啊啊，是我啊～～（讓尚宇看著手臂，用手指到處亂指）哪裡？這裡？

尚宇煩躁地看著一直找不到傷口的宰英。

S#4. 居酒屋前／夜晚

一肩扛著喝醉的宥娜，另一邊揹著宰英包包的亨卓，看起來非常吃力。

宥娜　　張宰英，這個臭小子……馬上叫他給我過來！
　　　　誰准他自己拍完電影當完英雄就落跑了？！！
亨卓　　好啦、好啦～～他說他會過來。（哭音）計程車司機，求求你快點來
　　　　啊……

躲開宥娜的攻擊，艱辛地拿出手機的亨卓，被炸彈般連續轟炸的訊息嚇出了一身
冷汗。
「亨卓啊！高卓啊！包包！包包！鑰匙！鑰匙！」等句子就傳了數十次。

亨卓　……要不要乾脆別管他們了？

亨卓來回看著手機上的訊息和宥娜，然後嘆了口氣。

稍微

宰英　（E）啊，好痛……動作輕一點啦！

，輕一點！

導演
指示

比起厚著臉皮，
用心動的感覺連
結。

S#5. 尚宇的家，客廳／夜晚

面對面坐在地上的宰英和尚宇。
尚宇將軟膏塗在宰英的傷口上，因為誇張裝痛的宰英而縮手。

尚宇　（嘆氣）我根本還沒開始擦。
宰英　我是想拜託你不要挾怨報復，下手輕一點。　—— 只是這樣而已！
尚宇　（用衛生紙擦拭手指）那麼，你自己擦。
宰英　（重新在尚宇的手指擠上軟膏）唉呀，

　　　我根本看不到，是要怎麼擦～～

　　　（將肩膀斜向一邊，讓尚宇可以清楚看到傷口）

　　　好了，從現在開始我會乖乖不動。

脾氣真差！

宰英靜靜地等著。尚宇放棄堅持，再次擠出軟膏。
宰英看著那樣的尚宇，莫名覺得高興而滿意一笑，等著尚宇替自己治療。
但是當尚宇一接近，他又不知為何覺得有些尷尬。

咳哼，　　　　　　嗎

宰英　（想要打破尷尬）不過你每次喝酒都是那樣？
尚宇　（看著）

不是啦，

宰英　我只是在想，要一個個回應那些無賴，你不會覺得累嗎？
尚宇　（漫不經心地在傷口上塗抹藥膏）還好。
宰英　（因為刺痛而瑟縮了一下）這樣你不是反而吃虧了嗎？

　　　莫名跟別人結仇……

尚宇　（淡然）我不在乎。活到現在，我遇過很多那種人，也都一一擊退了。
宰英　（噗哧一笑）你一個人在拍什麼英雄片？

嗎

亨卓　　……要不要乾脆別管他們了？

亨卓來回看著手機上的訊息和宥娜，然後嘆了口氣。

導演指示

宰英　　（E）啊，好痛……動作輕一點啦！

⭐ S#5. 尚宇的家，客廳／夜晚

面對面坐在地上的宰英和尚宇。
尚宇將軟膏塗在宰英的傷口上，因為誇張裝痛的宰英而縮手。

不再那麼木訥。
宰英因為自己而
受傷，覺得在意。

尚宇　　（嘆氣）我根本還沒開始擦。
宰英　　我是想拜託你不要挾怨報復，下手輕一點。
尚宇　　（用衛生紙擦拭手指）那麼，你自己擦。
宰英　　（重新在尚宇的手指擠上軟膏）唉呀，我根本看不到，是要怎麼擦～～
　　　　（將肩膀斜向一邊，讓尚宇可以清楚看到傷口）
　　　　好了，從現在開始我會乖乖不動。

尚宇感情的轉捩點

宰英靜靜地等著。尚宇放棄堅持，再次擠出軟膏。
宰英看著那樣的尚宇，莫名覺得高興而滿意一笑，等著尚宇替自己治療。
但是當尚宇一接近，他又不知為何覺得有些尷尬。

宰英　　（想要打破尷尬）不過你每次喝酒都是那樣？
尚宇　　（看著）
宰英　　我只是在想，要一個個回應那些無賴，你不會覺得累嗎？
尚宇　　（漫不經心地在傷口上塗抹藥膏）還好。
宰英　　（因為刺痛而瑟縮了一下）這樣你不是反而吃虧了嗎？
　　　　莫名跟別人結仇……
尚宇　　（淡然）我不在乎。活到現在，我遇過很多那種人，也都一一擊退了。
宰英　　（噗哧一笑）你一個人在拍什麼英雄片？

尚宇　　這陣子最讓我覺得疲倦的人其實是學長。

聽了尚宇的話，宰英不禁一愣，接著，偷偷瞄了一眼正在拆OK繃的尚宇。

尚宇　　不過，今天還是很謝謝你。
宰英　　！（因為意外的道謝而感到驚訝）
尚宇　　（平淡地）討厭歸討厭，該感謝的還是要謝謝你。
宰英　　（隱約的微笑）還真是秋尚宇的風格。

導演指示
開始理解尚宇思考
方式的部分，
充分停頓。

宰英緊盯著慢慢靠近、為自己貼上OK繃後，隨即立刻拉開距離的尚宇。
宰英緩慢的視線，停在尚宇雪白的脖子上，久久不肯移開……

亨卓　　（E）包包外送～～！

宰英聽到亨卓破壞氣氛的喊叫聲，瞬間清醒。

宰英　　（尷尬地站起）那個……走了。
　　　　＊呼吸急促

宰英急忙離開尚宇的家，然後不可思議地摸了摸OK繃。

導演指示
稍微停
下腳步。

S#6. 咖啡廳，室內餐桌／白天

一臉呆愣地在筆記型電腦上畫著圖的宰英。（角落的座位）
猛然回神一看，自己居然畫出昨晚（沒戴帽子）的尚宇。
INS＞#5，想起昨晚自己用黏膩的視線看著尚宇的場景。

宰英　　我瘋了嗎？為什麼老是想起來？

可惡，

尚宇　　　這陣子最讓我覺得疲倦的人其實是學長。

聽了尚宇的話，宰英不禁一愣，接著，偷偷瞄了一眼拆開OK繃的尚宇。

尚宇　　　不過，今天還是很謝謝你。 溫柔？漫不經心？
宰英　　　！（因為意外的道謝而感到驚訝）
尚宇　　　（平淡地）討厭歸討厭，該感謝的還是要謝謝你。
宰英　　　（隱約的微笑）還真是秋尚宇的風格。

宰英緊盯著慢慢靠近、為自己貼上OK繃後，隨即立刻拉開距離的尚宇。
宰英緩慢的視線，停在尚宇雪白的脖子上，久久不肯移開……

亨卓　　　（E）包包外送～～！

宰英聽到亨卓破壞氣氛的喊叫聲，瞬間清醒。

導演
指示

兩人的視線
充分交換，
慢鏡頭。

宰英　　　（尷尬地站起）那個……走了。

宰英急忙離開尚宇的家，然後不可思議地摸了摸OK繃。

S#6. 咖啡廳，室內餐桌／白天

一臉呆愣地在筆記型電腦上畫著圖的宰英。（角落的座位）
猛然回神一看，自己居然畫出昨晚（沒戴帽子）的尚宇。
INS＞#5，想起昨晚自己用黏膩的視線看著尚宇的場景。

宰英　　　我瘋了嗎？為什麼老是想起來？

宰英慌張不已，連忙瘋狂按著按鈕，想要關閉繪圖軟體視窗，
但不知道按錯了什麼，藍色的錯誤視窗如雨後春筍般不停湧出。

宰英　　等等，這個為什麼會這樣？
　　　　（啊，可惡！到底是怎麼回事！）

宰英束手無策，只能用手重重敲擊著筆電。

智慧　　（E）生菜哥，這裡！

遠處傳來耳熟的嗓音，宰英迅速抬頭一看。
智慧坐在遠處的窗邊座位，尚宇正朝著智慧的位子走去。
宰英受不了看起來相當親暱的尚宇和智慧，
整個人像是卡住了，來回看著眼前的筆電和遠處的兩人，
然後直接闔上筆電。

導演
指示

「他們又黏
在一起了？」
「秋尚宇在週末跟
女生見面？」

S#7. 咖啡廳，窗邊座位／白天

智慧喝著檸檬汽水，心滿意足地看著正在審視作品集的尚宇。

智慧　　如果有喜歡的作品集，儘管告訴我吧！
　　　　我會盡全力幫你牽線。

尚宇沒有特別滿意的，只是漫不經心地不斷翻閱著。
INS＞第一話#15，突然想起宰英畫給他的蘿蔔人，露出惋惜的神色。

此時，一臺筆電突然被推進尚宇的視野裡。

宰英　　瀕臨死亡，你要把它救活。
　　我家的孩子已經

宰英慌張不已，連忙瘋狂按著按鈕，想要關閉繪圖軟體視窗，
但不知道按錯了什麼，藍色的錯誤視窗如雨後春筍般不停湧出。

宰英　　等等，這個為什麼會這樣？

宰英束手無策，只能用手重重敲擊著筆電。

智慧　　（E）生菜哥，這裡！

遠處傳來耳熟的嗓音，宰英迅速抬頭一看。
智慧坐在遠處的窗邊座位，尚宇正朝著智慧的位子走去。
宰英受不了看起來相當親暱的尚宇和智慧，
整個人像是卡住了，來回看著眼前的筆電和遠處的兩人，
然後直接闔上筆電。

S#7. 咖啡廳，窗邊座位／白天

智慧喝著檸檬汽水，心滿意足地看著正在審視作品集的尚宇。

智慧　　如果有喜歡的作品集，儘管告訴我吧！
　　　　　我會盡全力幫你牽線。

尚宇沒有特別滿意的，只是漫不經心地不斷翻閱著。
INS＞第一話#15，突然想起宰英畫給他的蘿蔔人，露出惋惜的神色。

此時，一臺筆電突然被推進尚宇的視野裡。

宰英　　瀕臨死亡，你要把它救活。

131

尚宇和智慧看到突然出現、無理取鬧的宰英，有些措手不及。

S#8. 咖啡廳，外面＋窗邊座位／白天

迫不得已地走出咖啡廳，臉上露出沮喪的表情
並不斷回頭張望的智慧。

智慧　　什麼嘛……幹嘛突然出現……

正好霸佔著智慧剛才坐過的窗邊座位上的宰英，
對著尚宇說了些什麼，接著和智慧四目相對，向她勾起嘴角，
微妙地笑了一笑。
智慧莫名感覺很差而皺起了眉頭。

要不要眼角含笑呢？
導演指示

尚宇　　（E）（感到荒唐）這是因為我嗎？

S#9. 咖啡廳，窗邊座位／白天

聽到尚宇發問而把視線從智慧身上拉回來，轉而望著尚宇的宰英，
若無其事地繼續說謊。

宰英　　*不是……*直到昨天為止還好好的，但是從居酒屋拿回來之後，就變成這樣了！
　　　　可能是那個糟老頭太生氣，所以踩了幾腳。　*這很貴耶……*
尚宇　　！！（略感驚訝而皺起眉頭看著）*不過，*
宰英　　（覺得尚宇上鉤了，故作傷心貌）你不想幫我修就算了…… *吧*
　　　　送去五金行之類的地方修理的話，大概花個100萬[注]就可以了吧？
尚宇　　（瞠目結舌地）你是冤大頭嗎？讓我看看。

尚宇態度真誠地拿走筆電，瞪大眼睛仔細檢查著。
宰英露出心滿意足的微笑，端詳著尚宇專注的臉龐。

譯註：100萬韓元約等於24,000元新臺幣。

尚宇和智慧看到突然出現、無理取鬧的宰英，有些措手不及。

S#8. 咖啡廳，外面＋窗邊座位／白天

迫不得已地走出咖啡廳，臉上露出沮喪的表情
並不斷回頭張望的智慧。

導演指示

仔細檢查著
筆電的尚宇。

智慧　什麼嘛……幹嘛突然出現……

正好霸佔著智慧剛才坐過的窗邊座位上的宰英，
對著尚宇說了些什麼，接著和智慧四目相對，向她勾起嘴角，微妙地笑了一笑。
智慧莫名感覺很差而皺起了眉頭。

尚宇　（E）（感到荒唐）這是因為我嗎？

S#9. 咖啡廳，窗邊座位／白天

聽到尚宇發問而把視線從智慧身上拉回來，轉而望著尚宇的宰英，
若無其事地繼續說謊。

宰英　直到昨天為止還好好的，但是從居酒屋拿回來之後，就變成這樣了！
　　　可能是那個老頭太生氣，所以踩了幾腳。
尚宇　！！（略感驚訝而皺起眉頭看著）
宰英　（覺得尚宇上鉤了，故作傷心貌）你不想幫我修就算了……
　　　送去五金行之類的地方修理的話，大概花個100萬就可以了吧？
尚宇　（瞠目結舌地）你是冤大頭嗎？讓我看看。

尚宇態度真誠地拿走筆電，瞪大眼睛仔細檢查著。
宰英露出心滿意足的微笑，端詳著尚宇專注的臉龐。

S#10. 聯排住宅前，街道／白天

走在回家路上的宰英和尚宇。

宰英哭喪著臉，緊緊抱住筆電，尚宇則不耐煩地看著他。

尚宇　　不是說重要的東西都已經備份了嗎？

　　　　幫你修理好，還順手替你格式化，到底還有什麼好不滿的？

宰英　　可是，你怎麼可以把那些檔案全都直接刪掉？真無情……

尚宇　　（冷酷地）電腦也跟人一樣。

　　　　累積一堆雜七雜八的垃圾不清理，怎麼可能正常運作？

　　　　只會降低效率而已。

宰英　　好啦～～你最厲害了。

　　　　（再次覺得尚宇很神奇）你的所有思考系統怎麼會和電腦一模一樣？

尚宇　　你幹嘛又找我麻煩？

宰英　　我不是在找你麻煩……現在……秋尚宇，我好像有點懂你的核心處理器了。

尚宇　　（板著臉）我是什麼家電用品嗎？

宰英　　（挑了挑眉）我覺得很類似。

尚宇感到無言，為了躲避宰英而左閃右躲地向前走。

宰英像是要捉弄他，一直跟在他身邊。畫面在兩人打鬧的場面停留很久。

導演
指示

昨晚，覺得
「該感謝的
還是要感謝」
的宰英。

S#11. 美術學院，工作室／夜晚

宰英繼續畫著剛才沒畫完的尚宇畫像。（身穿紅色拉鍊夾克）

宥娜「喀啦啦」地把自己的椅子拉近宰英的座位旁。

宥娜　　你應該會修改選課吧？秀英正在找外包人員，你要參加嗎？

宰英　　（稍微考慮了一下）不要。

宥娜　　說什麼啊？你要繼續聽那堂課？

S#10. 聯排住宅前，街道／白天

走在回家路上的宰英和尚宇。

宰英哭喪著臉，緊緊抱住筆電，尚宇則不耐煩地看著他。

尚宇　　不是說重要的東西都已經備份了嗎？

　　　　幫你修理好，還順手替你格式化，到底還有什麼好不滿的？

宰英　　可是，你怎麼可以把那些檔案全都直接刪掉？真無情……

尚宇　　（冷酷地）電腦也跟人一樣。

　　　　累積一堆雜七雜八的垃圾不清理，怎麼可能正常運作？

　　　　只會降低效率而已。

宰英　　好啦～～你最厲害了。

　　　　（再次覺得尚宇很神奇）你的所有思考系統怎麼會和電腦一模一樣？

尚宇　　你幹嘛又找我麻煩？

宰英　　我不是在找你麻煩……現在……秋尚宇，我好像有點懂你的核心處理器了。

尚宇　　（板著臉）我是什麼家電用品嗎？　　　　　　　　　不是……

宰英　　（挑了挑眉）我覺得很類似。

尚宇感到無言，為了躲避宰英而左閃右躲地向前走。

宰英像是要捉弄他，一直跟在他身邊。畫面在兩人打鬧的場面停留很久。

S#11. 美術學院，工作室／夜晚

宰英繼續畫著剛才沒畫完的尚宇畫像。（身穿紅色拉鍊夾克）

宥娜「喀啦啦」地把自己的椅子拉近宰英的座位旁。

宥娜　　你應該會修改選課吧？秀英正在找外包人員，你要參加嗎？

宰英　　（稍微考慮了一下）不要。

宥娜　　說什麼啊？你要繼續聽那堂課？

 張宰英劇本

宰英　不知道啦！妳離我遠一點。

宰英將宥娜的椅子遠遠推開，而宥娜卻再次將椅子拉回來。

宥娜　不然你來幫我完成我的畢業作品嘛！

宰英　閃一邊去。

宥娜　可惡……（突然看向電腦）什麼啊？你開始做個人作品了？

宰英　（覺得有點害羞）只是在練練手感而已。

宥娜　明明不怎麼畫人物的傢伙……

　　　（仔細一看）看看這筆觸？愛意都整個流出螢幕了。

宰英　（盯著作品看）就是說啊……到底哪裡好看了。（一笑）

宥娜　（這傢伙怎麼了？不再關心）喂，那我就跟秀英說你不能參加囉！

宥娜將椅子拉回自己的座位，開始打電話。
宰英呆呆凝望著尚宇的畫像許久，
之後，將電腦轉換成休眠模式並關上螢幕。
他看著映在漆黑的液晶螢幕裡穿著紅色拉鍊夾克的自己。

INS ＞#5，「這陣子最讓我覺得疲倦的人其實是學長。」回想起尚宇說過的話。
宰英苦惱了一下，隨即拉下拉鍊並脫下外套。

導演指示

宰英雖然不知道尚宇喜歡什麼，卻不斷發動二十年來累積的直覺，努力想要修正。

S#12. 圖書館前／白天

露出氣呼呼表情的智慧坐在圖書館前的長椅和恩情閒聊著。

恩情　妳跟秋學長的單獨約會還順利嗎？

智慧　（鬱悶地）不，完全失敗……要是那個學長沒出現，本來氣氛很好的！

恩情　哪一個學長？

　　　（話說到一半，看著出現在智慧後方的宰英發出讚嘆）哇……

宰英　不知道啦！妳離我遠一點。

宰英將宥娜的椅子遠遠推開，而宥娜卻再次將椅子拉回來。

宥娜　不然你來幫我完成我的畢業作品嘛！

宰英　閃一邊去。

宥娜　可惡……（突然看向電腦）什麼啊？你開始做個人作品了？

宰英　（覺得有點害羞）只是在練練手感而已。

宥娜　明明不怎麼畫人物的傢伙……

　　　　（仔細一看）看看這筆觸？愛意都整個流出螢幕了。

宰英　（盯著作品看）就是說啊……到底哪裡好看了。（一笑）

宥娜　（這傢伙怎麼了？不再關心）喂，那我就跟秀英說你不能參加囉！

宥娜將椅子拉回自己的座位，開始打電話。
宰英呆呆凝望著尚宇的畫像許久，
之後，將電腦轉換成休眠模式並關上螢幕。
他看著映在漆黑的液晶螢幕裡穿著紅色拉鍊夾克的自己。
INS＞#5，「這陣子最讓我覺得疲倦的人其實是學長。」回想起尚宇說過的話。
宰英苦惱了一下，隨即拉下拉鍊並脫下外套。

S#12. 圖書館前／白天

露出氣呼呼表情的智慧坐在圖書館前的長椅和恩情閒聊著。

恩情　妳跟秋學長的單獨約會還順利嗎？

智慧　（鬱悶地）不，完全失敗……要是那個學長沒出現，本來氣氛很好的！

恩情　哪一個學長？

　　　　（話說到一半，看著出現在智慧後方的宰英發出讚嘆）哇……

「怎麼了」？智慧順著恩情的視線看過去，
打扮得相當帥氣的宰英像模特兒漫步那般經過她們眼前。
清新的鑽藍色針織衫配上版型絕佳的牛仔褲，還有梳理整齊的髮型，
只要是他經過之處，人們的視線都自然地被宰英吸引……

> 導演
> 指示
>
> 宰英把頭髮
> 放了下來，
> 並拿掉耳釘。

恩情　　哇噢……跟那些理工男完全是不同等級呢～～

　　　　　（回神）所以，妳說的那個學長是誰？

智慧　　（露出不太對勁的表情，繼續再看了宰英幾眼後，收回視線）算了……

此時，從遠處喊著「智慧～～」朝氣蓬勃地跑過來的亨卓。

恩情　　（戳了戳智慧的側腰）妳要不要放棄像機器人一樣的秋尚宇，

　　　　　試著喜歡那個捲毛的，怎麼樣？

智慧　　喂！那個學長只是跟我一起設計遊戲的夥伴！妳不要亂說話！

恩情　　（拿起包包）怎麼了～～他很可愛呀！我要去上課了！

　　　　　（悄聲）妳要好好表現喔！

智慧在取笑完就轉身離開的恩情身後大叫：「就跟妳說不是了！」

亨卓　　（轉眼已經跑來，開朗地問）不是什麼？

智慧　　什麼事都沒有。（瞪視）不過，學長昨天為什麼沒有把成品寄給我？

亨卓　　（在智慧身旁坐下）不是，我昨天真的——

耍賴的亨卓和痛快教訓人的智慧，兩人還滿速配的。

S#13. 通識大樓，法語教室／白天

已經在課桌之間豎起隔板，雙手交叉在胸前，得意地等待著宰英的尚宇，
一邊往門口偷瞄，一邊等待，卻沒有半個人影出現。
尚宇覺得不太對勁，於是看了看手錶。

「怎麼了」？智慧順著恩情的視線看過去，

打扮得相當帥氣的宰英像模特兒漫步那般經過她們眼前。

清新的鈷藍色針織衫配上版型絕佳的牛仔褲，還有梳理整齊的髮型，

只要是他經過之處，人們的視線都自然地被宰英吸引……

恩情　　哇噢……跟那些理工男完全是不同等級呢～～

　　　　　（回神）所以，妳說的那個學長是誰？

智慧　　（露出不太對勁的表情，繼續再看了宰英幾眼後，收回視線）算了……

此時，從遠處喊著「智慧～～」朝氣蓬勃地跑過來的亨卓。

恩情　　（戳了戳智慧的側腰）妳要不要放棄像機器人一樣的秋尚宇，

　　　　　試著喜歡那個捲毛的，怎麼樣？

智慧　　喂！那個學長只是跟我一起設計遊戲的夥伴！妳不要亂說話！

恩情　　（拿起包包）怎麼樣了～～他很可愛呀！我要去上課了！

　　　　　（悄聲）妳要好好表現喔！

智慧在取笑完就轉身離開的恩情身後大叫：「就跟妳說不是了！」

亨卓　　（轉眼已經跑來，開朗地問）不是什麼？

智慧　　什麼事都沒有。（瞪視）不過，學長昨天為什麼沒有把成品寄給我？

亨卓　　（在智慧身旁坐下）不是，我昨天真的——

耍賴的亨卓和痛快教訓人的智慧，兩人還滿速配的。

☆ S#13. 通識大樓，法語教室／白天 ※尚宇感情變化的時間點※

已經在課桌之間豎起隔板，雙手交叉在胸前，得意地等待著宰英的尚宇，

一邊往門口偷瞄，一邊等待，卻沒有半個人影出現。

尚宇覺得不太對勁，於是看了看手錶。

宰英　　**（E）**你在等我嗎？

反射性地轉頭的尚宇，視線停留在看起來好像有些不一樣的宰英身上許久。

宰英　　（嘻嘻笑著坐下）怎麼了？今天看起來特別帥嗎？

尚宇因為宰英無聊的玩笑而皺起眉頭，卻也沒辦法否認，
反而心想：「怎麼回事？到底是哪裡不一樣了呢？」並上下打量著宰英⋯⋯

尚宇　　（恍然大悟，不自覺地）啊！紅色⋯⋯
宰英　　（嘆咻）你的反應還真是快喔！
　　　　（用手指彈彈隔板）今天是對話練習時間！
　　　　這個先收起來吧？

聽到他這麼說，尚宇快速從隔板下塞了一張紙條過去。

尚宇　　像這樣交換紙條練習好像就可以了。
宰英　　現在是朝鮮時代嗎？還用偷傳紙條練習？

＊覺得尚宇可愛

尚宇一臉鬱悶，無可奈何地收起隔板。宰英嘆咻一笑。

尚宇　　所以，劇本的主題，你有什麼想法嗎？
宰英　　（翻著書籍）愛情劇。
尚宇　　什麼愛情劇？就用「交換學生問路」的情節吧！
宰英　　超級老套耶！要是當初跟你一起設計遊戲，真的會出大事。

真的

尚宇雖然感覺很差，卻也沒有辯駁什麼，只是噘著嘴。

宰英　（E）你在等我嗎？

反射性地轉頭的尚宇，視線停留在看起來好像有些不一樣的宰英身上許久。

宰英　（嘻嘻笑著坐下）怎麼了？今天看起來特別帥？

尚宇因為宰英無聊的玩笑而皺起眉頭，卻也沒辦法否認，
反而心想：「怎麼回事？到底是哪裡不一樣了呢？」並上下打量著宰英……

尚宇　（恍然大悟，不自覺地）啊！紅色……
宰英　（噗哧）你的反應還真是快！
　　　（用手指彈彈隔板）今天是對話練習時間！
　　　這個先收起來吧？

聽到他這麼說，尚宇快速從隔板下塞了一張紙條過去。

尚宇　像這樣交換紙條練習好像就可以了。
宰英　現在是朝鮮時代？還用偷傳紙條練習？

尚宇一臉鬱悶，無可奈何地收起隔板。宰英噗哧一笑。

尚宇　所以，劇本的主題，你有什麼想法嗎？
宰英　（翻著書籍）愛情劇。
尚宇　什麼愛情劇？就用「交換學生問路」的情節吧！
宰英　超級老套耶！要是當初跟你一起設計遊戲，真的會出大事。

尚宇雖然感覺很差，卻也沒有辯駁什麼，只是噘著嘴。

宰英覺得尚宇的樣子很可愛而露出笑容。

宰英　　就用「跟心愛的人告白，卻發現對方是同父異母的兄弟，
　　　　為此大受打擊」的情節吧！

尚宇　　你在胡說什麼啊……

宰英　　（悄聲說）這個教授很喜歡愛情狗血劇。

尚宇　　啊……

宰英　　劇本的架構我來編排，
　　　　（把書交給尚宇）你從這裡挑一些還不錯的句子出來。

尚宇　　（驚訝地）學長要負責寫劇本？

宰英　　（從包包裡拿出筆記本）嗯，我參加了話劇社，有時候也會導戲。

尚宇　　（不可置信地看著）

宰英　　怎麼？你以為我又打算搭便車嗎？

之後，宰英不發一語，開始專心編寫臺詞。
尚宇覺得宰英截然不同的一面很陌生而不斷地偷瞄他。

　　　　　　不是……

宰英　　（E）劇本好有什麼用～～ 尚宇啊！

S#14. 散步小徑，自動販賣機前／白天

坐在桌前，正在練習劇本的宰英和尚宇。
宰英將埋在劇本裡的臉抬起來，擔憂地看著尚宇。

　　　　　　唉，

宰英　　連Siri都比你還有感情。這個光憑幾個小時的練習，
　　　　根本行不通。

尚宇　　（板著臉）不是只要發音正確就可以了嗎？

宰英　　可是現在的你連「e」和「o」的發音都搞不清楚……
　　　　（嘆了口氣）老實告訴我，你沒有談過戀愛吧？

宰英覺得尚宇的樣子很可愛而露出笑容。

宰英　　就用「跟心愛的人告白，卻發現對方是同父異母的兄弟
　　　　為此大受打擊」的情節吧！

尚宇　　你在胡說什麼啊……

宰英　　（悄聲說）這個教授很喜歡愛情狗血劇。

尚宇　　啊……

宰英　　劇本的架構我來編排，
　　　　（把書交給尚宇）你從這裡挑一些還不錯的句子出來。

尚宇　　（驚訝地）學長要負責寫劇本？

宰英　　（從包包裡拿出筆記本）嗯，我參加了話劇社，有時候也會導戲。

尚宇　　（不可置信地看著）

宰英　　怎麼？你以為我又打算搭便車嗎？

之後，宰英不發一語，開始專心編寫臺詞。

尚宇覺得宰英截然不同的一面很陌生而不斷地偷瞄他。

宰英　　（E）劇本好有什麼用～～

S#14. 散步小徑，自動販賣機前／白天

坐在桌前，正在練習劇本的宰英和尚宇。

宰英將埋在劇本裡的臉抬起來，擔憂地看著尚宇。

宰英　　連Siri都比你還有感情。這個光憑幾個小時的練習，根本行不通。

尚宇　　（板著臉）不是只要發音正確就可以了嗎？

宰英　　可是現在的你連「e」和「o」的發音都搞不清楚……
　　　　（嘆了口氣）老實告訴我，你沒有談過戀愛吧？

張宰英劇本

尚宇　這跟練習有什麼關係？　　　　整個

宰英　因為你把愛情戲演得像法庭戲啊～～！　一樣

　　　（停頓了一下，帶著私心）你有喜歡過誰嗎？

　　　　　　　　　　　　　沒

尚宇心想：「我的演技有這麼糟糕嗎？」快速地再看了一次臺詞。

尚宇　如果你說的是媒體上談論的那些情感的假象，我還真的不曾有過。

宰英　假象？

尚宇　什麼情情愛愛，還不都是為了煽動人類繁殖的手段嗎？

宰英　（嘆息）哦～～你的想法非常偏激呢！

尚宇　（高傲地）應該是非常合理吧？

宰英　（瞠目結舌）那麼，你認為戀愛是什麼？

尚宇　（像是在朗讀書本一樣地流暢）一對男女以結婚為前提交往的行為，

　　　可以看成是一種應用程式的正式體驗版。

宰英無言以對，靜靜看著尚宇，最後受不了地搖搖頭，笑了出來。

接著，他從口袋裡拿出「黑色狂熱」罐裝咖啡，丟給尚宇。

導演指示

該拿那傢伙怎麼辦……雖然讓人傻眼，但是好可愛。

宰英　你還是喝這個吧！

尚宇　（這又是什麼？警戒地看著）

宰英　實在太難喝了，所以想要丟包給你。　　非法丟棄！

尚宇　（來回看著咖啡和劇本，無法理解）你幹嘛突然這樣？

宰英　（厚著臉皮）什麼？

尚宇　你好像改變了戰略，不過我不會吃你這一套，所以請不要跟我裝熟。

宰英　（聳肩）我沒有制定什麼戰略。

　　　（站起來正面看著）我只是照著自己的想法去做而已。

尚宇	這跟練習有什麼關係？
宰英	因為你把愛情戲演得像法庭戲啊～～！
	（停頓了一下，帶著私心）你有喜歡過誰嗎？

尚宇心想：「我的演技有這麼糟糕嗎？」快速地再看了一次臺詞。

尚宇	如果你說的是媒體上談論的那些情感的假象，我還真的不曾有過。
宰英	假象？
尚宇	什麼情情愛愛，還不都是為了煽動人類繁殖的手段嗎？
宰英	（嘆息）哦～你的想法非常偏激呢！
尚宇	（高傲地）應該是非常合理吧？
宰英	（瞠目結舌）那麼，你認為戀愛是什麼？
尚宇	（像是在朗讀書本一樣地流暢）一對男女以結婚為前提交往的行為，可以看成是一種應用程式的正式體驗版。

宰英無言以對，靜靜看著尚宇，最後受不了地搖搖頭，笑了出來。
接著，他從口袋裡拿出「黑色狂熱」罐裝咖啡，丟給尚宇。

宰英	你還是喝這個吧！
尚宇	（這又是什麼？警戒地看著）
宰英	實在太難喝了，所以想要丟包給你。
尚宇	（來回看著咖啡和劇本，無法理解）你幹嘛突然這樣？
宰英	（厚著臉皮）什麼？
尚宇	你好像改變了戰略，不過我不會吃你這一套，所以請不要跟我裝熟。
宰英	（聳肩）我沒有制定什麼戰略。
	（站起來正面看著）我只是照著自己的想法去做而已。

宰英隨即瀟灑地離去。尚宇直到最後還是無法拋卻心中的懷疑。

尚宇　　他幹嘛這樣啊？

S#15. 尚宇的家，書桌／夜晚

筆電上開著法語翻譯機和好幾個字典的視窗，
被尚宇拿在手上的劇本到處都是滿滿的校訂痕跡。

尚宇　　（還是很疑惑）內容沒什麼問題……他到底在打什麼算盤？

書桌上的「黑色狂熱」罐裝咖啡正好映入眼簾，尚宇滿心懷疑地拿起它。

尚宇　　（到處檢查著）難道是在裡面下了毒嗎？

此時，他的視線望向遠處的「黑色狂熱」紙箱，箱子裡還裝著滿滿的咖啡。
尚宇莫名感到灰心喪氣，無力地深深吐出一口氣。

S#16. 圖書館，書架旁／白天

安靜的圖書館裡，只有偶爾翻閱書頁的聲音。
坐在自己最喜歡的書架前窗邊座位，立起隔板專心讀書的尚宇，
從桌子下往身邊悄悄一看，發現了宰英的鞋子。
雖然感到有些礙眼，尚宇還是無視宰英，打算繼續讀書，
可是因為狹窄的書桌，隔板不斷被手肘撞到。
「唉……」低聲嘆了口氣後收起隔板的尚宇，
看著身邊枕著手臂睡著的宰英。

導演
指示

道具，
《AI 的理解》。

尚宇　　（失望地看著）我還想說他怎麼會這麼安靜。

146

宰英隨即瀟灑地離去。尚宇直到最後還是無法拋卻心中的懷疑。

尚宇　　他幹嘛這樣啊？

S#15. 尚宇的家，書桌／夜晚

筆電上開著法語翻譯機和好幾個字典的視窗，
被尚宇拿在手上的劇本到處都是滿滿的校訂痕跡。

尚宇　　（還是很疑惑）內容沒什麼問題……他到底在打什麼算盤？

書桌上的「黑色狂熱」罐裝咖啡正好映入眼簾，尚宇滿心懷疑地拿起它。

尚宇　　（到處檢查著）難道是在裡面下了毒嗎？

此時，他的視線望向遠處的「黑色狂熱」紙箱，箱子裡還裝著滿滿的咖啡。
尚宇莫名感到灰心喪氣，無力地深深吐出一口氣。

S#16. 圖書館，書架旁／白天

安靜的圖書館裡，只傳來偶爾翻閱書頁的聲音。
安靜的圖書館裡，只有偶爾翻閱書頁的聲音。
坐在自己最喜歡的書架前窗邊座位，立起隔板專心讀書的尚宇，
從桌子下往身邊悄悄一看，發現了宰英的鞋子。
雖然感到有些礙眼，尚宇還是無視宰英，打算繼續讀書，
可是因為狹窄的書桌，隔板不斷被手肘撞到。
「唉……」低聲嘆了口氣後收起隔板的尚宇，
看著身邊枕著手臂睡著的宰英。

導演指示

擺出和第二話睡著的尚宇類似姿勢的宰英。

尚宇　　（失望地看著）我還想說他怎麼會這麼安靜。

尚宇收起隔板，準備繼續專心讀書，
但聽到身旁的座位上傳來「呼～呼～」的淺淺呼吸聲，
眼珠子又骨碌碌地轉了起來。

尚宇　　（驚覺而放下原子筆）唉……現在他就算安靜地待著，也會妨礙我了。

此時，宰英的簽字筆正好出現在尚宇視線中。
INS＞第二話#15，回想起因為宰英的塗鴉而出醜的自己。
尚宇衝動地拿起宰英的簽字筆，
接著，只是猶豫了一下，便慢慢靠近宰英……
壓低上半身的尚宇，視線徘徊在宰英的臉上，不斷搜尋著要下筆塗鴉的地方。
尚宇看到了宰英長長的睫毛、直挺的鼻梁，耳垂上還留著耳釘的痕跡，
從窗邊吹來的微風，溫柔地弄亂了宰英的劉海。

尚宇　　（支吾地）他……原本就長得這麼帥嗎？

忘記原本的目的，視線完全被宰英的俊美吸引的尚宇，
就連套在筆桿尾端的筆蓋掉落了也渾然不覺，彷彿被迷惑似地凝視著……
就在那個瞬間，宰英微微掀了掀嘴唇，低聲說道。

宰英　　（用帶著睡意的低沉嗓音）……尚宇啊，
　　　　你要我閉著眼睛到什麼時候？
尚宇　　！！

因為突然開口的宰英而嚇了一跳的尚宇，用簽字筆在宰英的臉頰上點了一點。
接著，宰英好像等待已久那般，立刻睜開眼睛。
開心地嘻嘻笑著的宰英，使尚宇露出明顯的慌張。

尚宇收起隔板，準備繼續專心讀書，

但聽到身旁的座位上傳來「呼～呼～」的淺淺呼吸聲，

眼珠子又骨碌碌地轉了起來。

尚宇　　（驚覺而放下原子筆）唉……現在他就算安靜地待著，也會妨礙我了。

此時，宰英的簽字筆正好出現在尚宇視線中。

INS ＞第二話#15，回想起因為宰英的塗鴉而出醜的自己。

尚宇衝動地拿起宰英的簽字筆，

接著，只是猶豫了一下，便慢慢靠近宰英……

壓低上半身的尚宇，視線徘徊在宰英的臉上，不斷搜尋著要下筆塗鴉的地方。

尚宇看到了宰英長長的睫毛、直挺的鼻梁，耳垂上還留著耳釘的痕跡，

從窗邊吹來的微風，溫柔地弄亂了宰英的劉海。

尚宇　　（支吾地）他……原本就長得這麼帥嗎？

忘記原本的目的，視線完全被宰英的俊美吸引的尚宇，

就連套在筆桿尾端的筆蓋掉落了也渾然不覺，彷彿被迷惑似地凝視著……

就在那個瞬間，宰英微微掀了掀嘴唇，低聲說道。

宰英　　（用帶著睡意的低沉嗓音）……尚宇啊，

　　　　你要我閉著眼睛到什麼時候？

尚宇　　 ！！

因為突然開口的宰英而嚇了一跳的尚宇，用簽字筆在宰英的臉頰上點了一點。

接著，宰英好像等待已久那般，立刻睜開眼睛。

開心地嘻嘻笑著的宰英，使尚宇露出明顯的慌張。

S#17. 校園／夜晚

尚宇兩手緊抓著背包揹帶，滿臉羞愧地走出校園。

尚宇　　唉……居然跟他做了一樣的事，真是幼稚……！

此時，尚宇收到了一則訊息，不假思索地點開確認。
是一部名為「給法語初學者的發音祕訣」的影片，傳送者是「搭便車3號」。

宰英　　（E）（接著收到）
　　　　〔裡面對『e』和『o』發音的說明很詳細看著這個練習吧〕
尚宇　　（有點意外）還以為他會生氣……

尚宇靜靜看著訊息，然後傳了一句〔我會參考〕，緊接著又傳了〔請好好斷句〕過去。
結果，卻收到宰英回傳一句〔泥似世宗大丸逆？〕，尚宇感到傻眼而笑出聲。
接著，好幾張華麗的法國服飾接連傳了過來。

宰英　　（E）〔哪一套比較好？〕
尚宇　　？？
宰英　　（E）〔挑挑看〕〔你要穿的衣服〕

看了最後一則訊息而皺起眉心的尚宇。

S#18. 美術學院，工作室／夜晚

一邊哼著歌，一邊搜尋著法國服飾的宰英，
因為隔了很久還沒收到尚宇的回覆而嘟起嘴。

宰英　　又已讀不回了。（毫不在意）那我就沒辦法了。
　　　　（語氣變得邪惡）看來要讓他穿荷葉邊最多的那一套了。

S#17. 校園／夜晚

尚宇兩手緊抓著背包揹帶，滿臉羞愧地走出校園。

尚宇　　唉……居然跟他做了一樣的事，真是幼稚……！

此時，尚宇收到了一則訊息，不假思索地點開確認。
是一部名為「給法語初學者的發音祕訣」的影片，傳送者是「搭便車3號」。

宰英　　（E）（接著收到）
　　　　〔裡面對『e』和『o』發音的說明很詳細看著這個練習吧〕
尚宇　　（有點意外）還以為他會生氣……
　　　　　　　什麼嘛，
尚宇靜靜看著訊息，然後傳了一句〔我會參考〕，緊接著又傳了〔請好好斷句〕過去。
結果，卻收到宰英回傳一句〔泥似世宗大丸遞？〕，尚宇感到傻眼而笑出聲。
接著，好幾張華麗的法國服飾接連傳了過來。

宰英　　（E）〔哪一套比較好？〕
尚宇　　〔？？〕
宰英　　（E）〔挑挑看〕〔你要穿的衣服〕

看了最後一則訊息而皺起眉心的尚宇。

S#18. 美術學院，工作室／夜晚

一邊哼著歌，一邊搜尋著法國服飾的宰英。
因為隔了很久還沒收到尚宇的回覆而噘起嘴。

宰英　　又已讀不回了。（毫不在意）那我就沒辦法了。
　　　　（語氣變得邪惡）看來要讓他穿荷葉邊最多的那一套了。

宰英一想到要幫尚宇打扮，便興高采烈熱情地挑選著衣服。

經過他身邊的宥娜嫌棄地看著那樣的宰英。（宰英臉頰上的黑點還在）

宥娜　　你臉頰上的那隻蒼蠅是怎麼回事？　　　　*該說是*

宰英　　（咧嘴一笑）啊～～這個啊？（戳了一下臉頰）關心的證明？

宥娜　　啊！我的眼睛……（握緊拳頭）你要不要也收下我關心你的證明？

宰英　　（用拳頭碰了一下宥娜的，並把照片給宥娜看）喂，這件適合秋尚宇嗎？

　　　　啊，妳不知道他的長相吧？

　　　　（再次拉開距離）嘖……鮮艷一點的好像比較好耶……

宥娜　　（沒好氣地）真是瘋子。

S#19. 通識大樓，法語教室前走廊／白天

帥氣地穿上法國服裝的尚宇和宰英，

彷彿站在伸展臺上的模特兒，神氣地邁出步伐。

路過的人們不斷偷看著他們，不是竊笑就是發出讚嘆……

尚宇在教室門前緊急煞車，打算轉身逃走，

宰英迅速攔住他。

　　　　很好看啊！就跟你說沒關係！

宰英　　不是說好不能反悔了？

尚宇　　（冒汗）不管怎麼想，這好像行不通。太誇張了吧！

導演
指示

宰英　　（彷彿說出高級機密般）其他組不是唱歌，就是跳舞耶？

尚宇　　！！（鬥志瞬間燃燒）

宰英，覺得
對方可愛的
笑容。

宰英　　（上鉤了！咧嘴一笑）臺詞都背好了吧？

尚宇　　那當然。

尚宇理直氣壯地說著，並率先走進教室，只不過表情和嘴上說的不同，

臉上閃過一絲不安。

宰英一想到要幫尚宇打扮，便興高采烈熱情地挑選著衣服。

經過他身邊的宥娜嫌棄地看著那樣的宰英。（宰英臉頰上的黑點還在）

宥娜　你臉頰上的那隻蒼蠅是怎麼回事？

宰英　（咧嘴一笑）啊～～這個啊？（戳了一下臉頰）關心的證明？

宥娜　啊！我的眼睛……（握緊拳頭）你要不要也收下我關心你的證明？

宰英　（用拳頭碰了一下宥娜的，並把照片給宥娜看）喂，這件適合秋尚宇嗎？

　　　　啊，妳不知道他的長相吧？

　　　　（再次拉開距離）嘶……鮮艷一點的好像比較好耶……

宥娜　（沒好氣地）真是瘋子。

S#19. 通識大樓，法語教室前走廊／白天

帥氣地穿上法國服裝的尚宇和宰英，

彷彿站在伸展臺上的模特兒，神氣地邁出步伐。

路過的人們不斷偷看著他們，不是竊笑就是發出讚嘆……

尚宇在教室門前緊急煞車，打算轉身逃走，

宰英迅速攔住他。

導演指示　被宰英拉走的畫面。

宰英　不是說好不能反悔了？

尚宇　（冒汗）不管怎麼想，這好像行不通。太誇張了吧！

宰英　（彷彿說出高級機密般）其他組不是唱歌，就是跳舞耶？

尚宇　！！（鬥志瞬間燃燒）

宰英　（上鉤了！咧嘴一笑）臺詞都背好了吧？

尚宇　那當然。

尚宇理直氣壯地說著，並率先走進教室，只不過表情和嘴上說的不同，

臉上閃過一絲不安。

S#20. 通識大樓，法語教室／白天

尚宇坐在座位上，反覆讀著已經破破爛爛的劇本。

一旁的宰英凝視著那樣的尚宇。

宰英　如果覺得不放心，就寫在手上吧。

尚宇　（一直讀著劇本）那樣就不公平了。

宰英　（輕輕露出微笑）沒錯，這就是秋尚宇的風格。

宰英悄悄拿出手機，在自拍鏡頭中，調整可以同時拍到自己與尚宇的角度。

宰英　秋尚宇，看一下這裡。

尚宇　（轉過頭，發現自己被拍下照片）啊，幹嘛拍我？快點刪掉。

看著兩人的合照，咧嘴一笑的宰英。

不然……

宰英　（看著尚宇）你叫我一聲「哥」看看？

尚宇　（嫌惡地）不要隨便增加別人的家庭成員。

宰英　（假裝沒聽到）啊！教授來了。（和其他學生一起）Bonjour ～～！

尚宇　（一言不發地瞪著宰英）

（切換至）

接著，在輕快的音樂下轉換畫面，兩人在臺上表現傑出地進行作品發表，

尚宇的表情或動作雖然有些僵硬，卻一直和宰英對視，流暢地說出臺詞。

宰英誇張地發揮演技的同時，覺得那樣的尚宇很了不起。

在教授和同學們的鼓掌喝采中下臺一鞠躬的兩人。

導演
指示

雙眼滿是
寵愛地看著尚宇
的宰英。

154

S#20. 通識大樓，法語教室／白天

尚宇坐在座位上，反覆讀著已經破破爛爛的劇本。

一旁的宰英凝視著那樣的尚宇。

宰英　　如果覺得不放心，就寫在手上吧。

尚宇　　（一直讀著劇本）那樣就不公平了。

宰英　　（輕輕露出微笑）沒錯，這就是秋尚宇的風格。

宰英悄悄拿出手機，在自拍鏡頭中，調整可以同時拍到自己與尚宇的角度。

宰英　　秋尚宇，看一下這裡。

尚宇　　（轉過頭，發現自己被拍下照片）啊，幹嘛拍我？快點刪掉。

看著兩人的合照，咧嘴一笑的宰英。

宰英　　（看著尚宇）你叫我一聲「哥」看看？

尚宇　　（嫌惡地）不要隨便增加別人的家庭成員。

宰英　　（假裝沒聽到）啊！教授來了。（和其他學生一起）Bonjour ～～！

尚宇　　（一言不發地瞪著宰英）

（切換至）

接著，在輕快的音樂下轉換畫面，兩人在臺上表現傑出地進行作品發表，

尚宇的表情或動作雖然有些僵硬，卻一直和宰英對視，流暢地說出臺詞。

宰英誇張地發揮演技的同時，覺得那樣的尚宇很了不起。

在教授和同學們的鼓掌喝采中下臺一鞠躬的兩人。

導演
指示

尚宇，偶爾依賴著
宰英，稍嫌僵硬地
演出。發表結束
後，感到滿足。

S#21. 通識大樓，服裝室／夜晚

尚宇換上自己穿的衣服後，一臉急躁地站在門前觀察著外面的動靜，
緊抓著門把的雙手因為不知所措而抖動。

尚宇　　（朝著門內喊）還沒好嗎？！

尚宇出聲叫喚的地方是一間掛滿表演服裝的密室。
宰英正拿著兩人穿過的表演服在裡面四處張望。

宰英　　再等我一下！明明就在這附近啊……

尚宇　　（焦急地再看了一眼門外，喃喃自語）他一定是瘋了。精神不正常！

宰英　　（開朗地）不要太害怕～～只是借穿幾個小時，難道會被罵嗎？

尚宇　　你根本不是借的，而是偷的！
　　　　早知道是你偷來的衣服，我就不會穿了！！

此時，聽到有人正朝著服裝室走來，嚇得臉色發白的尚宇。

尚宇　　喂喂……好像有人來了。（對著宰英）你還要很久嗎？！
　　　　（來人越來越靠近，陷入恐慌）呃呃，不可以……！！

正當慌張的尚宇不知該如何是好，
一隻修長的手臂突然伸出，將尚宇拉進了密室裡。
尚宇一臉驚慌，宰英則將自己和尚宇深深藏進衣架之間。
想要抗議的尚宇卻被宰英用手指抵住了雙唇。

走進服裝室的話劇社社員好像在尋找著什麼，一邊講電話，一邊四處張望，
接著反問：「在道具箱裡？」並走進了密室。

> **導演指示**
> 開玩笑的狀況。
> 因為尚宇的反應
> 很可愛，
> 不斷拖延時間。

> **導演指示**
> 不斷向後退的
> 尚宇，宰英拉住
> 了他的手！

S#21. 通識大樓，服裝室／夜晚

尚宇換上自己穿的衣服後，一臉急躁地站在門前觀察著外面的動靜，
緊抓著門把的雙手因為不知所措而抖動。

尚宇　　（朝著門內喊）還沒好嗎？！

尚宇出聲叫喚的地方是一間掛滿表演服裝的密室。
宰英正拿著兩人穿過的表演服在裡面四處張望。

宰英　　再等我一下！明明就在這附近啊……

尚宇　　（焦急地再看了一眼門外，喃喃自語）他一定是瘋了。精神不正常！

宰英　　（開朗地）不要太害怕～～只是借穿幾個小時，難道會被罵嗎？

尚宇　　你根本不是借的，而是偷的！
　　　　早知道是你偷來的衣服，我就不會穿了！！

此時，聽到有人正朝著服裝室走來，嚇得臉色發白的尚宇。

> **導演指示**
> 入口的感應燈亮起，聽到有人走進來的聲音而嚇了一跳的尚宇。

尚宇　　喂喂……好像有人來了。（對著宰英）你還要很久嗎？！
　　　　（來人越來越靠近，陷入恐慌）呃呃，不可以……！！

正當慌張的尚宇不知該如何是好，
一隻修長的手臂突然伸出，將尚宇拉進了密室裡。
尚宇一臉驚慌，宰英則將自己和尚宇深深藏進衣架之間。
想要抗議的尚宇卻被宰英用手指抵住了雙唇。

走進服裝室的話劇社社員好像在尋找著什麼，一邊講電話，一邊四處張望，
接著反問：「在道具箱裡？」並走進了密室。

兩人屏住呼吸，身體也緊靠著對方，完美地藏身在衣服之間⋯⋯

突然間，面對面四目相交的兩人。

完全緊貼的身軀和彷彿快碰到對方鼻尖的距離，緊張的感覺一下子泉湧而上。

尚宇因為陌生的緊張感，呼吸變得急促。宰英緊緊盯著那樣的尚宇。

「訂好電影票了嗎？」兩人靜靜聽著話劇社社員的通話內容，

宰英突然緩緩低下頭，在尚宇的耳邊悄聲說道。

> 紅色燈光亮
> 起。

宰英　　我們要不要也去看電影？

驚訝地瞪大雙眼的尚宇和凝視著尚宇的宰英！！

第4話 END

兩人屏住呼吸，身體也緊靠著對方，完美地藏身在衣服之間……

多彩的水晶
燈光 on。

突然間，面對面四目相交的兩人。

完全緊貼的身軀和彷彿快碰到對方鼻尖的距離，緊張的感覺一下子泉湧而上。

尚宇因為陌生的緊張感，呼吸變得急促。宰英緊緊盯著那樣的尚宇。

「訂好電影票了嗎？」兩人靜靜聽著話劇社社員的通話內容，

宰英突然緩緩低下頭，在尚宇的耳邊悄聲說道。

宰英　　我們要不要也去看電影？＊微微顫抖

驚訝地瞪大雙眼的尚宇和凝視著尚宇的宰英！！

第4話 END

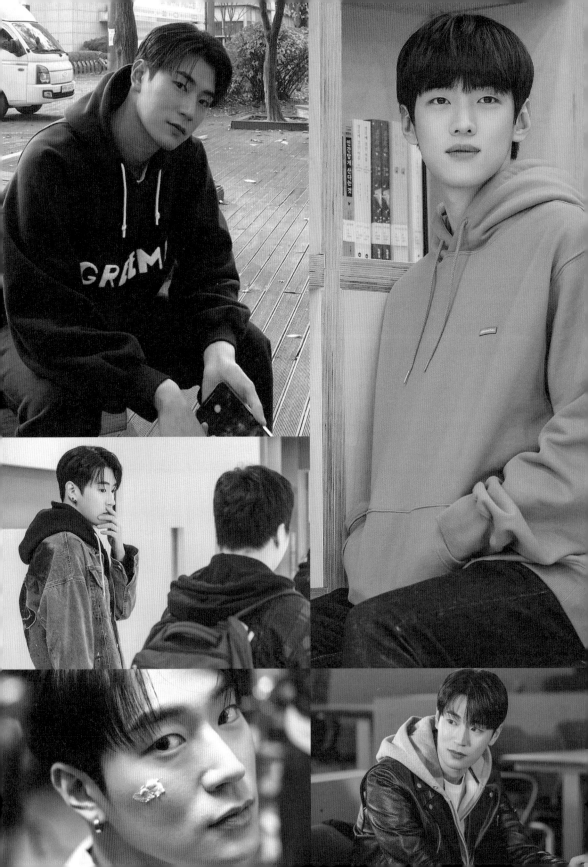

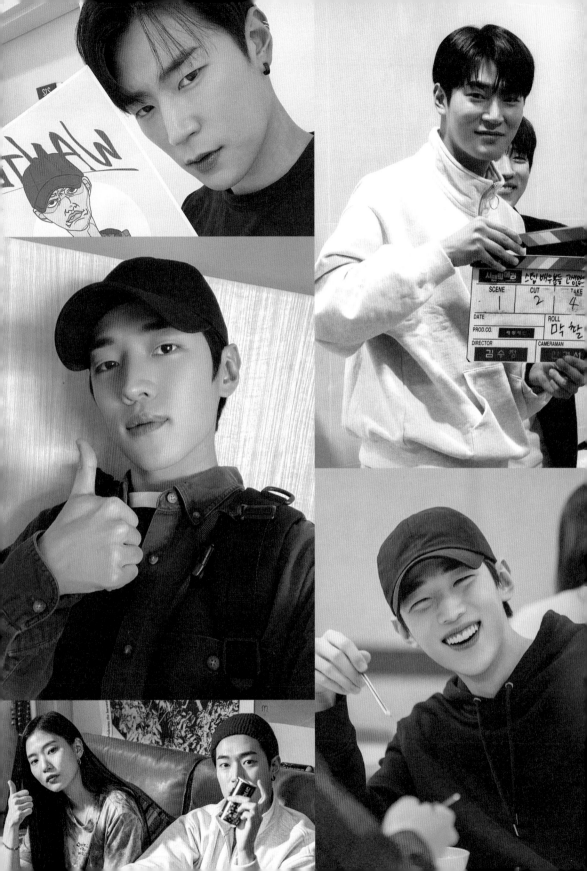

말해줘 (되 돠)

나또 너를 좋아해 해까만 (쥬브젱매 두뜨뿌아)

안돼 우리는 연인이 될 수 없어 (농. 누느 뿍느 빠 쩨트르 아망)

새번 우리 사이엔 비밀이 있어 (어 내에. 일꺄 엉 쎄크레 엉트르 누)

Dis moi. (告訴我吧)

Je vous aime mais... (我喜歡你，但是……)

Non, nous ne pouvons pas tre amant, (我們沒辦法成為戀人)

en effet, il y a un secret entre nous. (因為我們之間有祕密)

줘 , 깨고뭐요 , 아테디ㅎㅇ

주멥 , ^비ㅇ

누솜, 자망~ 드 조저

Quelque chose, te dire.（我有話要跟你說）
Je t'aime.（我愛你）
Nous sommes charmant.（我們彼此吸引）

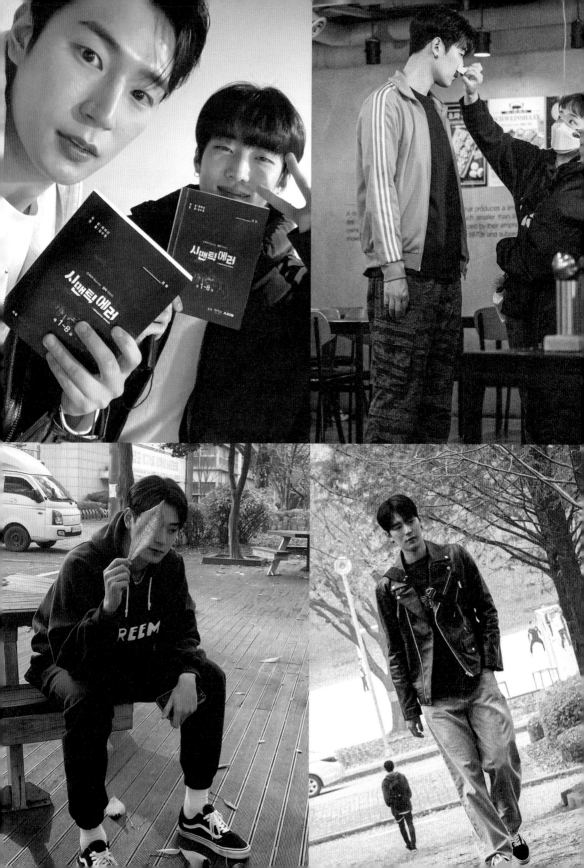

FIVE

[SEMANTIC
ERROR]

S#1. 通識大樓，服裝室／夜晚

走進服裝室的話劇社社員，好像在尋找著什麼，一邊講電話，一邊四處張望，

接著反問：「在道具箱裡？」並走進了密室，在衣架之間翻找著。

在寂靜的氣氛中，鏡頭往旁邊移動。

尚宇和宰英身體緊貼著彼此，躲藏在衣服之間的狹窄縫隙。

擔心會穿幫而提心吊膽屏住呼吸的兩人，突然正面對上彼此的視線。

完全緊貼的身軀和彷彿快碰到對方鼻尖的距離，讓緊張的感覺一下子泉湧而上。

尤其是尚宇，莫名撲通撲通瘋狂跳動的心跳聲讓他感到無比混亂。

甚至當宰英好像要親吻他似地緩緩低下頭靠近時，他的腦中立刻響起警示音。

機械音　（E）錯誤！錯誤！錯誤！異常反應！異常反應！異常反應！

幸好宰英的雙唇只是擦過他的臉頰，轉而朝他的耳廓靠近。

宰英　　我們要不要也去看電影？

宰英溫熱的氣息觸碰到耳廓的瞬間，尚宇腦中的保險絲「砰！」一聲燒斷了。

接著，他用盡全身的力氣推開宰英，逃出了服裝室。

1b. 通識大樓，服裝室前走廊／夜晚

尚宇奔跑著的畫面上方，

強烈的大紅色「Error! Error! Error!」字樣佔據了整個畫面！

　　　　　Title in ／語意錯誤

S#1. 通識大樓，服裝室／夜晚

走進服裝室的話劇社社員，好像在尋找著什麼，一邊講電話，一邊四處張望，
接著反問：「在道具箱裡？」並走進了密室，在衣架之間翻找著。
在寂靜的氣氛中，鏡頭往旁邊移動。
尚宇和宰英身體緊貼著彼此，躲藏在衣服之間的狹窄縫隙。

擔心會穿幫而提心吊膽屏住呼吸的兩人，突然正面對上彼此的視線。
完全緊貼的身軀和彷彿快碰到對方鼻尖的距離，讓緊張的感覺一下子泉湧而上。
尤其是尚宇，莫名撲通撲通瘋狂跳動的心跳聲讓他感到無比混亂。
甚至當宰英好像要親吻他似地緩緩低下頭靠近時，他的腦中立刻響起警示音。

機械音　（E）錯誤！錯誤！錯誤！異常反應！異常反應！異常反應！

幸好宰英的雙唇只是擦過他的臉頰，轉而朝他的耳廓靠近。

> **導演指示**
> 乒乒乓乓的聲響同時出現。

宰英　　我們要不要也去看電影？

宰英溫熱的氣息觸碰到耳廓的瞬間，尚宇腦中的保險絲「砰！」一聲燒斷了。
接著，他用盡全身的力氣推開宰英，逃出了服裝室。

1b. 通識大樓，服裝室前走廊／夜晚

尚宇奔跑著的畫面上方，
強烈的大紅色「Error! Error! Error!」字樣佔據了整個畫面！

> 彷彿奔跑在沒有盡頭的走廊上。

　　　　Title in ／**語意錯誤**

S#2. 通識大樓，廁所／夜晚

急忙跑進了廁所的尚宇，

直接衝進門上貼著「故障」告示的最底間，這才敢喘口氣。

在這個狀況下，宰英的電話仍不斷打來，

尚宇雖然想要掛掉，雙手卻抖個不停，無法成功。

走廊上傳來尋找尚宇的宰英大聲呼喚著「秋尚宇！」的聲音。

倚靠在牆上，閉起雙眼的尚宇，低聲咒罵了一句。

尚宇　　……該死。

S#3. 工學院，教室／白天

正在點名的教室裡，

表情黯淡的宰英看著手機。

從昨晚開始，雖然他一直傳訊息給尚宇，卻沒收到尚宇的任何一句回覆。

宰英　　（E）〔喂哪有人這樣突然跑走的啊？〕

　　　　　〔我跟學弟妹解釋過已經沒事了〕〔不會有問題的〕

　　　　　（翌日）〔你還在不高興嗎？〕（未讀標示1）

宰英看著身旁的座位，其他學生也看著相同的地方竊竊私語著。

東健　　秋尚宇居然缺席？太陽打西邊出來了嗎？

健熙　　大概是生病了吧？

東健　　他可是就算被打到頭破血流也會來上課的傢伙耶！還真稀奇。

聽到其他學生們低聲談論的內容，表情漸漸變了的宰英。

宰英　　真的有哪裡不舒服嗎……？

S#2. 通識大樓，廁所／夜晚

急忙跑進了廁所的尚宇，

直接衝進門上貼著「故障」告示的最底間，這才敢喘口氣。

在這個狀況下，宰英的電話仍不斷打來，

尚宇雖然想要掛掉，雙手卻抖個不停，無法成功。

走廊上傳來尋找尚宇的宰英大聲呼喚著「秋尚宇！」的聲音。

倚靠在牆上，閉起雙眼的尚宇，低聲咒罵了一句。

尚宇　　……該死。

S#3. 工學院，教室／白天

正在點名的教室裡，

表情黯淡的宰英看著手機。

從昨晚開始，雖然他一直傳訊息給尚宇，卻沒收到尚宇的任何一句回覆。

宰英　　（E）〔喂哪有人這樣突然跑走的啊？〕

　　　　〔我跟學弟妹解釋過已經沒事了〕〔不會有問題〕

　　　　（翌日）〔你還在不高興嗎？〕（未讀標示1）

宰英看著身旁的座位，其他學生也看著相同的地方竊竊私語著。

東健　　秋尚宇居然缺席？太陽打西邊出來了嗎？

健熙　　大概是生病了吧？

東健　　他可是就算被打到頭破血流也會來上課的傢伙耶！還真稀奇。

聽到其他學生們低聲談論的內容，表情漸漸變了的宰英。

宰英　　真的有哪裡不舒服嗎……？

> **導演指示**
>
> 對戀愛沒有興趣的尚宇居然對自己在這世界上最討厭的宰英有了反應→
> 討厭自己的感覺。

隨即，他抓著包包站起身。

S#4. 尚宇的家，客廳／白天

沒有一絲燈光的尚宇家。

在毫無一點動靜的寂靜中，只見尚宇安靜坐在筆電前的背影。

鏡頭一轉，正利用搜尋引擎查詢「身體運作錯誤」的尚宇，

因為熬了一整夜而滿臉憔悴。

下方的搜尋紀錄顯示著「不正常的慾望」、「賀爾蒙異常症狀」等關鍵詞。

焦躁不安的尚宇一臉嚴肅地不停往下檢視著搜尋內容。

突然間，「砰砰砰！」有人正猛力敲著玄關門的聲音傳來。尚宇回頭一看。

宰英　　（E）喂，秋尚宇！你為什麼沒有來上課！！

因為不速之客宰英的登場而愣在原地的尚宇，雖然想要無視陣陣敲門聲，但是宰英不知道用了多大的力氣，敲打到整個門都在微微晃動。

宰英　　（E）秋尚宇！你還活著嗎？該不會死了吧！！

你

尚宇煩躁地望著玄關門，無力地癱在地上。

尚宇　　唉，如果可以全都格式化就好了……

S#5. 聯排住宅，走廊／白天

手上提著粥店包裝袋的宰英，在毫無回應的尚宇家門前探頭探腦，

接著拿出手機，撥了通電話給尚宇，並把耳朵緊貼著尚宇家的門。

門的另一頭傳來「嗡嗡——」的震動聲。

隨即，他抓著包包站起身。

S#4. 尚宇的家，客廳／白天

沒有一絲燈光的尚宇家。

在毫無一點動靜的寂靜中，只見尚宇安靜坐在筆電前的背影。

鏡頭一轉，正利用搜尋引擎查詢「身體運作錯誤」的尚宇，

因為熬了一整夜而滿臉憔悴。

下方的搜尋紀錄顯示著「不正常的慾望」、「賀爾蒙異常症狀」等關鍵詞。

焦躁不安的尚宇一臉嚴肅地不停往下檢視著搜尋內容。

突然間，「砰砰砰！」有人正猛力敲著玄關門的聲音傳來。尚宇回頭一看。

宰英　　（E）喂，秋尚宇！你為什麼沒有來上課！！

因為不速之客宰英的登場而愣在原地的尚宇，雖然想要無視陣陣敲門聲，

但是宰英不知道用了多大的力氣，敲打到整個門都在微微晃動。

宰英　　（E）秋尚宇！你還活著嗎？該不會死了吧！！

尚宇煩躁地望著玄關門，無力地癱在地上。

尚宇　　唉，如果可以全都格式化就好了……

S#5. 聯排住宅，走廊／白天　※好好表現高昂的情緒※

手上提著粥店包裝袋的宰英，在毫無回應的尚宇家門前探頭探腦，

接著拿出手機，撥了通電話給尚宇，並把耳朵緊貼著尚宇的家門。

門的另一頭傳來「嗡嗡──」的震動聲。

導演指示

前一天錯誤
警報的餘波！
整夜都沒睡的狀況。
亂七八糟的客廳，
慌亂、虛脫……

宰英　好像在家沒錯啊……（越來越擔心）該不會昏倒了吧？

心裡越來越著急，「砰砰砰！」繼續用力敲門的宰英。

　　　喂，秋尚宇！

宰英　我要叫救護車來了喔！聽到沒？！

　　　真的

正當宰英著急地想撥打119的瞬間，「嘎咿」一聲，門被打開了。

激動的宰英一看到尚宇宛如廢人的鬼樣，驚訝得愣在原地。

宰英　喂，你怎麼……

尚宇　（冷淡地）為什麼在別人家門口亂來？我才想要報警吧？

宰英　（擔憂地）不是啊，如果生病了，直接說你生病了不就好了嗎……

　　　（走近，抬起手伸向尚宇的額頭）看過醫生了嗎？

走近的宰英擔憂地看著尚宇，並把手伸向他的額頭。

尚宇的身體立刻出現反應而微微顫抖，

這股慌亂的感覺，讓尚宇狠狠撥開宰英的手。

因為再次小鹿亂撞的心跳而感到慌亂的尚宇，

以及因為尚宇的過度反應而不知所措的宰英。

宰英　（難為情而輕撫著手背）我只是想看看你有沒有發燒……

尚宇　（隱藏動搖的跡象）不要多管閒事，趕快走吧！

　　　在我檢舉你噪音擾鄰之前……

宰英　（挑眉）你一副快死的樣子，我怎麼可能不擔心？

　　　不然，你好歹也接一下電話。為什麼又已讀不回我的訊息？

尚宇　（敏感地脫口而出）我有要你擔心我了嗎？！！

寂靜流淌在兩人之間。

宰英　　好像在家沒錯啊……（越來越擔心）該不會昏倒了吧？

導演指示

憔悴的樣子＋戴著帽子。

心裡越來越著急，「砰砰砰！」繼續用力敲門的宰英。

宰英　　　我要叫救護車來了喔！

正當宰英著急地想撥打119的瞬間，「嘎咿」一聲，門被打開了。
激動的宰英一看到尚宇宛如廢人的鬼樣，驚訝得愣在原地。

宰英　　喂，你怎麼……
尚宇　　（冷淡地）為什麼在別人家門口亂來？我才想要報警吧？
宰英　　（擔憂地）不是啊，如果生病了，直接說你生病了不就好了嗎……
　　　　（走近，抬起手伸向尚宇的額頭）看過醫生了嗎？

導演指示

努力想要維持平靜，最後還是爆發了！

走近的宰英擔憂地看著尚宇，並把手伸向他的額頭。
尚宇的身體立刻出現反應而微微顫抖，
這股慌亂的感覺，讓尚宇狠狠撥掉宰英的手。
因為再次小鹿亂撞的心跳而感到慌亂的尚宇，
以及因為尚宇的過度反應而不知所措的宰英。

宰英　　（難為情而輕撫著手背）我只是想看看你有沒有發燒……
尚宇　　（隱藏動搖的跡象）不要多管閒事，趕快走吧！
　　　　在我檢舉你噪音擾鄰之前……
宰英　　（挑眉）你一副快死的樣子，我怎麼可能不擔心？
　　　　不然，你好歹也接一下電話。為什麼又已讀不回我的訊息？
尚宇　　（敏感地脫口而出）我有要你擔心我了嗎？！！

寂靜流淌在兩人之間。

宰英　（語氣冷淡僵硬）……相安無事了一陣子，為什麼現在又開始了？
　　　你到底有什麼不滿？

尚宇　（變得憤世嫉俗）只是一起準備了一堂課的發表而已，不要跟我裝熟。
　　　我們之間什麼都沒有改善，因為學長，我依然處在最糟的狀態。

宰英　唉……我只是擔心你，卻被你罵到狗血淋頭。
　　　（有點委屈）沒錯，我一開始的確像個瘋子一樣對待你。
　　　但是也只有三天，三天！在那之後，我不是為了挽回而努力討好你嗎？

尚宇　（打斷宰英）你根本不顧我的意願。

宰英　（一震）讓人瞬間無話可說，也算是很厲害的才能。很好！

尚宇　（真心控訴）老實說，現在的我還是覺得學長很煩、讓人很不自在。

宰英　（受傷，情感湧出）既然這段時間讓你感覺這麼差，你是怎麼忍住的？
　　　成績到底算什麼，還真～是厲害啊！　　　　　　── 你還真是厲害啊！

尚宇　既然知道了，就馬上給我滾。

宰英　不要命令我，臭小子。我們再也不會見面了。
　　　　　　你這個

宰英把粥店的包裝袋往尚宇面前狠狠一扔，然後大步離開。
尚宇倔強地看著他的背影。

尚宇　這樣正好。

「砰」一聲用力關上門，再次回到家裡。

S#6. 尚宇的家，客廳／白天

尚宇回到家後，倔強地猛灌礦泉水，想要藉此冷卻激動的情緒。
理性慢慢回籠後，他將筆電和課本放進背包裡。

尚宇　因為那種人翹課也太虧了。

宰英　（語氣冷淡僵硬）……相安無事了一陣子，為什麼現在又開始了？

　　　你到底有什麼不滿？

尚宇　（變得憤世嫉俗）只是一起準備了一堂課的發表而已，不要跟我裝熟。

　　　我們之間什麼都沒有改善，因為學長，我依然處在最糟的狀態。

宰英　唉……我只是擔心你，卻被你罵到狗血淋頭。

　　　（有點委屈）沒錯，我一開始的確像個瘋子一樣對待你。

　　　但是也只有三天，三天！在那之後，我不是為了挽回而努力討好你嗎？

尚宇　（打斷宰英）你根本不顧我的意願。

宰英　（一震）讓人瞬間無話可說，也算是很厲害的才能。很好！

尚宇　（真心控訴）老實說，現在的我還是覺得學長很煩、讓人很不自在。

宰英　（受傷，情感湧出）既然這段時間讓你感覺這麼差，你是怎麼忍住的？

　　　成績到底算什麼，還真～～是厲害啊！

尚宇　既然知道了，就馬上給我滾。

宰英　不要命令我，臭小子。我們再也不會見面了。

導演指示

久久凝視著宰英離開的方向，充分表現感情。

宰英把粥店的包裝袋往尚宇面前狠狠一扔，然後大步離開。

尚宇倔強地看著他的背影。

尚宇　這樣正好。

「砰」一聲用力關上門，再次回到家裡。

S#6. 尚宇的家，客廳／白天

尚宇回到家後，倔強地猛灌礦泉水，想要藉此冷卻激動的情緒。

理性慢慢回籠後，他將筆電和課本放進背包裡。

尚宇　因為那種人翹課也太虧了。

然後,尚宇拿起掛在沙發上的衣服穿上,走出了家門。

S#7. 餐廳／白天

在肉類小菜和生菜等用來配飯的菜餚通通端上桌後,
依舊反覆察看著手機的宥娜,向眼前正打開水壺,
想幫兩人倒水的亨卓發問。

> 導演
> 指示
>
> 因為擔心而去找
> 尚宇卻吃了閉門羹。
> 第一次被人拒絕。
> 對卑躬屈膝的自己
> 感到訝異→
> 慌張、惱怒?

宥娜 　張宰英呢?

亨卓 　不知道。他沒有讀訊息耶?

宥娜 　這傢伙,真不像話。(朝向廚房喊)阿姨,這桌再加一瓶汽水。

宰英 　(走進餐廳)還要一瓶燒酒!

宰英帶著嚇人的表情走進來,大口喝起亨卓剛倒好的水。

宰英 　(自言自語)可惡,如果有做過什麼,還不會這麼委屈。

宥娜和亨卓猜測大概又發生了什麼事,互相交換著眼神。
亨卓觀察著席間的氣氛,想用生菜包飯來吃而小心翼翼拿起生菜。
一看到生菜,雙眼突然冒出熊熊怒火的宰英,立刻從亨卓手中搶走生菜。

　　　　　　生菜……可惡!

宰英 　(撕碎生菜)不准吃這個!

宥娜 　(驚訝地看著)

宰英 　(拿起芝麻葉塞進亨卓嘴裡)以後只准吃芝麻葉,知道了嗎?!

亨卓 　(小心翼翼地支吾)可是我比較喜歡生菜耶……

宥娜 　(不可思議地)你瘋了嗎?

正好阿姨送來了汽水和燒酒,
馬上拿起燒酒往水杯裡倒的宰英。

然後，尚宇拿起掛在沙發上的衣服穿上，走出了家門。

S#7. 餐廳／白天

在肉類小菜和生菜等用來配飯的菜餚通通端上桌後，

依舊反覆察看著手機的宥娜，向眼前正打開水壺，想幫兩人倒水的亨卓發問。

宥娜　　張宰英呢？

亨卓　　不知道。他沒有讀訊息耶？

宥娜　　這傢伙，真不像話。（朝向廚房喊）阿姨，這桌再加一瓶汽水。

宰英　　（走進餐廳）還要一瓶燒酒！

宰英帶著嚇人的表情走進來，大口喝起亨卓剛倒好的水。

宰英　　（自言自語）可惡，如果有做過什麼，還不會這麼委屈。

宥娜和亨卓猜測大概又發生了什麼事，互相交換著眼神。

亨卓觀察著席間的氣氛，想用生菜包飯來吃而小心翼翼拿起生菜。

一看到生菜，雙眼突然冒出熊熊怒火的宰英，立刻從亨卓手中搶走生菜。

宰英　　（撕碎生菜）不准吃這個！

宥娜　　（驚訝地看著）

宰英　　（拿起芝麻葉塞進亨卓嘴裡）以後只准吃芝麻葉，知道了嗎？！

亨卓　　（小心翼翼地支吾）可是我比較喜歡生菜耶……

宥娜　　（不可思議地）你瘋了嗎？

正好阿姨送來了汽水和燒酒，

馬上拿起燒酒往水杯裡倒的宰英。

宥娜　　瘋子，你這樣喝會出人命的。

宰英　　放心，我不會叫妳揹我回去。

宥娜　　（煩躁又擔心地）你幹嘛又發神經？發生什麼事了？

宰英　　……以後不會再有這種事了。

啊，不管了！

宰英滿臉苦澀地灌著酒。

S#8. 聯排住宅前／夜晚

喝得醉醺醺，搖搖晃晃走到聯排住宅前的宰英。

大樓前，尚宇的腳踏車好像被人用腳踢倒的樣子映入了宰英眼簾。

宰英彷彿看到尚宇，狠狠盯著腳踏車，本來還想走上前去用力踹一腳。

INS＞#5想起尚宇說：「老實說，現在的我還是覺得學長很煩、讓人很不自在。」

瞬間覺得自己很悲慘而停下動作的宰英。

宰英　　如果你這麼討厭我，我會消失的，秋尚宇。

宰英又看了倒在地上的腳踏車一眼，

沒有走進聯排住宅，而是直接轉身離去。

導演
指示

鏡頭從宰英的
背影移開後
才看到腳踏車。

（切換至）

聯排住宅前，靠著牆立起的腳踏車。畫面淡出。

S#9. 校園，外牆布告欄／白天

時間流逝，比起開學第一週，如今看起來更加和平的校園景象。

重新在布告欄上張貼徵求設計師公告的尚宇。

周圍的公告不是已經蓋上徵求期限截止的印章，就是聯絡電話全被撕走了。

尚宇的警戒心升起，再次將徵人公告緊緊並排，整齊地貼好。

宥娜	瘋子，你這樣喝會出人命的。
宰英	放心，我不會叫妳揹我回去。
宥娜	（煩躁又擔心地）你幹嘛又發神經？發生什麼事了？
宰英	……以後不會再有這種事了。

宰英滿臉苦澀地灌著酒。

S#8. 聯排住宅前／夜晚

喝得醉醺醺，搖搖晃晃走到聯排住宅前的宰英。

大樓前，尚宇的腳踏車好像被人用腳踢倒的樣子映入了宰英眼簾。

宰英彷彿看到尚宇，狠狠盯著腳踏車，本來還想走上前去用力踹一腳。

INS＞#5想起尚宇說：「老實說，現在的我還是覺得學長很煩、

很讓人不自在。」

瞬間覺得自己很悲慘而停下動作的宰英。

宰英	如果你這麼討厭我，我會消失的，秋尚宇。

宰英又看了倒在地上的腳踏車一眼，

沒有走進聯排住宅，而是直接轉身離去。

（切換至）

聯排住宅前，靠著牆立起的腳踏車。畫面淡出。

S#9. 校園，外牆布告欄／白天

時間流逝，比起開學第一週，如今看起來更加和平的校園景象。

重新在布告欄上張貼徵求設計師公告的尚宇。

周圍的公告不是已經蓋上徵求期限截止的印章，就是聯絡電話全被撕走了。

尚宇的警戒心升起，再次將徵人公告緊緊並排，整齊地貼好。

導演指示

和宰英鬧翻
後，卻一副若
無其事的樣子。

S#10. 工學院，教室／白天

尚宇走進教室，看著手錶上顯示著九點半，教室裡卻一個人也沒有。

他走向窗邊第四排的座位坐下，自然地從背包裡拿出隔板，

後來才意識到什麼而「啊！」了一聲，撤下隔板，偷偷看著身旁的空位。

接著，打開課本開始預習的尚宇，看起來若無其事。

S#11. 美術學院，工作室／白天

雙眼浮腫的宥娜被宿醉折磨到整個人奄奄一息地躺在沙發上。

不停竊笑並拿著相機靠近的宰英，「喀嚓喀嚓」拍下好幾張照片。

得超誇張！

宰英　　（竊笑）瘋了！看看妳的眼睛腫成什麼樣子！妳還看得到前面嗎？

宥娜　　（側躺著）可惡，別囂張，去買瓶解酒液來給我。

宰英　　妳還是自己去吧！順便消消腫～～

宰英看著宥娜的醜照不停嘲笑。正當他隨意翻著相簿，

突然發現和尚宇一起拍的自拍照（第四話）而停頓了一下，

依依不捨地靜靜看著。

宥娜　　明明整個週末都一起喝酒，為什麼你沒事啊？　　　　　！

宰英　　（勉強做出愉快的樣子）就是因為是我啊～～跟妳能比嗎？

幹嘛問這種理所當然的問題？

收起笑意，再次看著照片的宰英，接著刪除照片並站起身。

宰英　　（對宥娜說）只要一瓶解酒液就可以了吧？

S#12. 散步小徑，自動販賣機前／白天

尚宇露出有點呆愣的表情，無意識地不停按著尚未亮起紅燈的自動販賣機按鈕。

智慧站在一旁，詫異地看著他。

S#10. 工學院，教室／白天

尚宇走進教室，看著手錶上顯示著九點半，教室裡卻一個人也沒有。

他走向窗邊第四排的座位坐下，自然地從背包裡拿出隔板，

後來才意識到什麼而「啊！」了一聲，撤下隔板，偷偷看著身旁的空位。

接著，打開教材開始預習的尚宇，看起來若無其事。

S#11. 美術學院，工作室／白天

雙眼浮腫的宥娜被宿醉折磨到整個人奄奄一息地躺在沙發上。

不停竊笑並拿著相機靠近的宰英，「喀嚓喀嚓」拍下好幾張照片。

宰英　（竊笑）瘋了！看看妳的眼睛腫成什麼樣子！妳還看得到前面嗎？

宥娜　（側躺著）可惡，別囂張，去買瓶解酒液來給我。

宰英　妳還是自己去吧！順便消消腫～～

宰英看著宥娜的醜照不停嘲笑。正當他隨意翻著相簿，

突然發現和尚宇一起拍的自拍照（第四話）而停頓了一下。

依依不捨地靜靜看著。

宥娜　明明整個週末都一起喝酒，為什麼你沒事啊？

宰英　（勉強做出愉快的樣子）因為是我啊～～跟妳能比嗎？

收起笑意，再次看著照片的宰英，接著刪除照片並站起身。

宰英　（對宥娜說）只要一瓶解酒液就可以了吧？

S#12. 散步小徑，自動販賣機前／白天

尚宇露出有點呆愣的表情，無意識地不停按著尚未亮起紅燈的自動販賣機按鈕。

智慧站在一旁，詫異地看著他。

智慧 你……沒有投錢耶？

尚宇 什麼？

智慧替尚宇塞了兩張紙鈔，買了兩罐「黑色狂熱」後，分了一罐給他。

智慧 正好我也想要喝咖啡，我們真有默契呢！

尚宇 （心想：我怎麼會這樣？看著咖啡，然後拿出千元紙鈔遞給智慧）給妳。

智慧 （笑著，然後遞零錢給尚宇）真的算得很清楚呢！

尚宇收下零錢，馬上打開咖啡喝了一口，
結果卻「呃！」了一聲，還皺起眉頭。

智慧 （詫異地）咦？怎麼了？過期了嗎？

尚宇 不是。（自己也覺得慌張）因為不好喝……
（疑惑地看著成分表）成分一模一樣啊？

智慧 （喝了一口）嗯……好像沒變耶？就是咖啡加水的味道？

尚宇 （不知道是怎麼回事，於是又喝了一口，卻依然覺得不好喝而皺著眉頭）

智慧 （好像發現什麼）咦？學長，你的衣服好像穿反了耶……！

尚宇覺得莫名其妙，順著智慧的視線看向自己的上衣。
因為衣服穿反了，連標籤都露在外面，慌張的神色在尚宇的臉上暈染開來。

另一方面，走向自動販賣機想要買飲料的宰英，
看到親暱嘻笑著的尚宇和智慧而停下腳步。
「很潮耶！我也要這樣穿！」開著玩笑的智慧和尷尬不已的尚宇。
宰英只是靜靜看著，然後假裝視而不見，逕自轉頭離去。

智慧　　你……沒有投錢耶？

尚宇　　什麼？

智慧替尚宇塞了兩張紙鈔，買了兩罐「黑色狂熱」後，分了一罐給他。

智慧　　正好我也想要喝咖啡，我們真有默契呢！

尚宇　　（心想：我怎麼會這樣？看著咖啡，然後拿出千元紙鈔遞給智慧）給妳。

智慧　　（笑著，然後遞零錢給尚宇）真的算得很清楚呢！

尚宇收下零錢，馬上打開咖啡喝了一口，
結果卻「呃！」了一聲，還皺起眉頭。

智慧　　（詫異地）咦？怎麼了？過期了嗎？

尚宇　　不是。（自己也覺得慌張）因為不好喝……
　　　　（疑惑地看著成分表）成分一模一樣啊？

智慧　　（喝了一口）嗯……好像沒變耶？就是咖啡加水的味道？

尚宇　　（不知道是怎麼回事，於是又喝了一口，卻依然覺得不好喝而皺著眉頭）

智慧　　（好像發現什麼）咦？學長，你的衣服好像穿反了耶……！

尚宇覺得莫名其妙，順著智慧的視線，看向自己的上衣。
因為衣服穿反了，連標籤都露在外面，慌張的神色在尚宇的臉上暈染開來。

另一方面，走向自動販賣機想要買飲料的宰英，
看到親暱嘻笑著的尚宇和智慧而停下腳步。
「很潮耶！我也要這樣穿！」開著玩笑的智慧和尷尬不已的尚宇。
宰英只是靜靜看著，然後假裝視而不見，逕自轉頭離去。

S#13. 漢江，滑板練習場／夜晚

夜幕低垂，被燈光照得恍如白日的隧道，擠滿了練習滑板的人群。

踏上滑板的宰英向人們打著招呼，同時熟練地操縱著腳下的滑板。

INS＞#12，回想起智慧和尚宇在散步小徑親密的樣子。

他突然腳一拐，踩空了一步，接著失去興致，無力地坐在角落。

宰英　　……臭小子，這麼快就沒事了。

宰英因為心塞嘆了口氣，**泰德哥**（三十三歲，男）朝他走來，親切地遞給他一瓶水。

泰德哥　今天好像格外吃力耶？如果仗著年輕就亂來，小心膝蓋會受傷～～

宰英　　（喝了水）你之前不是才說，想清空雜念的話，流汗是最好的方法嗎？

泰德哥　哦～～張宰英也有心煩意亂的時候？女人問題？

宰英　　我跟哥是一樣的人嗎？（笑）所以，這次你又打算拜託我什麼事？

泰德哥　小子，反應真快。

　　　　（笑著）我的餐廳開幕需要有人來撐場面，但是沒有適合的人選——

　　　　你身邊有沒有不錯的人啊？不然你幫我在社群平臺宣傳一下也好……

宰英　　（靜靜聽著，突然說）我只要站外場就好了嗎？

泰德哥　真的？！會很辛苦喔，你沒關係嗎？

宰英　　那樣更好。（一笑）乾脆忙一點比較好。

吹著晚風，抬頭看著夜空的宰英，露出有些空虛的表情。

導演
指示

宰英說完最後一句臺
詞，泰德哥退場。
本來裝作若無其事，
在泰德哥離開後，又
再次心煩意亂……

S#14. 聯排住宅，走廊／夜晚

將上衣穿回正面的尚宇，依舊不放心地不斷摸著自己的衣角。

尚宇　　怎麼回事？

S#13. 漢江，滑板練習場／夜晚

夜幕低垂，被燈光照得恍如白日的隧道，擠滿了練習滑板的人群。

踏上滑板的宰英向人們打著招呼，同時熟練地操縱著腳下的滑板。

INS > #12，回想起智慧和尚宇在散步小徑親密的樣子。

他突然腳一拐，踩空了一步，接著失去興致，無力地坐在角落。

宰英　　……臭小子，這麼快就沒事了。

宰英因為心塞嘆了口氣，**泰德哥**（三十三歲，男）朝他走來，親切地遞給他一瓶水。

泰德哥　今天好像格外吃力耶？如果仗著年輕就亂來，小心膝蓋會受傷～～

宰英　　（喝了水）你之前不是才說，想清空雜念的話，流汗是最好的方法嗎？

泰德哥　哦～～張宰英也有心煩意亂的時候？女人問題？

宰英　　我跟哥是一樣的人嗎？（笑）所以，這次你又打算拜託我什麼事？

泰德哥　小子，反應真快。

　　　　（笑著）我的餐廳開幕需要有人來撐場面，但是沒有適合的人選——

　　　　你身邊有沒有不錯的人啊？不然你幫我在社群平臺宣傳一下也好……

宰英　　（靜靜聽著，突然說）我只要站外場就好了嗎？

泰德哥　真的？！會很辛苦喔，你沒關係嗎？

宰英　　那樣更好。（一笑）乾脆忙一點比較好。

吹著晚風，抬頭看著夜空的宰英，露出有些空虛的表情。

S#14. 聯排住宅，走廊／夜晚

將上衣穿回正面的尚宇，依舊不放心地不斷摸著自己的衣角。

尚宇　　怎麼回事？

195

經過門上被貼上厚厚一層傳單的宰英家，尚宇不自覺放慢了腳步。

尚宇　　（看著宰英的家）一切都恢復原狀了⋯⋯

S#15. 尚宇的家，書桌／夜晚

坐在筆電前的尚宇，進度不太順利，只是呆呆想著別的事。

尚宇　　（宰英家門口的景象一直徘徊在腦海中）難道他搬走了嗎⋯⋯

彷彿中邪一般打開社群平臺，在搜尋欄裡輸入「張宰英」的尚宇，
一下子就在眾多的帳號裡找到宰英的帳號並點了進去，
接著，充滿個人色彩的貼文在他眼前展開。
他著迷地瀏覽著，突然清醒而想要離開頁面，卻發現了最近的照片。
那是法語課發表的那天，宰英偷拍的那張和尚宇的自拍照。

尚宇　　（皺眉）為什麼隨便上傳這種照片⋯⋯

INS＞第四話#20，想起雖然有點尷尬，依舊看著宰英的雙眼，說出臺詞的瞬間。
發表結束後，尚宇得到教授和其他學生的鼓掌喝采，並自豪地看向宰英，
宰英彷彿在稱讚他做得很好，像個大人一樣對他露出成熟的笑容。

沉醉在回憶而有些恍惚的尚宇，不自覺地開始截取畫面；
接著滑到下一張照片，是宰英和滑板同好們站在一面塗鴉牆前拍的照片。

尚宇　　真的不怎麼樣，好像小混混。（按下儲存）

尚宇的言行不一又持續了好一陣子；
接下來的貼文，居然是宰英在練習滑板時不小心跌倒的影片。

經過門上被貼上厚厚一層傳單的宰英家，尚宇不自覺放慢了腳步。

尚宇　　（看著宰英的家）一切都恢復原狀了……

> 導演指示
> 癱倒在床上。

S#15. 尚宇的家，書桌／夜晚

坐在筆電前的尚宇，進度不太順利，只是呆呆想著別的事。

尚宇　　（宰英家門口的景象一直徘徊在腦海中）難道他搬走了嗎……

彷彿中邪一般打開社群平臺，在搜尋欄裡輸入「張宰英」的尚宇，
一下子就在眾多的帳號裡找到宰英的帳號並點了進去，
接著，充滿個人色彩的貼文在他眼前展開。
他著迷地瀏覽著，突然清醒而想要離開頁面，卻發現了最近的照片。
那是法語課發表的那天，宰英偷拍的那張和尚宇的自拍照。

> 導演指示
> 坐在座位上，專心。

尚宇　　（皺眉）為什麼隨便上傳這種照片……

看似不喜歡，卻不是真的不喜歡。

INS ＞第四話#20，想起雖然有點尷尬，依舊看著宰英的雙眼，說出臺詞的瞬間。
發表結束後，尚宇得到教授和其他學生的鼓掌喝采，並自豪地看向宰英，
宰英彷彿在稱讚他做得很好，像個大人一樣對他露出成熟的笑容。

沉醉在回憶而有些恍惚的尚宇，不自覺地開始截取畫面；
接著滑到下一張照片，是宰英和滑板同好們站在一面塗鴉牆前拍的照片。

尚宇　　真的不怎麼樣，好像小混混。（按下儲存）

尚宇的言行不一又持續了好一陣子；
接下來的貼文，居然是宰英在練習滑板時不小心跌倒的影片。

尚宇　　　……笨蛋。（又播放了一次）

尚宇噗哧一聲笑了出來，接著眼神閃閃發光地，點開標籤項目察看。
泰德哥上傳的餐廳宣傳貼文首先吸引住他的目光。點開一看。
〔＃平日午餐＃來看超帥工讀生！＃Bonne_Nuit＃燕石洞名店＃新餐廳〕

尚宇　　　燕石洞……（抿嘴）好遠。

突然意識到自己的行動，瞬間清醒的尚宇。

尚宇　　　（E）我……現在到底在做什麼？

看著畫面上出現的宰英（與泰德哥的合照），陷入一陣慌亂。

S#16. 圖書館，書架／白天

正在批改答題本的尚宇，因為精神崩潰而瞳孔失焦，
批改的每一題都答錯，整整兩頁都是紅色的筆跡。

尚宇　　　（悲慘地）這兩個小時，我到底都在幹嘛啊？

尚宇翻到答題本的第一頁，發現這幾天的分數狀態簡直是一團糟。
因為壓力而陷入苦思的尚宇。

此時，一隻手輕輕敲了敲書桌。尚宇抬頭一看，是智慧。
智慧輕晃著手中的能量餅乾，指了指外面，讓尚宇跟自己出去。

尚宇　　……笨蛋。（又播放了一次）

尚宇噗哧一聲笑了出來，接著眼神閃閃發光地，點開標籤項目察看。
泰德哥上傳的餐廳宣傳貼文首先吸引住他的目光。點開一看。
〔＃平日午餐＃來看超帥工讀生！＃Bonne_Nuit＃燕石洞名店＃新餐廳〕

導演
指示

又躺回
床上。

尚宇　　燕石洞……（抿嘴）好遠。

突然意識到自己的行動，瞬間清醒的尚宇。

尚宇　　（E）我……現在到底在做什麼？ 混亂

看著畫面上出現的宰英（與泰德哥的合照），陷入一陣慌亂。

S#16. 圖書館，書架／白天

正在批改答題本的尚宇，因為精神崩潰而瞳孔失焦。
批改的每一題都答錯，整整兩頁都是紅色的筆跡。

尚宇　　（悲慘地）這兩個小時，我到底都在幹嘛啊？

尚宇翻到答題本的第一頁，發現這幾天的分數狀態簡直是一團糟。
因為壓力而陷入苦思的尚宇。

此時，一隻手輕輕敲了敲書桌。尚宇抬頭一看，是智慧。
智慧輕晃著手中的能量餅乾，指了指外面，讓尚宇跟自己出去。

S#17. 圖書館前／白天

並肩坐在一起透氣的智慧和尚宇。

尚宇把智慧給自己的能量餅乾放在一旁，沒有拿來吃。

智慧靜靜觀察著看起來有些疲憊的尚宇。

智慧　　學長，你有什麼煩惱嗎？

尚宇　　（看著智慧）

智慧　　因為你最近看起來有點精神恍惚。

　　　　（頑皮地誇大其辭）連待在圖書館的時候，也嘆了好～～大一口氣。

尚宇　　啊……我只是……遇到了一個解不開的問題。

智慧　　（親切地）是什麼問題？說說看嘛！

　　　　雖然我不像學長這麼優秀，可是也常常聽到別人誇我聰明喔～～

智慧露出自信的笑容。尚宇稍微考慮了一下。

尚宇　　那個……我已經移除問題的根本原因，

　　　　系統卻無法恢復日常，甚至比先前還要更常卡住。

智慧　　（思考了一下，爽朗地）那麼，解決的方法可能不是移除根本原因！

尚宇　　！！

智慧　　先還原問題狀態，再重新檢視一次，不就可以了嗎？

尚宇　　（似乎覺得有道理）還原……

正當尚宇陷入沉思的時候，

遠處，宰英正和學弟們一邊打打鬧鬧，一邊穿過校園。

不由自主地露出開心的神色，無法將視線從宰英身上移開的尚宇，

看著學弟們親密地與宰英勾肩搭臂，還向他撒嬌。

200

S#17. 圖書館前／白天

並肩坐在一起透氣的智慧和尚宇。

尚宇把智慧給自己的能量餅乾放在一旁，沒有拿來吃。

智慧靜靜觀察著看起來有些疲憊的尚宇。

智慧　　學長，你有什麼煩惱嗎？

尚宇　　（看著智慧）

智慧　　因為你最近看起來有點精神恍惚。

　　　　（頑皮地誇大其辭）連待在圖書館的時候，也嘆了好～～大一口氣。

尚宇　　啊……我只是……遇到了一個解不開的問題。

智慧　　（和氣地）是什麼問題？說說看嘛！

　最近　　雖然我不像學長這麼優秀，可是也常常聽到別人誇我聰明喔～～

智慧露出自信的笑容。尚宇稍微考慮了一下。

尚宇　　那個……我已經移除問題的根本原因，

　　　　系統卻無法恢復日常，甚至比先前還要更常卡住。

智慧　　（思考了一下，爽朗地）那麼，解決的方法可能不是移除根本原因！

尚宇　　！！

智慧　　先還原問題狀態，再重新檢視一次，不就可以了嗎？

尚宇　　（似乎覺得有道理）還原……

正當尚宇陷入沉思的時候，

遠處，宰英正和學弟們一邊打打鬧鬧，一邊穿過校園。

不由自主地露出開心的神色，無法將視線從宰英身上移開的尚宇，

看著學弟們親密地與宰英勾肩搭臂，還向他撒嬌。

學弟1號　啊，哥～～拜託你跟我們一起去聯誼嘛！

宰英　　　很麻煩。

學弟2號　哥一定要去，戲劇系才會答應跟我們聯誼……

學弟1號　啊，哥～～拜託啦～～

看到宰英笑著和學弟們勾肩搭臂，尚宇莫名覺得心情低落。

智慧不可思議地看著尚宇因為宰英而時時刻刻展現不同變化的表情。

尚宇　　　（將視線移開）好像是我太著急了。

智慧　　　（看著）

尚宇　　　（合理化自己）被刪除的程式裡，應該還有可以利用的編碼？

智慧　　　沒錯！幸好能幫上你的忙～～

　　　　　（嘻嘻笑著）學長，如果你真的想感謝我，請答應我一個請求吧！

尚宇　　　請求？沒錯，應該要好好報答妳。

智慧　　　呿……你不要這麼拘謹。

　　　　　一起個吃飯吧！（強調）但是不要去學生餐廳吃。

尚宇突然想起餐廳的社群平臺帳號，偷偷看著已經走遠的宰英。

尚宇　　　……今天午餐怎麼樣？

智慧　　　（因為尚宇太輕易答應而吃驚）什麼？真的嗎？

S#18. 餐廳，餐桌／白天

裝潢得漂漂亮亮，很適合讓網美打卡的法式餐廳，

帥氣的工讀生穿著襯衫，忙著到處招呼客人。

尚宇和智慧坐在其中一張餐桌旁。

導演
指示

與其說是嫉妒……
一看到宰英，
複雜的情感
好像都解決了。
理解智慧
那番話的尚宇。

學弟1號 啊，哥～～拜託你跟我們一起去聯誼嘛！

宰英 很麻煩。

學弟2號 哥一定要去，戲劇系才會答應跟我們聯誼……

學弟1號 啊，哥～～拜託啦～～

看到宰英笑著和學弟們勾肩搭臂，尚宇莫名覺得心情低落。

智慧不可思議地看著尚宇因為宰英而時時刻刻展現不同變化的表情。

尚宇 （將視線移開）好像是我太著急了。

智慧 （看著）

尚宇 （合理化自己）被刪除的程式裡，應該還有可以利用的編碼？

智慧 沒錯！幸好能幫上你的忙～～

（嘻嘻笑著）學長，如果你真的想感謝我，請答應我一個請求吧！

尚宇 請求？沒錯，應該要好好報答妳。

智慧 呿……你不要這麼拘謹。

一起個吃飯吧！（強調）但是不要去學生餐廳吃。

尚宇突然想起餐廳的社群平臺帳號，偷偷看著已經走遠的宰英。

尚宇 ……今天午餐怎麼樣？

智慧 （因為尚宇太輕易答應而吃驚）什麼？真的嗎？

S#18. 餐廳，餐桌／白天

裝潢得漂漂亮亮，很適合讓網美打卡的法式餐廳，

帥氣的工讀生穿著襯衫，忙著到處招呼客人。

尚宇和智慧坐在其中一張餐桌旁。

興奮的智慧正專心挑選著菜單，

相反地，尚宇卻忙著尋找宰英，眼睛不停掃描著整間餐廳的每個角落。

智慧　沒想到學長也知道這種地方！

　　　看起來都好好吃喔～～要吃什麼呢？

尚宇　（隨意）隨便什麼都好。

智慧　啊，這是最沒禮貌的回應了。

　　　（馬上恢復開朗）不過，我喜歡。那麼，我可以挑兩道我喜歡吃的嗎？

「我要一份玫瑰醬義大利麵～～」智慧正在向工讀生1號點餐，

尚宇則伸長脖子往櫃檯的方向望去。

S#19. 餐廳，外場／白天

「忙死了……」嘴上喃喃抱怨，從廚房端著餐點走出來的宰英（穿著制服），

發現坐在其中一張餐桌的尚宇和智慧而停下腳步。

宰英　唉……他又是怎麼知道我在這裡的？

　　　（苦笑著）怎麼可能是因為知道我在這裡，

　　　應該是不知道才來的吧？

筋疲力盡的宰英攔住正好經過的泰德哥，把手中的餐點交了出去。

宰英　這是那邊三號桌的，我先休息一下。

　　　哥，

S#20. 餐廳，餐桌＋櫃檯／白天

四處張望的尚宇終於發現了脫下圍裙丟在一旁，然後走出了餐廳的宰英。

尚宇　（自言自語）該不會下班了？

興奮的智慧正專心挑選著菜單，

相反地，尚宇卻忙著尋找宰英，眼睛不停掃描著整間餐廳的每個角落。

智慧　　沒想到學長也知道這種地方！

　　　　看起來都好好吃喔～～要吃什麼呢？

尚宇　　（隨意）隨便什麼都好。

智慧　　啊，這是最沒禮貌的回應了。

　　　　（馬上恢復開朗）不過，我喜歡。那麼，我可以挑兩道我喜歡吃的嗎？

「我要一份玫瑰醬義大利麵～～」智慧正在向工讀生1號點餐，

尚宇則伸長脖子往櫃檯的方向望去。

S#19. 餐廳，外場／白天

「忙死了……」嘴上喃喃抱怨，從廚房端著餐點走出來的宰英（穿著制服），

發現坐在其中一張餐桌的尚宇和智慧而停下腳步。

宰英　　唉……他又是怎麼知道我在這裡的？

　　　　（苦笑著）怎麼可能是因為知道我在這裡，

　　　　應該是不知道才來的吧？

筋疲力盡的宰英攔住正好經過的泰德哥，把手中的餐點交了出去。

宰英　　這是那邊三號桌的，我先休息一下。

S#20. 餐廳，餐桌＋櫃檯／白天

四處張望的尚宇終於發現了脫下圍裙丟在一旁，然後走出餐廳的宰英。

尚宇　　（自言自語）該不會下班了？

　　　　這麼快就

205

智慧　（『飲料的話……』正在點飲料，突然聽見）什麼？

尚宇　（心急如焚，立刻站起身）我先出去一下。

智慧　（看著一直往外走的尚宇）咦？可是廁所不在那裡！

S#21. 餐廳，後巷／白天

宰英斜倚在陰涼後巷的牆上，低聲嘆了口氣。

宰英　因為不想在意，什麼辦法都用上了，結果才遇到兩次就破防了嗎？
　　　你還真是容易解決呢，張宰英。
　　　　　　真的超

宰英突然感到十分煩躁，用力踢了踢腳邊的石頭，鬱悶地喃喃自語。

宰英　那傢伙應該一點也不在意我……

正好亨卓打電話來。

「嗯，亨卓」宰英雖然打起精神接起電話，但是聲音卻越來越無力。

宰英　嗯嗯，沒錯。在燕石洞。你現在要來？當然好啊，開業禮物！
　　　　　　說

此時，一道人影從巷口慢慢接近宰英。

宰英毫不在意，繼續跟亨卓通話。但朝著他走來的人竟是尚宇。

宰英認出來人而緊鎖起眉頭。尚宇則緊張地站著凝望宰英。

宰英　（不知道他想做什麼，也看了回去）對，我現在暫時休息。

尚宇　（一言不發地看著）　　　　　　*一邊不斷偷瞄著尚宇。

宰英　（不想再有交集而轉開視線）不，我現在不忙，你說吧！

206

智慧　（『飲料的話……』正在點飲料，突然聽見）什麼？

尚宇　（心急如焚，立刻站起身）我先出去一下。

智慧　（看著一直往外走的尚宇）咦？可是廁所不在那裡！

S#21. 餐廳，後巷／白天

宰英斜倚在陰涼後巷的牆上，低聲嘆了口氣。

宰英　因為不想在意，什麼辦法都用上了，結果才遇到兩次就破防了嗎？
　　　　你還真是容易解決呢，張宰英。

宰英突然感到十分煩躁，用力踢了踢腳邊的石頭，鬱悶地喃喃自語。

宰英　那傢伙應該一點也不在意我……

正好亨卓打電話來。
「嗯，亨卓」宰英雖然打起精神接起電話，但是聲音卻越來越無力。

宰英　嗯嗯，沒錯。在燕石洞。你現在要來？當然好啊，開業禮物！

此時，一道人影從巷口慢慢接近宰英。
宰英毫不在意，繼續跟亨卓通話。但朝著他走來的人竟是尚宇。
宰英認出來人的身分而緊鎖起眉頭。尚宇則緊張地站著凝望宰英。

宰英　（不知道他想做什麼，也看了回去）對，我現在暫時休息。

尚宇　（一言不發地看著）

宰英　（不想再有交集而轉開視線）不，我現在不忙，你說吧！

此時，尚宇低沉的嗓音在耳邊響起。

尚宇　　哥。

宰英　　？！！（聽到尚宇叫自己『哥』而萬分吃驚）

尚宇　　把電話掛掉，我有重要的話要跟你說。

因為尚宇充滿魄力的態度，瞬間緊張起來的宰英！！

第5話 END

此時，尚宇低沉的嗓音在耳邊響起。

尚宇　　哥。

宰英　　？！！（聽到尚宇叫自己『哥』而萬分吃驚）

尚宇　　把電話掛掉，我有重要的話要跟你說。

因為尚宇充滿魄力的態度，瞬間緊張起來的宰英！！

第5話 END

SIX

[SEMANTIC
ERROR]

S#1. 餐廳，後巷／白天

宰英斜倚在陰涼後巷的牆上，
無視一直盯著自己的尚宇，繼續通話。

宰英	（不知道他想做什麼，也看了回去）對，我現在暫時休息。
尚宇	（一言不發地看著）
宰英	（不想再有交集而轉開視線）不，我現在不忙，你說吧！

＊一邊不斷偷
瞄著尚宇。

此時，尚宇低沉的嗓音在耳邊響起。

尚宇	哥。
宰英	？！！（聽到尚宇叫自己『哥』而萬分吃驚）
尚宇	把電話掛掉，我有重要的話要跟你說。

震驚的宰英因為尚宇的這一聲「哥」，讓他聽不見手機另一頭亨卓的呼喚，
接著慢慢放下了拿著手機的那隻手。

宰英	你，剛才叫我什麼了？
尚宇	……哥。
宰英	！！
尚宇	跟我一起設計遊戲吧！

＊不掛斷電話，直接說出臺詞。

聽到尚宇一聲又一聲的「哥」，宰英因為慌張與心動而精神恍惚的臉上，
畫面彷彿發生故障，發出「滋滋滋」的聲響，同時顯示「錯誤」標示！

Title in ／語意錯誤

S#1. 餐廳，後巷／白天

宰英斜倚在陰涼後巷的牆上，
無視一直盯著自己的尚宇，繼續通話。

宰英　　（不知道他想做什麼，也看了回去）對，我現在暫時休息。

尚宇　　（一言不發地看著）

宰英　　（不想再有交集而轉開視線）不，我現在不忙，你說吧！

此時，尚宇低沉的嗓音在耳邊響起。

導演
指示

還記得第四話S#20
的「叫我一聲
『哥』看看？」
建立自己的戰略。

尚宇　　哥。

宰英　　？！！（聽到尚宇叫自己『哥』而萬分吃驚）

尚宇　　把電話掛掉，我有重要的話要跟你說。

震驚的宰英因為尚宇的這一聲「哥」，讓他聽不見手機另一頭亨卓的呼喚，
慢慢放下了拿著手機的那隻手。

宰英　　你，剛才叫我什麼？

尚宇　　……哥。

宰英　　！！

尚宇　　跟我一起設計遊戲吧！

聽到尚宇一聲又一聲的「哥」，宰英因為慌張與心動而精神恍惚的臉上，
畫面彷彿發生故障，發出「滋滋滋」的聲響，同時顯示「錯誤」標示！

　　　　Title in ／語意錯誤

S#2. 餐廳，後巷／白天

轉身背對尚宇的宰英深深吸了一口氣，
想讓自己動搖的心鎮定下來，卻反而火冒三丈。

導演指示

因為被尚宇叫了一聲「哥」，情感動搖。

宰英　（轉身）之前你不是說，只是看到我也會覺得煩，叫我馬上滾嗎？
　　　現在卻回過頭來，要我跟你一起設計遊戲？

尚宇　我需要一個有實力的設計師。（直勾勾看著）就像哥一樣。

宰英　（感到慌張而耙了頭髮）我快瘋了。唉，真的
　　　你以為自己沒頭沒腦跑來說幾句話，我就要答應你嗎？

尚宇　哥如果有想要的條件……

宰英　（激動地）不要再叫我「哥」了……！
　　　為什麼突然開始叫從來不曾叫過的稱呼？

尚宇　（帶著反抗）你之前不是要我這樣叫你嗎？

宰英　（堅決地）不，你不要叫我「哥」！

尚宇　！！

聽到宰英堅決的拒絕，有些心灰意冷的尚宇。
宰英看著那樣的尚宇，發現自己開始動搖而努力轉移視線。

宰英　算了，我不是你這種沒有感情的機器人，
　　　所以不打算跟你合作，你還是繼續約你的會，然後乖乖回家吧！

尚宇露出受傷的表情，一言不發地看著宰英。
宰英儘管決絕地走過尚宇身邊，心裡卻不太舒服。

導演指示

鏡頭轉換成宰英步履蹣跚地回到店裡的路線。

S#3. 餐廳，外場／白天

客人們都離開後的休息時間。
正在整理外場的宰英，腦海中不斷浮現稍早尚宇說過的話和臉上露出的表情。

S#2. 餐廳，後巷／白天

轉身背對尚宇的宰英深深吸了一口氣，
想讓自己動搖的心鎮定下來，卻反而火冒三丈。

宰英　（轉身）之前你不是說，只是看到我也會覺得煩，叫我馬上滾嗎？
　　　現在卻回過頭來，要我跟你一起設計遊戲？

尚宇　我需要一個有實力的設計師。（直勾勾看著）就像哥一樣。

宰英　（感到慌張而耙了頭髮）我快瘋了。
　　　你以為自己沒頭沒腦跑來說幾句話，我就要答應你嗎？

尚宇　哥如果有想要的條件……

宰英　（激動地）不要再叫我「哥」了……！
　　　為什麼突然開始叫從來不曾叫過的稱呼？

尚宇　（帶著反抗）你之前不是要我這樣叫你嗎？

宰英　（堅決地）不，你不要叫我「哥」！

尚宇　！！

> 導演指示
>
> 衝擊一，
> 戰略失敗。
> 衝擊二，
> 沒想到
> 宰英會生氣。

聽到宰英堅決的拒絕，有些心灰意冷的尚宇。
宰英看著那樣的尚宇，發現自己開始動搖而努力轉移視線。

宰英　算了，我不是你這種沒有感情的機器人，
　　　所以不打算跟你合作，你還是繼續約你的會，然後乖乖回家吧！

尚宇露出受傷的表情，一言不發地看著宰英。
宰英儘管決絕地走過尚宇身邊，心裡卻不太舒服。

S#3. 餐廳，外場／白天

客人們都離開後的休息時間。
正在整理外場的宰英，腦海中不斷浮現稍早尚宇說過的話和臉上露出的表情。

INS ＞ #2，「我需要一個有實力的設計師。就像哥一樣。」

尚宇被宰英拒絕後露出受傷的表情，用脆弱的眼神望著宰英。

宰英　　　還會假裝受傷，真不像他。

臭小子，

宰英忿忿地用抹布用力擦拭著餐桌。

泰德哥提著一只購物袋走來。

泰德哥　　剛剛那邊的那桌，是你的朋友吧？

宰英　　　（嘴硬）才不是。

泰德哥　　怎麼不是？剛剛你休息結束回來的時候，他還跟你一起走進來。

　　　　　（把購物袋遞給宰英）來，拿去給他。

宰英　　　這是什麼？

啊……

宰英打開購物袋一看，是一個上面寫著「韓國大學秋尚宇」的資料夾。（第一話）

自己

泰德哥　　對吧？是你朋友的東西。

宰英　　　（看著，然後放下）我不管啦。他應該會來拿吧？

啊，

宰英裝作不知道，繼續整理餐桌，目光卻依舊偷偷飄向那只購物袋。

S#4. 餐廳前，街道／白天

用完餐，正走在回家路上的尚宇和智慧。

智慧偷偷打量著表情僵硬的尚宇。

智慧　　　剛才……因為學長很久都沒回來，我還以為你逃跑了。（笑著說）

　　　　　餐點是很好吃……不過價錢有點邪惡，對吧？

INS＞#2，「我需要一個有實力的設計師。就像哥一樣。」

尚宇被宰英拒絕後露出受傷的表情，用脆弱的眼神望著宰英。

宰英　還會假裝受傷，真不像他。

宰英忿忿地用抹布用力擦拭著餐桌。

泰德哥提著一只購物袋走來。

泰德哥　剛剛那邊的那桌，是你的朋友吧？

宰英　（嘴硬）才不是。

泰德哥　怎麼不是？剛剛你休息結束回來的時候，他還跟你一起走進來。

（把購物袋遞給宰英）來，拿去給他。

宰英　這是什麼？

宰英打開購物袋一看，是一個上面寫著「韓國大學秋尚宇」的資料夾。（第一話）

泰德哥　對吧？是你朋友的東西。

宰英　（看著，然後放下）我不管啦。他應該會來拿吧？

宰英裝作不知道，繼續整理餐桌，目光卻依舊偷偷飄向那只購物袋。

S#4. 餐廳前，街道／白天

用完餐，正走在回家路上的尚宇和智慧。

智慧偷偷打量著表情僵硬的尚宇。

智慧　剛才……因為學長很久都沒回來，我還以為你逃跑了。（笑著說）

餐點是很好吃……不過價錢有點邪惡，對吧？

尚宇　　（陷入思緒中並自言自語）我也覺得不怎麼樣。

智慧　　沒錯，太像讓網紅打卡的那種餐廳⋯⋯

尚宇　　（點頭）需要更合理一些的策略。

智慧　　（點頭）沒錯，那麼等一下咖啡換我⋯⋯（說到一半）策略？

尚宇　　（看著智慧）謝謝妳今天陪我一起來。
　　　　在學校見。

尚宇急忙離開，讓智慧覺得傻眼。

智慧　　什麼嘛⋯⋯（沮喪）原來不是約會啊？

S#5. 美術學院，工作室／白天

盤腿坐在沙發上，閉著雙眼的宰英，

接著，突然睜開眼，看到靜靜躺在桌上的資料夾。

「不行、不行！」他搖了搖頭，再次閉上雙眼，

卻又微微睜開那雙丹鳳眼⋯⋯

最後，用腳踢開資料夾，裡面的文件全都散落在地上。

宰英　　可惡⋯⋯

宰英迫不得已，只好動手整理滿地都是的資料。那是「蔬菜人遊戲企畫案」。

接著，他在其中發現了自己畫的蘿蔔人草稿（第一話）。

宰英　　這傢伙幹嘛帶著這個，沒事讓人心軟⋯⋯

宰英整理文件到一半，倚靠在沙發上，

看著自己畫的草稿和散亂的企畫案資料，突然冒出許多想法。

尚宇　　（陷入思緒中並自言自語）我也覺得不怎麼樣。

智慧　　沒錯，太像讓網紅打卡的那種餐廳……

尚宇　　（點頭）需要更合理一些的策略。

智慧　　（點頭）沒錯，那麼等一下咖啡換我……（說到一半）策略？

尚宇　　（看著智慧）謝謝妳今天陪我一起來。

　　　　在學校見。　　　跟我

　　　　明天

尚宇急忙離開，讓智慧覺得傻眼。

智慧　　什麼嘛……（沮喪）原來不是約會啊？

S#5. 美術學院，工作室／白天

盤腿坐在沙發上，閉著雙眼的宰英，

接著，突然睜開眼，看到靜靜躺在桌上的資料夾。

「不行、不行！」搖了搖頭，再次閉上雙眼，

卻又微微睜開那雙丹鳳眼……

最後，用腳踢開資料夾，裡面的文件全都散落在地上。

宰英　　可惡……

宰英迫不得已，只好動手整理滿地都是的資料。那是「蔬菜人遊戲企畫案」。

接著，他在其中發現了自己畫的蘿蔔人草稿（第一話）。

宰英　　這傢伙幹嘛帶著這個，沒事讓人心軟……

宰英整理文件到一半，倚靠在沙發上，

看著自己畫的草稿和散亂的企畫案資料，突然冒出許多想法。

S#6. 散步小徑，自動販賣機前／夜晚

帶著專注的表情，在電子郵件視窗上撰寫著什麼的尚宇，

桌上堆滿了和「說服術」有關的書籍。

鏡頭轉向筆電的螢幕。

標題：關於再次邀請張宰英設計師合作一事＿秋尚宇

內容：請參考附件內容。

以下，致宰英哥。

尚宇寫到這裡，被最後的稱呼卡住而停了下來。

INS ＞#2，「為什麼突然開始叫從來不曾叫過的稱呼？」「你不要叫我『哥』！」

他想起宰英說過的那些狠心的話。

尚宇　　不久前還要我叫他「哥」……

最後，尚宇還是把「致宰英哥」刪掉，改成「致張宰英學長」。

宰英　　（**E**）光是這麼做有用嗎？

不知道何時出現的宰英，站在尚宇身後看著他的筆電。

被嚇了一跳而想要闔上筆電，卻又覺得這樣反而更好，

又再次打開的尚宇。

尚宇　　就像學長說的一樣，我有點沒誠意。

　　　　　所以，我試著整理了一下可能對學長有利的部分……

宰英嘆了一口氣，看到桌上那堆《說服的技術》等相關書籍。

S#6. 散步小徑，自動販賣機前／夜晚

帶著專注的表情，在電子郵件視窗上撰寫著什麼的尚宇，

桌上堆滿了和「說服術」有關的書籍。

鏡頭轉向筆電的螢幕。

標題：關於再次邀請張宰英設計師合作一事＿秋尚宇

內容：請參考附件內容。

以下，致宰英哥。

尚宇寫到這裡，被最後的稱呼卡住而停了下來。

INS＞#2，「為什麼突然開始叫從來不曾叫過的稱呼？」「你不要叫我『哥』！」

他想起宰英說過的那些狠心的話。

尚宇　　不久前還要我叫他「哥」……

最後，尚宇還是把「致宰英哥」刪掉，改成「致張宰英學長」。

宰英　　（E）光是這麼做有用嗎？

不知道何時出現的宰英，站在尚宇身後看著他的筆電。

被嚇了一跳而想要闔上筆電，卻又覺得這樣反而更好，

又再次打開的尚宇。

尚宇　　就像學長說的一樣，我有點沒誠意。

　　　　所以，我試著整理了一下可能對學長有利的部分……

宰英嘆了一口氣，看到桌上那堆《說服的技術》等相關書籍。

張宰英劇本

宰英　這種東西你就算苦讀一百天又有什麼用？根本沒辦法打動人心。

尚宇　（心想：又被拒絕了啊……皺著眉頭）那麼，你想要的是什麼……

宰英　算了。你還是把這個拿回去吧！

導演
指示

看著尚宇仰望
自己的眼睛，
有點動搖。

宰英將資料夾交給尚宇。尚宇抓住資料夾的邊緣並看著宰英。
中間隔著一份資料夾，暫時盡情凝視著對方的兩人。
接著，宰英率先放手，轉身離開。
尚宇急切地出聲挽留。

尚宇　我需要學長！

宰英　（走到一半停下）

尚宇　（對著宰英的背影）如果不是學長就不行，這件事非學長不可。

宰英　（略感驚訝地轉身一看）

尚宇　所以，請你再考慮一次吧！
　　　我真的有信心可以好好表現，哥。

對尚宇充滿決心又無比迫切的表情留下深刻印象的宰英走了回來。
他盯著尚宇看了好一陣子，然後微微嘆了口氣，抹了抹自己的臉，
並一步步朝著尚宇走去。尚宇因為緊張而緊握著拳頭。

宰英　你有把握可以在這個學期之內結束嗎？

尚宇　！！……有！

宰英　我會修改企畫。那個蔬菜人真的很過時。——　超級過時！
　　　　　　整個

因為高興而用力點頭的尚宇，第一次嶄露燦爛的笑容。
宰英也跟著綻開微笑。

宰英　這種東西就算你苦讀一百天又有什麼用？根本沒辦法打動人心。

尚宇　（心想：又被拒絕了啊……皺著眉頭）那麼，你想要的是什麼……

宰英　算了。你還是把這個拿回去吧！

宰英將資料夾交給尚宇。尚宇抓住資料夾的邊緣並看著宰英。

中間隔著一份資料夾，暫時盡情凝視著對方的兩人。

接著，宰英率先放手，轉身離開。

尚宇急切地出聲挽留。

> 導演指示
>
> 文件上多了一個
> 很有尚宇風格的
> 蘿蔔人變化版！
> （挽留宰英的正當性）

尚宇　我需要學長！

宰英　（走到一半停下）

尚宇　（對著宰英的背影）如果不是學長就不行，這件事非學長不可。

宰英　（略感驚訝地轉身一看）

尚宇　所以，請你再考慮一次吧！

　　　我真的有信心可以好好表現，哥。

對尚宇充滿決心又無比迫切的表情留下深刻印象的宰英走了回來。

他盯著尚宇看了好一陣子，然後微微嘆了口氣，抹了抹自己的臉，

並一步步朝著尚宇走去。尚宇因為緊張而緊握著拳頭。

宰英　你有把握可以在這個學期之內結束嗎？

尚宇　！！……有！

宰英　我會修改企畫。那個蔬菜人真的很過時。超級過時！

因為高興而用力點頭的尚宇，第一次嶄露燦爛的笑容。

宰英也跟著綻開微笑。

> 導演指示
>
> 1. 燦爛地笑著？
> 2. 慢慢笑出來？
> 3. 輕輕微笑？

宰英　　（E）這樣的笑容應該是犯規吧？

S#7. 美術學院，工作室前走廊／白天

朝著工作室走去的宥娜和宰英。宥娜看著宰英，受不了地咋了咋舌。

宥娜　　難道你沒有骨氣嗎？不是說吵得很兇，怎麼一下子就妥協了？
宰英　　（雖然很難為情卻故作沒事）他說需要我嘛～～
　　　　每天只會用那雙死魚眼瞪我的孩子，
　　　　卻淚眼汪汪求我幫忙，我怎麼能拒絕啊？
宥娜　　你的妄想濾鏡還真不是蓋的。
　　　　肯定是因為他叫了一聲「哥」，你就傻笑著乖乖就範了吧？
宰英　　（輕輕點動著手指）不是一次，是四次。
宥娜　　唉⋯⋯無藥可救的傢伙。

宥娜一臉嫌惡地率先走進了工作室，宰英則感到有點難為情。
正好尚宇傳來〔兩點在會議室見面〕的訊息，又再次因為期待而雀躍。

宰英　　真的看起來很迫切，就好像沒有我不行一樣。

因為內心湧出的自豪而漾起笑意的宰英⋯⋯

S#8. 圖書館，會議室／白天

溶景至宰英笑著的臉上，燈光急遽變暗。
宰英正看著尚宇遞過來的文件，
從企畫開始到最後的QA，每個階段都填得滿滿的計畫表，
光是用看的，就讓人覺得窒息。

尚宇　　（擺出公事公辦姿態）想要跟我一起工作，請遵守兩件注意事項。
宰英　　（看著）

宰英　　（E）這樣的笑容應該是犯規吧？

S#7. 美術學院，工作室前走廊／白天

朝著工作室走去的宥娜和宰英。宥娜看著宰英，受不了地咋了咋舌。

宥娜　　難道你沒有骨氣嗎？不是說吵得很兇，怎麼一下子就妥協了？
宰英　　（雖然很難為情卻故作沒事）他說需要我嘛～～
　　　　每天只會用那雙死魚眼瞪我的孩子，
　　　　卻淚眼汪汪求我幫忙，我怎麼能拒絕啊？
宥娜　　你的妄想濾鏡還真不是蓋的。
　　　　肯定是因為他叫了一聲「哥」，你就傻笑著乖乖就範了吧？
宰英　　（輕輕點動著手指）不是一次，是四次。
宥娜　　唉……無藥可救的傢伙。

宥娜一臉嫌惡地率先走進了工作室，宰英則感到有點難為情。
正好尚宇傳來〔兩點在會議室見面〕的訊息，又再次因為期待而雀躍。

宰英　　真的看起來很迫切，就好像沒有我不行一樣。

因為內心湧出的自豪而漾起笑意的宰英……

S#8. 圖書館，會議室／白天

溶景至宰英笑著的臉上，燈光急遽變暗。
宰英正看著尚宇遞過來的文件，
從企畫開始到最後的QA，每個階段都填得滿滿的計畫表，
光是用看的，就讓人覺得窒息。

導演
指示

準備甜米露
和藥菓等
傳統點心。

尚宇　　（擺出公事公辦姿態）想要跟我一起工作，請遵守兩件注意事項。
宰英　　（看著）

尚宇　第一，請務必遵守截止日期。

　　　第二，絕對不允許敷衍了事。

宰英感到哭笑不得，於是拿起尚宇準備的飲料，一打開就大口灌了起來。

尚宇　我就當作你沒有異議。

　　　那麼，在下次開會之前，請準備好企畫案。

宰英　（受不了地）你是流氓嗎？下次開會不就是明天？

尚宇　時間緊迫，沒辦法在企畫上花費太多時間。

　　　在今天晚上十二點前，如果你沒有寄給我，

　　　企畫就照原本的進行。

宰英　呵，真的是血汗老闆。

> 導演指示
>
> 看著眼前的茶點說：「這是在慶祝什麼六十大壽嗎？」

宰英正感到不像話，尚宇則一副該做的事情都做完的樣子，
立刻站起身。

宰英　（有點遺憾地伸出手）這麼快就要走了？

微微一震的尚宇很在意自己被抓住的手臂，不自在地抽回來後，
重新揹好自己的背包。

尚宇　我有不能待在這裡太久的原因。

宰英　是什麼？

尚宇　（閃躲宰英的視線）我不想說。

接著，尚宇經過宰英身邊，卻又停下腳步。

尚宇　還有一個條件。

　　　以後不要對我做出沒有事先預告的肢體接觸，這會讓我非常不自在。

宰英　（一驚）

尚宇　　第一，請務必遵守截止日期。

　　　　第二，絕對不允許敷衍了事。

宰英感到哭笑不得，於是拿起尚宇準備的飲料，一打開就大口灌了起來。

尚宇　　我就當作你沒有異議。

　　　　那麼，在下次開會之前，請準備好企畫案。

宰英　　（受不了地）你是流氓嗎？下次開會不就是明天？

尚宇　　時間緊迫，沒辦法在企畫上花費太多時間。

　　　　在今天晚上十二點前，如果你沒有寄給我，企畫就照原本的進行。

　　　　　　　　　　　　　　　　　　　　　　　　　這個企畫案

宰英　　呵，真的是血汗老闆。

宰英正感到不像話，尚宇則一副該做的事情都做完的樣子，
立刻站起身。

宰英　　（有點遺憾地伸出手）這麼快就要走了？

微微一震的尚宇很在意自己被抓住的手臂，不自在地抽回來後，
重新揹好自己的背包。

尚宇　　我有不能待在這裡太久的原因。

宰英　　是什麼？

尚宇　　（閃躲宰英的視線）我不想說。

接著，尚宇經過宰英身邊，卻又停下腳步。

　　　　　啊，　請

尚宇　　還有一個條件。

　　　　以後不要對我做出沒有事先預告的肢體接觸，這會讓我非常不自在。

宰英　　（一驚）

尚宇　　那麼，下次開會時再見。

宰英　　你直接說明天就好了。「下次開會」聽起來像是好幾天後的事。

尚宇　　我高興就好。

只丟下自己想說的話，直接轉身離開的尚宇讓宰英目瞪口呆。

東健　　（E）哥，你上當了！

S#9. 撞球場／夜晚

正在和東健打撞球的宰英。

東健　　兩個人？而且還是在學期中？

宰英　　完全不可能嗎？　　　　　　　的

怎麼了？東健　　這要看你們想要什麼品質囉。

　　　　但是，秋尚宇想要的不是超高品質嗎？

宰英　　的確是這樣⋯⋯

此時，口袋裡傳來手機震動聲。宰英拿出一看，是尚宇傳來的訊息。

拿起球桿撞球的東健，結果完美地偏離了軌道。「可惡⋯⋯」東健一臉惋惜。

尚宇　　（E）〔距離截止時間還剩五分鐘。〕

　　　　〔因為還沒收到信件，想說傳個訊息提醒你。〕

東健在一旁偷看宰英的手機。

東健　　你看吧！才剛開始就逼得這麼緊，你還是放棄吧～～

宰英　　（瞪視）他才不是逼得很緊，而是做事仔細。　臭小子！

喂，

228

導演
指示

裝模作樣、
傲慢。

尚宇　那麼，下次開會時再見。

宰英　你直接說明天就好了。「下次開會」聽起來像是好幾天後的事。

尚宇　我高興就好。
了

只丟下自己想說的話，直接轉身離開的尚宇讓宰英目瞪口呆。

東健　（E）哥，你上當了！

S#9. 撞球場／夜晚

正在和東健打撞球的宰英。

東健　兩個人？而且還是在學期中？

宰英　完全不可能嗎？

東健　這要看你們想要什麼品質囉。

　　　但是，秋尚宇想要的不是超高品質嗎？

宰英　的確是這樣……

此時，口袋裡傳來手機震動聲。宰英拿出一看，是尚宇傳來的訊息。

拿起球桿撞球的東健，結果完美地偏離了軌道。「可惡……」東健一臉惋惜。

尚宇　（E）〔距離截止時間還剩五分鐘。〕

　　　〔因為還沒收到信件，想說傳個訊息提醒你。〕

東健在一旁偷看宰英的手機。

東健　你看吧！才剛開始就逼得這麼緊，你還是放棄吧～～

宰英　（瞪視）他才不是逼得很緊，而是做事仔細。

宰英用球桿輕輕敲了東健一棍，東健則露出一副莫名其妙的表情。

S#10. 尚宇的家，書桌／夜晚

正在瀏覽宰英社群平臺過去貼文的尚宇，隨意按了好幾次重新整理，
然後呆呆看著沒有回音的手機，看到宰英讀了訊息卻不回覆，頓時變得沮喪。
此時，宰英社群平臺照片下的一則留言正巧映入眼簾。
〔張宰英，你還活著嗎？快接電話！〕

尚宇　　（被迷惑）電話……？

找出宰英聯絡方式的尚宇，稍微猶豫了一下要不要按下通話鍵。

尚宇　　（合理化自己）沒錯，他有可能發生什麼事了。
　　　　我也是迫不得已的。

按下通話鍵的尚宇，表情緊張。

> 導演
> 指示
>
> 第一次和暗戀
> 對象通話的
> 那份激動！！

S#11. 尚宇的家＋撞球場／夜晚（交錯）

宰英對大喊「哥，輪到你了！」催促著自己的東健，說了一聲「等一下」，
接著敲下〔你擔心我會隨便敷衍了事〕的回覆，並挑選著貼圖。
突然，一通電話打來。仔細一看來電者，是「血汗老闆」。

宰英　　怎麼了？（訝異地接起）喂？（確認中）

因為宰英低沉悅耳的嗓音而愣了一下的尚宇，連忙清了清自己的喉嚨。

宰英用球桿輕輕敲了東健一棍，東健則露出一副莫名其妙的表情。

S#10. 尚宇的家，書桌／夜晚

正在瀏覽宰英社群平臺過去貼文的尚宇，隨意地按了好幾次重新整理，

然後呆呆看著沒有回音的手機，看到宰英讀了訊息卻不回覆，頓時變得沮喪。

此時，宰英社群平臺照片下的一則留言正巧映入眼簾。

〔張宰英，你還活著嗎？快接電話！〕

尚宇　　（被迷惑）電話……？

找出宰英聯絡方式的尚宇，稍微猶豫了一下要不要按下通話鍵。

尚宇　　（合理化自己）沒錯，他有可能發生什麼事了。
　　　　我也是迫不得已的。

按下通話鍵的尚宇，表情緊張。

> 導演
> 指示
>
> 站在窗邊，
> 努力想要
> 藏起那份激動！

S#11. 尚宇的家＋撞球場／夜晚（交錯）

宰英對大喊「哥，輪到你了！」催促著自己的東健，說了一聲「等一下」，

接著敲下〔你擔心我會隨便敷衍了事〕的回覆，並挑選著貼圖。

突然，一通電話打來。仔細一看來電者，是「血汗老闆」。

宰英　　怎麼了？（訝異地接起）喂？（確認中）

因為宰英低沉悅耳的嗓音而愣了一下的尚宇，連忙清了清自己的喉嚨。

尚宇　　我是秋尚宇。

宰英　　（一笑）我知道。有什麼事嗎？

尚宇　　已經過了十二點，但是還沒收到你的郵件。

　　　　有什麼特別的原因，讓你沒辦法遵守期限嗎？

宰英　　（呵呵笑）我還以為怎麼了……明天拿給你不就好了嗎？

尚宇莫名不想掛斷電話，於是停頓了一下。

手機的另一頭傳來撞球的球互相碰撞的聲音。

覺得自己的叮嚀囑咐最後還是功虧一簣，尚宇的表情變得僵硬。

尚宇　　……學長。

宰英　　（突然心動）嗯？

尚宇　　我聽到了撞球的聲音。

宰英　　……

此時，大概是球被撞入袋中，人們正好發出歡呼聲。

尚宇　　（變得生硬）從下一次開始，請你務必嚴守時間。

宰英　　（心虛地）我知道了。固執的傢伙……（說到一半）啊，秋尚宇。

尚宇原本想要掛斷電話，又再次專心聽著宰英的聲音。

宰英　　以後不要傳訊息，直接打電話吧！

尚宇　　……為什麼？ 好像

宰英　　只是覺得這樣比較好。（笑著說）那麼，晚安。

我

尚宇　　（猶豫了一下）哥也是。（語畢立刻掛斷）

看著被掛斷的電話，噗哧一聲笑出來的宰英，心中的某個角落變得柔軟。

尚宇　　我是秋尚宇。

宰英　　（一笑）我知道。有什麼事嗎？

尚宇　　已經過了十二點，但是還沒收到你的郵件。

　　　　有什麼特別的原因，讓你沒辦法遵守期限嗎？

宰英　　（呵呵笑）我還以為怎麼了……明天拿給你不就好了嗎？

尚宇莫名不想掛斷電話，於是停頓了一下。

手機的另一頭傳來撞球的球互相碰撞的聲音。

覺得自己的叮嚀囑咐最後還是功虧一簣，尚宇的表情變得僵硬。

尚宇　　……學長。

宰英　　（突然心動）嗯？

尚宇　　我聽到了撞球的聲音。

宰英　　……

此時，大概是球被撞入袋中，人們正好發出歡呼聲。

尚宇　　（變得生硬）從下一次開始，請你務必嚴守時間。

宰英　　（心虛地）我知道了。固執的傢伙……（說到一半）啊，秋尚宇。

尚宇原本想要掛斷電話，又再次專心聽著宰英的聲音。

宰英　　以後不要傳訊息，直接打電話吧！

尚宇　　……為什麼？

宰英　　只是覺得這樣比較好。（笑著說）那麼，晚安。

尚宇　　（猶豫了一下）哥也是。（語畢立刻掛斷）

看著被掛斷的電話，噗哧一聲笑出來的宰英，心中的某個角落變得柔軟。

他把手上的球桿交給了東健。

宰英   這攤你請客，先走啦！ (撤)

東健   啊，什麼啦！明明是哥說要來的耶？

(喂，) 宰英   歹勢啦！

宰英雀躍地收拾好包包後，頭也不回地直接離開。

S#12. 美術學院，工作室／夜晚

視線固定在螢幕上，手指忙碌地移動的宰英。

畫面裡有一個跟尚宇很像的黑帽少年以及一個紅髮少年的五五身人物，

在人物下面，茄子槍、南瓜炸彈等各種蔬菜武器並列成一排。

宰英沒聽見從背後傳來的「哥！哥！」呼喚聲，全神貫注在創作上。

亨卓   （走近並伸手搖晃宰英的肩）啊……哥！你沒聽到我在叫你嗎？

宰英   （回過神，看著亨卓）幹嘛～～哥現在很忙，別來煩我。

亨卓   （嚴肅）現在完全是緊急狀態。哥，你還記得這一桌嗎？

宰英看著亨卓推過來的手機，是智慧上傳到社群平臺的照片。

在她跟尚宇勾著手的照片下方，寫著「（生菜貼圖）#心動」。

宰英   （不開心地）你每天掛在嘴邊的那個「智慧」，就是這個柳智慧？

亨卓   哥，你認識智慧？那麼，你應該也有看到旁邊的這個男生吧？

               （變得焦急）怎麼樣？他很帥嗎？身高呢？是哪種類型的？

宰英覺得在身邊不斷哀號的亨卓很煩人。

他把手上的球桿交給了東健。

宰英　　這攤你請客，先走啦！

東健　　啊，什麼啦！明明是哥說要來的耶？

宰英　　歹勢啦！

宰英雀躍地收拾好包包後，頭也不回地直接離開。

S#12. 美術學院，工作室／夜晚

視線固定在螢幕上，手指忙碌地移動的宰英。

畫面裡有一個跟尚宇很像的黑帽少年以及一個紅髮少年的五五身人物，

在人物下面，茄子槍、南瓜炸彈等各種蔬菜武器並列成一排。

宰英沒聽見從背後傳來的「哥！哥！」呼喚聲，全神貫注在創作上。

亨卓　　（走近並伸手搖晃宰英的肩）啊……哥！你沒聽到我在叫你嗎？

宰英　　（回過神，看著亨卓）幹嘛～～哥現在很忙，別來煩我。

亨卓　　（嚴肅）現在完全是緊急狀態。哥，你還記得這一桌嗎？

宰英看著亨卓推過來的手機，是智慧上傳到社群平臺的照片。

在她跟尚宇勾著手的照片下方，寫著「（生菜貼圖）#心動」。

宰英　　（不開心地）你每天掛在嘴邊的那個「智慧」，就是這個柳智慧？

亨卓　　哥，你認識智慧？那麼，你應該也有看到旁邊的這個男生吧？

　　　　（變得焦急）怎麼樣？他很帥嗎？身高呢？是哪種類型的？

宰英覺得在身邊不斷哀號的亨卓很煩人。

INS > #6，回想起尚宇燦爛的笑容。

宰英　　……長得還不錯。（淡淡的微笑）笑起來也很好看。

亨卓　　什麼！比我還好看嗎？？（刻意擠出自以為甜美的笑容）

宰英　　（推開）臭小子，噁心死了。不要再妨礙我，去睡你的覺！

亨卓　　（哼……悶悶不樂地）以前還說我可愛……哥應該要站在我這邊啊！

宰英　　（煩躁地，看到時間已經是凌晨兩點）你明天第一節不是有課嗎？

亨卓　　嚇，糟糕了！（急忙收拾包包）哥不回家嗎？

宰英重新投入工作，只是揮了揮手向亨卓道別。
亨卓用怪異的目光看著宰英，然後走了出去。

S#13. 散步小徑，自動販賣機前／白天

企畫案第一頁，有著華麗的「蔬菜大冒險」標題。
認真檢視其中的新概念甚至是遊戲形式的尚宇。
宰英雖然傲慢地坐著，雙手交叉在胸前，桌子下的腳卻不由自主地抖個不停。
因為看不清帽簷下尚宇的表情，無法得知他的反應而覺得焦躁不安。

尚宇　　很好，就用這個企畫進行吧！

宰英　　（鬆了口氣）

尚宇　　（偷看宰英一眼，又加了一句）你做得很好。

宰英　　（硬是忍住想要上揚的嘴角）我又不是為了被你稱讚才這麼做的。
　　　　老實說，你也知道在一天之內就做出來有多難吧？你這個惡魔！

尚宇　　我不會隨便對誰都抱有期待。因為是學長，我才會這樣。

宰英　　！！（壓抑住激動的心）哪一點讓你這麼滿意？具體告訴我嘛！

尚宇　　這只是綜合判斷……

尚宇的雙眼離不開與宰英相似的紅髮角色。

INS＞#6，回想起尚宇燦爛的笑容。

宰英	……長得還不錯。（淡淡的微笑）笑起來也很好看。
亨卓	什麼！比我還好看嗎？？（刻意擠出自以為甜美的笑容）
宰英	（推開）臭小子，噁心死了。不要再妨礙我，去睡你的覺！
亨卓	（哼……悶悶不樂地）以前還說我可愛……哥應該要站在我這邊啊！
宰英	（煩躁地，看到時間已經是凌晨兩點）你明天第一節不是有課嗎？
亨卓	嚇，糟糕了！（急忙收拾包包）哥不回家嗎？

宰英重新投入工作，只是揮了揮手向亨卓道別。

亨卓用怪異的目光看著宰英，然後走了出去。

S#13. 散步小徑，自動販賣機前／白天

企畫案第一頁，有著華麗的「蔬菜大冒險」標題。

認真檢視其中的新概念甚至是遊戲形式的尚宇。

宰英雖然傲慢地坐著，雙手交叉在胸前，桌子下的腳卻不由自主地抖個不停。

因為看不清帽簷下尚宇的表情，無法得知他的反應而覺得焦躁不安。

尚宇	很好，就用這個企畫進行吧！
宰英	（鬆了口氣）
尚宇	（偷看宰英一眼，又加了一句）你做得很好。
宰英	（硬是忍住想要上揚的嘴角）我又不是為了被你稱讚才這麼做的。
	老實說，你也知道在一天之內就做出來有多難吧？你這個惡魔！
尚宇	我不會隨便對誰都抱有期待。因為是學長，我才會這樣。
宰英	！！（壓抑住激動的心）哪一點讓你這麼滿意？具體告訴我嘛！
尚宇	這只是綜合判斷……

尚宇的雙眼離不開與宰英相似的紅髮角色。

一看到宰英露出好奇的樣子，尚宇立刻放下企畫案。

尚宇　不過以後把角色數位化的時候，
　　　　考慮到還要加入動畫，請幫我把各個部位分開繪製。
　　　　原稿檔案用PNG檔儲存成指定的大小。

宰英　（不想聽尚宇碎碎念而做一些無關緊要的事）

尚宇　（嘆口氣）要遵守的事項，我會用郵件寄給你，還有……
　　　　（靜靜看著）你靠過來一點。

宰英　？？為什麼？

尚宇　先預告一下，因為你做得很好，我要摸摸你的頭。

「你說什麼？」宰英一下子無法理解而一動也不動地待著。
站起來漸漸靠近宰英的尚宇，小心翼翼抬起手，
機械式地往宰英的頭頂摸了兩下……然後迅速離開。
因為嚇到而跟著站起身的宰英，一邊喃喃自語，
一邊看著尚宇碎步跑著，慢慢消失在眼前的背影。

宰英　他是怎麼回事啊？

> **導演指示**
> 綜合荒唐、笑意
> 和心動。

宰英後知後覺地也拿起平板電腦追上尚宇，
在旁不斷追問：「剛剛那是怎麼回事？」
尚宇則努力忽視他，將視線固定在前方，不停走著。
兩人在滿是落葉的散步小徑上，一邊走一邊可愛地打打鬧鬧。

S#14. 學生餐廳／白天

和智慧面對面坐著的宰英，露出了冷淡的表情。
智慧的表情也一樣不怎麼好。

宰英　因為他說要吃飯，我才跟過來的……沒想到妳也在啊？

一看到宰英露出好奇的樣子，尚宇立刻放下企畫案。

尚宇	不過以後把角色數位化的時候，
	考慮到還要加入動畫，請幫我把各個部位分開繪製。
	原稿檔案用PNG檔儲存成指定的大小。
宰英	（不想聽尚宇碎碎念而做一些無關緊要的事）
尚宇	（嘆口氣）要遵守的事項，我會用郵件寄給你，還有……
	（靜靜看著）你靠過來一點。
宰英	？？為什麼？
尚宇	先預告一下，因為你做得很好，我要摸摸你的頭。

「你說什麼？」宰英一下子無法理解而一動也不動地待著。
站起來漸漸靠近宰英的尚宇，小心翼翼抬起手，
機械式地往宰英的頭頂摸了兩下……然後迅速離開。
因為嚇到而跟著站起身的宰英，一邊喃喃自語，
一邊看著尚宇碎步跑著，慢慢消失在眼前的背影。

宰英	他是怎麼回事啊？

宰英後知後覺地拿起平板電腦追上尚宇，
在旁不斷追問：「剛剛那是怎麼回事？」
尚宇則努力忽視他，將視線固定在前方，不停走著。
兩人在滿是落葉的散步小徑上，一邊走一邊可愛地打打鬧鬧。

S#14. 學生餐廳／白天

和智慧面對面坐著的宰英，露出了冷淡的表情。
智慧的表情也一樣不怎麼好。

宰英	因為他說要吃飯，我才跟過來的……沒想到妳也在啊？

智慧 我也是。（勉強一笑）我也沒想到學長會一起來……

尚宇拿著餐盤姍姍來遲，兩個人一看到他，便爭先恐後拉開自己身邊的椅子。

宰英／智慧 坐這裡！／坐這裡吧！

宰英和智慧同時瞬間從眼裡噴出火花。
尚宇因為兩人朝自己射來的視線而感到不自在，
看了看宰英和他身旁的空位後，選擇在智慧旁邊的座位坐下。
智慧露出勝利的微笑，而宰英則是用湯匙發洩著怒氣。

智慧 （想要轉換氣氛）宰英學長沒有女朋友嗎？
你好像非常受歡迎耶？

尚宇微微一震，卻又故作不在意繼續吃飯。

宰英 嗯，沒有。
（看著尚宇）最近多虧某人，讓我的生活一點也不無聊～～
尚宇 （努力想要維持撲克臉）
智慧 （沒有靈魂地）啊……原來是這樣啊……
（對尚宇說）對了，生菜哥。
你之前說的那個要還原的問題順利解決了嗎？
尚宇 （偷瞄了宰英一眼，點頭說）差不多……好像解決了。
智慧 太好了～～如果還有其他煩惱要諮詢，隨時可以告訴我喔！

看著眼前親密的兩人，宰英帶著怒氣，用力咀嚼著口中的飯菜。

宰英 （自言自語）煩惱諮詢？明明還把人當成自動繪圖機……

智慧 我也是。（勉強一笑）我也沒想到學長會一起來……

尚宇拿著餐盤姍姍來遲，兩個人一看到他，便爭先恐後拉開自己身邊的椅子。

宰英／智慧 坐這裡！／坐這裡吧！

宰英和智慧同時瞬間從眼裡噴出火花。
尚宇因為兩人朝自己射來的視線而感到不自在，
看了看宰英和他身旁的空位後，選擇在智慧旁邊的座位坐下。
智慧露出勝利的微笑，而宰英則是用湯匙發洩著怒氣。

智慧 （想要轉換氣氛）宰英學長沒有女朋友嗎？
你好像非常受歡迎耶？

> 導演
> 指示
>
> 女朋友？
> 因為在意而
> 豎起耳朵！

尚宇微微一震，卻又故作不在意繼續吃飯。

宰英 嗯，沒有。
（看著尚宇）最近多虧某人，讓我的生活一點也不無聊～～
尚宇 （努力想要維持撲克臉）
智慧 （沒有靈魂地）啊……原來是這樣啊……
（對尚宇說）對了，生菜哥。
你之前說的那個要還原的問題順利解決了嗎？
尚宇 （偷瞄了宰英一眼，點頭說）差不多……好像解決了。
智慧 太好了～～如果還有其他煩惱要諮詢，隨時可以告訴我喔！

看著眼前親密的兩人，宰英帶著怒氣，用力咀嚼著口中的飯菜。

宰英 （自言自語）煩惱諮詢？明明還把人當成自動繪圖機……

偷瞄著碎碎念的宰英，又向尚宇搭話的智慧。

智慧　　學長，吃完飯之後，你會去圖書館吧？我們一起……說……
宰英　　（打斷智慧的話）不行，尚宇要跟我去一個地方。
尚宇　　（不明所以）要去哪裡？
宰英　　你不是要我修改檔案嗎？
那個，有些地方不太了解，你要親自解說一下。
我

尚宇和智慧甚感荒唐地看著像小孩一樣耍賴的宰英。
智慧這時完全弄懂了，於是和牽制著自己的宰英互相乾瞪眼。

S#15. 美術學院前／白天

宰英抓著尚宇的背包揹帶，拉著他走在前頭。

尚宇　　我們要去哪裡？直接在圖書館修改不是也可以嗎……
宰英　　在那裡不是不能大聲說話嗎？去工作室吧！
尚宇　　（瞪大眼，自言自語）哥的工作室……？（停下腳步）
宰英　　（回頭看）怎麼樣？你不想去嗎？
尚宇　　（咳哼）嗯……可以確認一下學長的工作環境，好像也不錯，
　　　　提高效能也對雙方比較好。
宰英　　（咧嘴一笑）我想說的就是這個。

宰英再次拉起尚宇背包的揹帶，而尚宇也一聲不吭，直接跟著走。

S#16. 美術學院，工作室／白天

正式踏入宰英工作室的尚宇，用好奇的雙眼打量了室內一圈，
視線望向貼滿海報的牆壁，發現了DEX工作室的作品。
看到尚宇充滿興趣地打量著那些海報，宰英在他身邊晃來晃去。

偷瞄著碎碎念的宰英，又向尚宇搭話的智慧。

智慧 　學長，吃完飯之後，你會去圖書館吧？我們一起……
宰英 　（打斷智慧的話）不行，尚宇要跟我去一個地方。
尚宇 　（不明所以）要去哪裡？
宰英 　你不是要我修改檔案嗎？有些地方不太了解，你要親自解說一下。

尚宇和智慧甚感荒唐地看著像小孩一樣要賴的宰英。
智慧這時完全弄懂了，於是和牽制著自己的宰英互相乾瞪眼。

S#15. 美術學院前／白天

宰英抓著尚宇的背包揹帶，拉著他走在前頭。

尚宇 　我們要去哪裡？直接在圖書館修改不是也可以嗎……
宰英 　在那裡不是不能大聲說話嗎？去工作室吧！
尚宇 　（瞪大眼，自言自語）哥的工作室……？（停下腳步）
宰英 　（回頭看）怎麼樣？你不想去嗎？
尚宇 　（咳哼）嗯……可以確認一下學長的工作環境，好像也不錯，
　　　　提高效能也對雙方比較好。
宰英 　（咧嘴一笑）我想說的就是這個。

宰英再次拉起尚宇背包的揹帶，而尚宇也一聲不吭，直接跟著走。

S#16. 美術學院，工作室／白天

正式踏入宰英工作室的尚宇，用好奇的雙眼打量了室內一圈，
視線望向貼滿海報的牆壁，發現了DEX工作室的作品。
看到尚宇充滿興趣地打量著那些海報，宰英在他身邊晃來晃去。

宰英 你也喜歡DEX的作品嗎？

尚宇 （看了宰英一眼）品質很不錯啊！而且內容也很大眾化。

宰英 你的鑑賞評價還真索然無味。（笑）等我一下。我幫你找個位子。

宰英開始尋找空位，尚宇則繼續參觀工作室，

「啪嘰！」腳底卻突然踩到某個東西。

他低頭一看，居然是吃了一半就丟掉的香蕉皮，

旁邊還有揉成一團、隨意丟在地上的衛生紙，以及髒兮兮的拖鞋等各種垃圾。

「呃！」尚宇皺起眉頭，像螃蟹般橫著移動。

此時，工作室裡平靜流瀉著的音樂，

突然「磅！」一聲，變成節奏強烈的搖滾樂，

令尚宇嚇了一跳。正在作業的宥娜，用全身享受著音樂，腦袋也跟著搖頭晃腦。

感應到尚宇來了的宥娜，瞪大著眼看著眼前的兩人。

宥娜 天啊！秋生菜？！

尚宇 （不高興地）什麼？

宥娜 （突然領悟，咯咯笑）抱歉，失誤。

不過，倒著念也是「秋生菜」耶？！超好笑！！

宰英 （用腹語術警告）給我適可而止！

（覺得丟臉而讓尚宇面向自己）別管她，你坐這裡吧！

宰英要尚宇坐在自己身旁的位子。

宰英 （用手掃開尚宇面前的垃圾）就在這裡工作吧！

尚宇 （呃呃……用受不了的表情看著）你先把垃圾好好拿去丟吧！

宰英 （坐在位子上看著）

尚宇 現在立、刻！

之後，每當尚宇用手一指，

宰英便聽從指令去丟垃圾、打開窗戶換氣，甚至整理電腦螢幕上的桌面。

宰英　你也喜歡DEX的作品嗎？

尚宇　（看了宰英一眼）品質很不錯啊！而且內容也很大眾化。

宰英　你的鑑賞評價還真索然無味。（笑）等我一下。我幫你找個位子。

宰英開始尋找空位，尚宇則繼續參觀工作室，

「啪嘰！」腳底卻突然踩到某個東西。

他低頭一看，居然是吃了一半就丟掉的香蕉皮，

旁邊還有揉成一團、隨意丟在地上的衛生紙，以及髒兮兮的拖鞋等各種垃圾。

「呃！」尚宇皺起眉頭，像螃蟹般橫著移動。

此時，工作室裡平靜流瀉著的音樂，

突然「磅！」一聲，變成節奏強烈的搖滾樂，

令尚宇嚇了一跳。正在作業的宥娜，用全身享受著音樂，腦袋也跟著搖頭晃腦。

感應到尚宇來了的宥娜，瞪大著眼看著眼前的兩人。

宥娜　天啊！秋生菜？！

尚宇　（不高興地）什麼？

宥娜　（突然領悟，咯咯笑）抱歉，失誤。

　　　不過，倒著念也是「秋生菜」耶？！超好笑！！

宰英　（用腹語術警告）給我適可而止！

　　　（覺得丟臉而讓尚宇面向自己）別管她，你坐這裡吧！

宰英要尚宇坐在自己身旁的位子。

宰英　（用手掃開尚宇面前的垃圾）就在這裡工作吧！

尚宇　（呃呃……用受不了的表情看著）你先把垃圾好好拿去丟吧！

宰英　（坐在位子上看著）

尚宇　現在立、刻！

之後，每當尚宇用手一指，

宰英便聽從指令去丟垃圾、打開窗戶換氣，甚至整理電腦螢幕上的桌面。

隨後，氣喘吁吁的宰英，用埋怨的眼神瞪視著尚宇。

宰英　　現在可以了吧？到別人地盤作客的傢伙，居然還這麼放肆。

尚宇　　別人就算了，這句話從學長嘴裡說出來，還真是搞笑。

宰英　　（噗哧）現在也會開玩笑子？
　　　　　　　　　　呢

宰英笑著。宥娜興味盎然地看著四目相交的兩人。

宥娜　　（捉弄地）那個……這裡不是只有你們兩個在，太吵了喔～～

尚宇　　（回頭看，無心地）那裡有一副不錯的耳罩式耳機，
　　　　妳戴著那個做事吧！

宥娜　　！（受到一擊）

宰英「噗」一聲笑了出來，硬是把耳機戴在宥娜頭上，
然後，陌生地看著直挺挺坐在自己身旁打開筆電的尚宇。

宰英　　真是難以適應的畫面。（笑著）

S#17. 聯排住宅前，街道／夜晚

結束工作，走在回家路上的宰英和尚宇。兩人之間的距離比之前更親近了。

宰英　　如果要在下週內把雛形都做出來，有點太吃力了吧？

尚宇　　不過，這是可以得到大型公司回饋的機會，總是要試試看吧？

宰英　　總之，韓秀英……沒事那麼愛管閒事……
　　　　（用擔憂的眼神看著）你的課業真的可以並行嗎？

尚宇　　（點頭說）最近狀態不錯，讀書效率很好。

宰英　　（開玩笑）看來是因為我退選了，讓你最近做什麼都很順利。

尚宇　　（沒有馬上回答，眼珠骨碌碌地轉著）也不完全是這樣。

隨後，氣喘吁吁的宰英，用埋怨的眼神瞪視著尚宇。

宰英　現在可以了吧？到別人地盤作客的傢伙，居然還這麼放肆。

尚宇　別人就算了，這句話從學長嘴裡說出來，還真是搞笑。

宰英　（噗哧）現在也會開玩笑了？

宰英笑著。宥娜興味盎然地看著四目相交的兩人。

宥娜　（捉弄地）那個……這裡不是只有你們兩個在，太吵了喔～～

尚宇　（回頭看，無心地）那裡有一副不錯的耳罩式耳機，
　　　　妳戴著那個做事吧！

宥娜　！（受到一擊）

宰英「噗」一聲笑了出來，硬是把耳機戴在宥娜頭上，

然後，陌生地看著直挺挺坐在自己身旁打開筆電的尚宇。

宰英　真是難以適應的畫面。（笑著）

S#17. 聯排住宅前，街道／夜晚

結束工作，走在回家路上的宰英和尚宇。兩人之間的距離比之前更親近了。

宰英　如果要在下週內把雛形都做出來，有點太吃力了吧？

尚宇　不過，這是可以得到大型公司回饋的機會，總是要試試看吧？

宰英　總之，韓秀英……沒事那麼愛管閒事……
　　　　（用擔憂的眼神看著）你的課業真的可以並行嗎？

尚宇　（點頭說）最近狀態不錯，讀書效率很好。

宰英　（開玩笑）看來是因為我退選了，讓你最近做什麼都很順利。

尚宇　（沒有馬上回答，眼珠骨碌碌地轉著）也不完全是這樣。

張宰英劇本

宰英　（本來準備反擊，卻感到訝異）？？不然呢？

尚宇　我不想……

宰英　（彷彿在模仿尚宇）「我不想說。」你又想這麼說吧？

尚宇　既然知道，就別明知故問。

尚宇踩著趾高氣昂的步伐走在前面，宰英則噗哧一笑，跟了上去。

導演
指示

想要更加了解
尚宇的心情！
配合著尚宇
速度的宰英。

宰英　不過，你為什麼想要製作遊戲啊？

尚宇　（看著）

　　　　　　這種程度

宰英　以你的成績，想要順利找到工作，應該綽綽有餘吧？

尚宇　（泰然地）因為我喜歡。

宰英　（聽到意料之外的答案而驚訝）你居然也會因為那種感性的理由行動？

尚宇　（宰英露出好奇的目光聽著）在遊戲裡，大家不都是從零開始嗎？

　　　根據自己的行動，才會得到獎勵。

　　　我喜歡這種合理的成就感。（說到一半，感覺到宰英的視線而停頓）

宰英似乎覺得認真解釋的尚宇很了不起。
在聯排住宅前的電線杆下面對面站著的宰英和尚宇，互相交換了一下眼神。
宰英向尚宇走近一步。

宰英　尚宇啊……

尚宇　（有點緊張）是。

宰英　我可以摸摸你的頭嗎？在一分鐘之後……

尚宇　……

宰英　（心想：他沒有馬上拒絕，已經很不錯了，接著輕鬆說）不想就算了。

尚宇　……也沒有那麼不想。只要你提前說一聲……

宰英　那麼……

宰英　（本來準備反擊，卻感到訝異）？？不然呢？

尚宇　我不想……

宰英　（彷彿在模仿尚宇）「我不想說。」你又想這麼說吧？

尚宇　既然知道，就別明知故問。

尚宇踩著趾高氣昂的步伐走在前面，宰英則噗哧一笑，跟了上去。

宰英　不過，你為什麼想要製作遊戲啊？

尚宇　（看著）

宰英　以你的成績，想要順利找到工作，應該綽綽有餘吧？

尚宇　（泰然地）因為我喜歡。

宰英　（聽到意料之外的答案而驚訝）你居然也會因為那種感性的理由行動？

尚宇　（宰英露出好奇的目光聽著）在遊戲裡，大家不都是從零開始嗎？

　　　根據自己的行動，才會得到獎勵。

　　　我喜歡這種合理的成就感。（說到一半，感覺到宰英的視線而停頓）

宰英似乎覺得認真解釋的尚宇很了不起。

在聯排住宅前的電線杆下面對面站著的宰英和尚宇，互相交換了一下眼神。

宰英向尚宇走近一步。

宰英　尚宇啊……

尚宇　（有點緊張）是。

宰英　我可以摸摸你的頭嗎？在一分鐘之後……

尚宇　……

宰英　（心想：他沒有馬上拒絕，已經很不錯了，接著輕鬆說）不想就算了。

尚宇　……也沒有那麼不想。只要你提前說一聲……

　　　　　　　　　　＊焦急地

宰英　那麼……

宰英小心翼翼伸出手，溫柔地撫摸著尚宇的頭。

宰英　　你喜歡的東西就努力去做吧⋯⋯我們一起。

尚宇因為心神激盪而目不轉睛仰望著宰英寵溺的笑臉。

S#18. 尚宇的家，床上／夜晚

躺在床上試著入睡的尚宇，

輕輕地將手放在頭上，再次摸著宰英輕撫過的部分。

接著，他激動地把被子拉至頭頂，將自己整個蓋住。

S#19. 美術學院，工作室／白天

宰英的筆電上貼了寫著「D－1」的便利貼。

桌上喝完的咖啡空罐和提神飲料瓶到處滾來滾去。

截止期限在即的宰英和尚宇，正快馬加鞭地進行著收尾工作。

宰英結束作業後，輕鬆地笑著，按下關閉視窗的按鈕，卻馬上面如死灰。

宰英　　可惡，我沒存檔！瘋了⋯⋯（抱著頭）去死吧，瘋子⋯⋯

尚宇　　（遺憾地看著，覺得憔悴的宰英很可憐）先去睡一覺，再重新做吧！

　　　　你是因為大腦裡的活性氧無法循環，才會一直失誤。

宰英　　你連擔心人的話也說得這麼沒感情。嗯⋯⋯

　　　　（像僵屍一樣站起）那麼，我就去睡三十分鐘。

　　　　你一定要叫醒我，一定喔！

尚宇　　（一笑）就算要我潑你冷水，我也會叫醒你，快去睡吧！

宰英　　（像是昏倒般躺在沙發上）不愧是血汗老闆⋯⋯

話還沒能說完就睡著的宰英。

尚宇偷偷看了一眼那樣的宰英後，繼續投入作業。

宰英小心翼翼伸出手，溫柔地撫摸著尚宇的頭。

宰英　　你喜歡的東西就努力去做吧……我們一起。

尚宇因為心神激蕩而目不轉睛仰望著宰英寵溺的笑臉。

S#18. 尚宇的家，床上／夜晚

躺在床上試著入睡的尚宇，

輕輕地將手放在頭上，再次摸著宰英輕撫過的部分。

接著，他激動地把被子拉至頭頂，將自己整個蓋住。

> **導演指示**
> 和 S#17 的激動情感連結，可以再多一點表現。

S#19. 美術學院，工作室／白天

宰英的筆電上貼了寫著「D－1」的便利貼。

桌上喝完的咖啡空罐和提神飲料瓶到處滾來滾去。

截止期限在即的宰英和尚宇，正快馬加鞭地進行著收尾工作。

宰英結束作業後，輕鬆地笑著，按下關閉視窗的按鈕，卻馬上面如死灰。

宰英　　可惡，我沒存檔！瘋了……（抱著頭）去死吧，瘋子……

尚宇　　（遺憾地看著，覺得憔悴的宰英很可憐）先去睡一覺，再重新做吧！
　　　　你是因為大腦裡的活性氧無法循環，才會一直失誤。

宰英　　你連擔心人的話也說得這麼沒感情。嗯……
　　　　（像僵屍一樣站起）那麼，我就去睡三十分鐘。
　　　　你一定要叫醒我，一定喔！

尚宇　　（一笑）就算要我潑你冷水，我也會叫醒你，快去睡吧！

宰英　　（像是昏倒般躺在沙發上）不愧是血汗老闆……

話還沒能說完就睡著的宰英。

尚宇偷偷看了一眼那樣的宰英後，繼續投入作業。

（切換至）

不久後，安靜的工作室裡，橘黃色的日光透過窗戶流瀉進來。

睡得很熟的宰英身旁傳來窸窸窣窣的聲響。

尚宇　　學長……你還在睡嗎？

鏡頭**拉遠**。

尚宇蜷縮在沙發前看著熟睡的宰英，

屏息仔細欣賞著宰英的五官。

尚宇　　你真的還在睡吧，哥？

接著，在確定宰英依舊沉睡著之後，

尚宇小心翼翼用手指撥弄著宰英的髮絲。

他的臉龐彷彿被什麼吸引住而緩緩向宰英靠近……

隨後，嘴唇輕輕地在宰英的雙唇上碰了一下。

（切換至）

然後跳轉鏡頭，只剩下宰英獨自一人的工作室。

許久之後才緩緩睜開雙眼的宰英！！

憋著氣！

第6話 END

（切換至）

不久後，安靜的工作室裡，橘黃色的日光透過窗戶流瀉進來

睡得很熟的宰英身旁傳來窸窸窣窣的聲響。

導演指示
插入尚宇坐過的椅子不停旋轉的畫面。

尚宇　　學長……你還在睡嗎？

鏡頭**拉遠**。

尚宇蜷縮在沙發前看著熟睡的宰英，

屏息仔細欣賞著宰英的五官。

尚宇　　你真的還在睡吧，哥？

導演指示
視線無比專注！

接著，在確定宰英依舊沉睡著之後，

尚宇小心翼翼用手指撥弄著宰英的髮絲。

他的臉龐彷彿被什麼吸引住而緩緩向宰英靠近……

隨後，嘴唇輕輕地在宰英的雙唇上碰了一下。

（切換至）

然後跳轉鏡頭，只剩下宰英獨自一人的工作室。

許久之後才緩緩睜開雙眼的宰英！！

第6話END

SEVEN

[SEMANTIC
ERROR]

S#1. 餐廳，餐桌／夜晚

餐桌上放著適合當下酒菜的食物。

宰英有一下沒一下地搖晃著燒酒瓶。

尚宇坐在對面，用不安的眼神看著那樣的他。

> 宰英的紅色
> ＋
> 尚宇的藍色
>
> 紫色背景

尚宇　你不是說要吃飯嗎？

宰英　聚餐怎麼可以沒有酒呢？

　　　而且多虧了某人，我這陣子總是熬夜工作，現在超想喝酒的。

尚宇　（咳嗯，看著宰英的眼色）我可是有叫你，是學長自己不起來的。

宰英　是嗎⋯⋯？

心想著「看看他這麼厚臉皮？」打開燒酒瓶蓋，斜眼看了尚宇一眼的宰英。

INS ＞第六話#19，想起偷親前，

尚宇不斷問著：「學長⋯⋯你還在睡嗎？」「你真的還在睡吧，哥？」

宰英　（擺好酒杯，不經意地）難道不是你趁我睡著的時候，

　　　偷偷做了什麼，然後直接逃跑了嗎？

尚宇　（手一鬆，夾起的下酒菜掉落，又趕緊重新夾起）

　　　以為我跟學長一樣嗎？

　　　（轉換話題）郵件已經成功寄出了，下個禮拜應該就會有消息了。

宰英　好啦～～反正你都會自己看著辦嘛！

因為罪惡感而無法看著宰英的尚宇，莫名打量起了四周。

客人全都離開後空蕩蕩的外場，偌大的餐廳只剩下宰英和尚宇兩人。

尚宇　（感到奇怪）沒有其他客人嗎？

宰英　（倒酒）因為老闆是個只顧著玩的傢伙，所以提早打烊去玩了。

尚宇　所以，這裡只有我們兩個？！

宰英　很安靜不是很好嗎？

S#1. 餐廳，餐桌／夜晚

餐桌上放著適合當下酒菜的食物。

宰英有一下沒一下地搖晃著燒酒瓶。

尚宇坐在對面，用不安的眼神看著那樣的他。

尚宇　你不是說要吃飯嗎？

宰英　聚餐怎麼可以沒有酒呢？

　　　而且多虧了某人，我這陣子總是熬夜工作，現在超想喝酒的。

尚宇　（咳嗯，看著宰英的眼色）我可是有叫你，是學長自己不起來的。

宰英　是嗎……？

哦！

心想著「看看他這麼厚臉皮？」打開燒酒瓶蓋，斜眼看了尚宇一眼的宰英。

INS ＞第六話#19，想起偷親前，

尚宇不斷問著：「學長……你還在睡嗎？」「你真的還在睡吧，哥？」

宰英　（擺好酒杯，不經意地）難道不是你趁我睡著的時候，

　　　偷偷做了什麼，然後直接逃跑了嗎？

尚宇　（手一鬆，夾起的下酒菜掉落，又趕緊重新夾起）

　　　以為我跟學長一樣嗎？

　　　（轉換話題）郵件已經成功寄出了，下個禮拜應該就會有消息了。

宰英　好啦～～反正你都會自己看著辦嘛！

因為罪惡感而無法看著宰英的尚宇，莫名打量起了四周。

客人全都離開後空蕩蕩的外場，偌大的餐廳只剩下宰英和尚宇兩人。

尚宇　（感到奇怪）沒有其他客人嗎？

宰英　（倒酒）因為老闆是個只顧著玩的傢伙，所以提早打烊去玩了。

尚宇　所以，這裡只有我們兩個？！

宰英　很安靜不是很好嗎？

把一只酒杯放在尚宇面前,「鏘!」逕自碰了杯的宰英,
順便瞥了一眼僵在原地的尚宇。

宰英　　啊,你不喝酒吧?(想要拿尚宇的酒杯)那麼,這杯也給我喝⋯⋯

尚宇還沒等宰英說完便拿起酒杯,將酒一口喝下。
宰英因為他意外的反應而感到驚訝。
在這種情況下,還是將頭轉向側面,並用雙手拿著酒杯,
遵守著喝酒禮儀的尚宇看起來很討人喜歡。

尚宇　　(將空酒杯推向前)再來一杯。

宰英饒富興味地看著失去平常心,開始散漫起來的尚宇。
畫面彷彿發生故障,發出「滋滋滋」的聲響,同時顯示「錯誤」標示!

Title in ／語意錯誤

S#2. 餐廳,餐桌／夜晚

餐桌上,有三、四瓶空燒酒瓶到處滾來滾去。
宰英用手撐著下巴,看著雙頰泛紅卻還是大口大口灌著酒的尚宇。
他的視線停留在燈光下尚宇格外白皙的頸項,久久無法移開。

宰英　　你很會喝嘛!我還以為你滴酒不沾。的說

尚宇　　(因為喝醉而有點口齒不清)因為那個時候,我沒有喝酒的心情⋯⋯

宰英　　現在你有想喝的心情嗎?
所以,

尚宇以複雜的心情,明目張膽地盯著宰英,視線停留在他的雙唇。
INS > 第六話#19,回想起偷親的瞬間,輕輕一碰就離開的嘴唇。

把一只酒杯放在尚宇面前，「鏘！」逕自碰了杯的宰英，
順便瞥了一眼僵在原地的尚宇。

宰英　　啊，你不喝酒吧？（想要拿尚宇的酒杯）那麼，這杯也給我喝……

尚宇還沒等宰英說完，拿起酒杯，將酒一口喝下。
宰英因為他意外的反應而感到驚訝。
在這種情況下，還是將頭轉向側面，並用雙手拿著酒杯，
遵守著喝酒禮儀的尚宇看起來很討人喜歡。

尚宇　　（將空酒杯推向前）再來一杯。

宰英饒富興味地看著失去平常心，開始散漫起來的尚宇。
畫面彷彿發生故障，發出「滋滋滋」的聲響，同時顯示「錯誤」標示！

Title in ／語意錯誤

S#2. 餐廳，餐桌／夜晚

餐桌上，有三、四瓶空燒酒瓶到處滾來滾去。
宰英用手撐著下巴，看著雙頰泛紅卻還是大口大口灌著酒的尚宇。
他的視線停留在燈光下尚宇格外白皙的頸項，久久無法移開。

不，那是……

宰英　　你很會喝嘛！我還以為你滴酒不沾。
尚宇　　（因為喝醉而有點口齒不清）因為那個時候，我沒有喝酒的心情……
宰英　　現在你有想喝的心情嗎？

尚宇以複雜的心情，明目張膽地盯著宰英，視線停留在他的雙唇。
INS＞第六話#19，回想起偷親的瞬間，輕輕一碰就離開的嘴唇。

尚宇想起當時的觸感，隨即咬著嘴唇，轉開視線，

並且急忙拿走酒瓶，想要替自己倒酒。

宰英輕輕握住尚宇的手制止，然後拿走酒瓶，替他倒滿。

想要掩飾緊張而輕輕撫摸著手背的尚宇，

彷彿要緩解這股飢渴的感覺，大口喝下杯中的酒。

尚宇　　（情緒突然湧上，不自覺地脫口而出）張宰英。

宰英　　！！（因為尚宇突然直呼自己的名字而詫異）這是你的酒癖嗎？

尚宇　　……（狡辯貌）交換身分時間！

宰英　　（噗哧）你想要玩這個？

尚宇　　（點點頭）

宰英　　你到底累積了多少不滿……

　　　　（覺得喝醉的尚宇很可愛）好啊，來吧！

尚宇　　（隨即立刻）喂，張宰英。

宰英　　（因為有趣而把椅子拉近餐桌）是，哥。您叫我嗎？

尚宇　　（略感驚訝，隨即適應）你知道……你是個神經病吧？

宰英　　（笑著說）那當然！我很清楚。

尚宇　　（嗤之以鼻）你最好知道。瘋～～子，居然在別人臉上塗鴉。

宰英　　唉，我真的是個罪該萬死的傢伙，怎麼敢對大哥的龍顏這麼做呢～～啊找

尚宇　　還跟在別人的屁股後面，找到機會就欺負人……讓人覺得煩躁……

　　　　（漸漸呢喃）我真的……我真的想要忍下來的……

宰英　　（看到尚宇說出心裡話而高興）什麼？你原本想要忍住什麼，哥？

此時，突然挺直上身的尚宇，猛然接近宰英面前。

尚宇　　（盯著）你……如果長得醜一點，我就不會這樣了。

宰英　　（雖然緊張，卻和尚宇對視）我長得很帥嗎？

尚宇想起當時的觸感，隨即咬著嘴唇，轉開視線，

並且急忙拿走酒瓶，想要替自己倒酒。

宰英輕輕握住尚宇的手制止，然後拿走酒瓶，替他倒滿。

想要掩飾緊張而輕輕撫摸著手背的尚宇，

彷彿要緩解這股飢渴的感覺，大口喝下杯中的酒。

尚宇　　（情緒突然湧上，不自覺地脫口而出）張宰英。

宰英　　！！（因為尚宇突然直呼自己的名字而詫異）這是你的酒癖嗎？

尚宇　　……（狡辯貌）交換身分時間！

宰英　　（噗哧）你想要玩這個？

尚宇　　（點點頭）

宰英　　你到底累積了多少不滿……

　　　　（覺得喝醉的尚宇很可愛）好啊，來吧！

尚宇　　（隨即立刻）喂，張宰英。

宰英　　（因為有趣而把椅子拉近餐桌）是，哥。您叫我嗎？　　　　　真的

尚宇　　（略感驚訝，隨即適應）你知道……你是個神經病吧？

宰英　　（笑著說）那當然！我很清楚。

尚宇　　（嗤之以鼻）你最好知道。瘋～～子，居然在別人臉上塗鴉。

宰英　　唉，我真的是個罪該萬死的傢伙，怎麼敢對大哥的龍顏這麼做呢～～

尚宇　　還跟在別人的屁股後面，找到機會就欺負人……讓人覺得煩躁……

　　　　（漸漸呢喃）我真的……我真的想要忍下來的……　　　漸漸呢喃

宰英　　（看到尚宇說出心裡話而高興）什麼？你原本想要忍住什麼，哥？

此時，突然挺直上身的尚宇，猛然接近宰英面前。

尚宇　　（盯著）你……如果長得醜一點，我就不會這樣了。

宰英　　（雖然緊張，卻和尚宇對視）我長得很帥嗎？

尚宇用含情脈脈的眼神看著吊兒郎當的宰英，
又彷彿不想再看到他，用手將宰英的臉推向一旁。
宰英也不服輸地把臉轉回來盯著尚宇。
再次用力一推的尚宇，手腕卻被宰英抓住，就這樣被拉近到宰英面前。
宰英一臉無比真摯的表情。

宰英　　我很帥嗎，尚宇啊？

尚宇　　……（吐露情感貌）是，你長得非常帥，哥。

宰英　　……預告。

尚宇　　（盯著）

宰英　　一分鐘後我要吻你。如果你想要逃跑，就趁現在。

宰英直直凝視著沒有迴避視線的尚宇，給予他逃跑的時間。
急促地呼出一口氣的尚宇，緊接著粗暴地抓住宰英的衣領，
突然往他的嘴唇撞了上去。
尚宇的嘴唇青澀且粗魯地在宰英雙唇上踩躪著。
過了不久，清醒的尚宇想要移開自己的嘴唇，
這次則是宰英溫柔地托住尚宇的頸項，好好地給了他一個吻。
尚宇一開始雖然想要抵抗，卻漸漸臣服在宰英熟練的技巧下……

導演
指示

宰英，努力維持
的理智線
突然斷裂！

此時，黑膠唱片機的音樂戛然而止。
尚宇也跟著完全清醒，推開宰英並逃離餐桌。
宰英連忙追上去。

S#3. 餐廳前／夜晚

酒醒後一回神，對自己做的事感到暈眩的尚宇，
露出一臉混亂的表情，因為不知如何是好而跑了出來。

尚宇用含情脈脈的眼神看著吊兒郎當的宰英，

又彷彿不想再看到他，用手將宰英的臉推向一旁。

宰英也不服輸地把臉轉回來盯著尚宇。

再次用力一推的尚宇，手腕卻被宰英抓住，就這樣被拉近宰英到面前。

宰英一臉無比真摯的表情。

宰英　　我很帥嗎，尚宇啊？

尚宇　　……（吐露情感貌）是，你長得非常帥，哥。

宰英　　……預告。

尚宇　　（盯著）

宰英　　一分鐘後我要吻你。如果你想要逃跑，就趁現在。

導演
指示

酒意十性感
的宰英
＝故障

宰英直直凝視著沒有迴避視線的尚宇，給予他逃跑的時間。

急促地呼出一口氣的尚宇，緊接著粗暴地抓住宰英的衣領，

突然往他的嘴唇撞了上去。

尚宇的嘴唇青澀且粗魯地在宰英雙唇上蹂躪著。

過了不久，清醒的尚宇想要移開自己的嘴唇，

這次則是宰英溫柔地托住尚宇的頸項，好好地給了他一個吻。

尚宇一開始雖然想要抵抗，卻漸漸臣服在宰英熟練的技巧下……

導演
指示

因為呼吸不順而
分開的嘴唇，
大口呼吸的兩人。

此時，黑膠唱片機的音樂戛然而止。

尚宇也跟著完全清醒，推開宰英並逃離餐桌。

宰英連忙追上去。

S#3. 餐廳前／夜晚

酒醒後一回神，對自己做的事感到暈眩的尚宇，

露出一臉混亂的表情，因為不知如何是好而跑了出來。

張宰英劇本

導演
指示

都接過吻了，
只剩下正式
開始交往……
開什麼玩笑！！
冤枉、荒唐！

宰英　又想逃跑嗎？

一轉眼間已經追上的宰英抓住尚宇的肩膀，讓他轉身面對自己。
站在餐廳前互相對峙的宰英和尚宇。　　＊不停喘氣

宰英　親了我兩次，就要負起責任，你怎麼可以逃走？

尚宇　（聽到『兩次』而受到衝擊，支支吾吾地）第一次……是我對不起你。
　　　沒有什麼好辯解的，是我的錯。
　　　但是，第二次是雙方的過失，就當成沒這回事吧！

宰英　雙方的過失？

尚宇　這次是因為喝了酒才犯下的失誤，我們兩個都喝得很醉了……

宰英　（OL）這不是失誤。

尚宇　！！

宰英　（目不轉睛地盯著）你分明跟我有一樣感覺，難道不是嗎？

尚宇　我哪有什麼感覺？（想要迴避）

大步靠近尚宇的宰英，把手抵在尚宇的胸膛上。

宰英　別說這麼多了。你看到我的時候，這裡會不會跳？

尚宇　（哼……憋著氣，甩開宰英的手）不會跳的話就沒命了。

宰英　誰想聽你上生物課啊？

尚宇　這只是暫時的現象。只要稍微拉開距離……就會沒事的。

宰英　（嘆氣，用不知道該拿尚宇如何是好的眼神看著）尚宇……

尚宇　（焦急地）所以，請不要放棄「蔬菜大冒險」，
　　　拜託你堅持到最後吧！

宰英　（感到頭痛）你在這種狀況下，還在擔心遊戲嗎？讓人心煩的傢伙……
　　　（走近）都到了這個地步，我怎麼可能停得下來？

尚宇　（向後退）

宰英　　又想逃跑嗎？

一轉眼間已經追上的宰英抓住尚宇的肩膀，讓他轉身面對自己。
站在餐廳前互相對峙的宰英和尚宇。　　＊不停喘氣

宰英　　親了我兩次，就要負起責任，你怎麼可以逃走？
尚宇　　（聽到『兩次』而受到衝擊，支支吾吾地）第一次……是我對不起你。
　　　　沒有什麼好辯解的，是我的錯。
　　　　但是，第二次是雙方的過失，就當成沒這回事吧！
宰英　　雙方的過失？
尚宇　　這次是因為喝了酒才犯下的失誤，我們兩個都喝得很醉了……
宰英　　（OL）這不是失誤。
尚宇　　！！
宰英　　（目不轉睛地盯著）你分明跟我有一樣感覺，難道不是嗎？
尚宇　　我哪有什麼感覺？（想要迴避）

> 導演
> 指示
>
> 因為工作室的
> 那次親吻被發
> 現而覺得衝擊。

大步靠近尚宇的宰英，把手抵在尚宇的胸膛上。

宰英　　別說這麼多了。你看到我的時候，這裡會不會跳？
尚宇　　（哼……憋著氣，甩開宰英的手）不會跳的話就沒命了。
宰英　　誰想聽你上生物課啊？
尚宇　　這只是暫時的現象。只要稍微拉開距離……就會沒事的。
宰英　　（嘆氣，用不知道該拿尚宇如何是好的眼神看著）尚宇……
尚宇　　（焦急地）所以，請不要放棄「蔬菜大冒險」，
　　　　拜託你堅持到最後吧！
宰英　　（感到頭痛）你在這種狀況下，還在擔心遊戲嗎？讓人心煩的傢伙……
　　　　（走近）都到了這個地步，我怎麼可能停得下來？
尚宇　　（向後退）

宰英　　你要我裝作毫不在意，繼續在你身邊製作那個遊戲？這像話嗎？

尚宇　　（自我克制）沒問題的。只要壓抑慾望，用理性……

尚宇為了躲避宰英而被逼到牆邊。前有宰英，後有牆壁，退路都被擋住了。

宰英　　（忍住怒氣）你是故意要惹我生氣才這樣嗎？

尚宇　　（生氣地）那麼你要我怎麼辦？難道要我跟你談戀愛嗎？

宰英　　那又有什麼不可以？！

尚宇　　！！

宰英　　我們都接過吻了，區區的約會和戀愛，又有什麼不行的~啊~？

尚宇　　（連想都沒想過）這又是在胡說八道什麼……

　　　　不要再說奇怪的話了！

感到混亂的尚宇覺得不能再這樣下去，

於是用手肘朝宰英的腰猛力一撞，接著連忙逃走。

宰英突然遭到攻擊，慘叫了一聲彎下腰。

宰英　　那小子真的是……！！

3b. 餐廳，巷弄／夜晚

宰英眼中冒出狠戾之氣，朝著尚宇追去。

尚宇因為驚嚇而全速逃跑。兩人的追逐戰持續了一陣子。

沒過多久，宰英便緊緊抓住了尚宇的連帽T恤。

尚宇　　（不斷掙扎）放……放開我！！

宰英　　沒禮貌，動不動就逃跑的習慣是從哪裡學的？把話~這麼~說清楚再走！！

宰英看到經過的路人都向他們投來奇怪的目光……

266

宰英　　你要我裝作毫不在意，繼續在你身邊製作那個遊戲？這像話嗎？

尚宇　　（自我克制）沒問題的。只要壓抑慾望，用理性……

尚宇為了躲避宰英而被逼到牆邊。前有宰英，後有牆壁，退路都被擋住了。

宰英　　（忍住怒氣）你是故意要惹我生氣才這樣嗎？

尚宇　　（生氣地）那麼你要我怎麼辦？難道要我跟你談戀愛嗎？

宰英　　那又有什麼不可以？！

尚宇　　！！

宰英　　我們都接過吻了，區區的約會和戀愛，又有什麼不行的？

尚宇　　（連想都沒想過）這又是在胡說八道什麼……

　　　　不要再說奇怪的話了！

感到混亂的尚宇覺得不能再這樣下去，

於是用手肘朝宰英的腰猛力一撞，接著連忙逃走。

宰英突然遭到攻擊，慘叫了一聲彎下腰。

宰英　　那小子真的是……！！

3b. 餐廳，巷弄／夜晚

宰英眼中冒出狠戾之氣，朝著尚宇追去。

尚宇因為驚嚇而全速逃跑。兩人的追逐戰持續了一陣子。

沒過多久，宰英便緊緊抓住了尚宇的連帽T恤。

尚宇　　（不斷掙扎）放……放開我！！

宰英　　沒禮貌，動不動就逃跑的習慣是從哪裡學的？把話說清楚再走！！

宰英看到經過的路人都向他們投來奇怪的目光……

於是抓著尚宇的衣領將他拉進後巷。

S#4. 餐廳，後巷／夜晚

在昏暗的巷子裡，「咚！」一聲撞在牆上的尚宇，
恐懼地看著眼前平息著怒火的宰英，神色略顯驚慌。
不過他依舊不放棄，再次尋找著逃跑的機會，左腳稍稍向旁邊伸出。

宰英　　你敢逃跑就死定了。你先等一下，讓我想想。

吃了一驚而收回左腳，尚宇用端正的姿態，靜靜等待著。
宰英無言地看著那樣的尚宇，最終還是贏不了他，只能發出投降的嘆息。

宰英　　秋尚宇。
尚宇　　（緊張地看著）
宰英　　如果遇到問題，接近核心並移除那個原因，不是你的方式嗎？
尚宇　　（被戳中要害，卻又固執地）所以呢？
　　　　你該不會要告訴我，談戀愛就是解決方法吧？
宰英　　（想要勸誘）如果真的不知道，那就試一下兩週的體驗版嘛！
尚宇　　（不可思議地）學長是什麼影音平臺嗎？
宰英　　怎麼？你害怕自己最後想要長期訂閱嗎？
尚宇　　（堅決地）怎麼可能！

尚宇和嘴上說的不同，露出稍微動搖的表情，
這種煩惱對他來說很陌生，也很折磨人。
宰英看著尚宇因為煎熬而動搖的表情，心裡有些不是滋味，
於是他用稍微緩和的態度，握住尚宇的手，接著放在尚宇心臟的位置。

宰英　　不要逃避，也不要忽視，好好感受一下吧！

導演指示

有如在說服尚宇。

於是抓著尚宇的衣領將他拉進後巷。

S#4. 餐廳，後巷／夜晚

在昏暗的巷子裡，「咚！」一聲撞在牆上的尚宇，
恐懼地看著眼前平息著怒火的宰英，神色略顯驚慌。
不過他依舊不放棄，再次尋找著逃跑的機會，左腳稍稍向旁邊伸出。

宰英　　你敢逃跑就死定了。你先等一下，讓我想想。

吃了一驚而收回左腳，尚宇用端正的姿態，靜靜等待著。
宰英無言地看著那樣的尚宇，最終還是贏不了他，只能發出投降的嘆息。

宰英　　秋尚宇。
尚宇　　（緊張地看著）
宰英　　如果遇到問題，接近核心並移除那個原因，不是你的方式嗎？
尚宇　　（被戳中要害，卻又固執地）所以呢？
　　　　你該不會要告訴我，談戀愛就是解決方法吧？
宰英　　（想要勸誘）如果真的不知道，那就試一下兩週的體驗版嘛！
尚宇　　（不可思議地）學長是什麼影音平臺嗎？
宰英　　怎麼？你害怕自己最後想要長期訂閱嗎？
尚宇　　（堅決地）怎麼可能！

尚宇和嘴上說的不同，露出稍微動搖的表情，
這種煩惱對他來說很陌生，也很折磨人。
宰英看著尚宇因為煎熬而動搖的表情，心裡有些不是滋味，
於是他用稍微緩和的態度，握住尚宇的手，接著放在尚宇心臟的位置。

宰英　　不要逃避，也不要忽視，好好感受一下吧！

這麼一來，現在折磨著你的混亂說不定也會就此消失。

尚宇看向自己被宰英握住的手，
意識到宰英的大拇指輕輕摩娑著自己的手背，卻沒有收回手。

尚宇　　……請給我時間考慮你的提議。

從宰英和尚宇在寂靜夜空下凝視著對方的樣子／淡出。

S#5. 圖書館前／白天

眼鏡配上運動服的打扮，腰側夾著厚厚一疊課本的學生們，
在圖書館裡走來走去。
四周瀰漫著考試期間的蕭瑟氣氛。

S#6. 工學院，教室／白天

帶著一臉苦澀的表情，尚宇深深嘆了口氣，走進教室。

尚宇　　幹嘛要拖時間啊……

坐在座位上盯著手機的尚宇，心想著是不是要現在拒絕宰英，
於是打開了通訊軟體，卻在一陣猶豫後，
又再次關掉。
在尚宇確認了待辦清單上的「準備期中考複習目錄」
並打開書本的畫面上……

導演
指示

與尚宇趴著的
姿勢相同（S#6）
Reverse

宰英　　（E）唉……考試到底什麼時候結束啊……

S#7. 咖啡廳／白天

歪歪斜斜地坐在咖啡廳的椅子上，猛吸著美式咖啡的宰英，
臉上露出無聊的表情。
在他面前正準備著主修科目考試的宥娜，厭煩地瞪著那樣的宰英。

這麼一來，現在折磨著你的混亂說不定也會就此消失。

尚宇看向自己被宰英握住的手，
意識到宰英的大拇指輕輕摩娑著自己的手背，卻沒有收回手。

尚宇　　……請給我時間考慮你的提議。

從宰英和尚宇在寂靜夜空下凝視著對方的樣子／淡出。

S#5. 圖書館前／白天

眼鏡配上運動服的打扮，腰側夾著厚厚一疊課本的學生們，
在圖書館裡走來走去。
四周瀰漫著考試期間的蕭瑟氣氛。

S#6. 工學院，教室／白天

帶著一臉苦澀的表情，尚宇深深嘆了口氣，走進教室。

> 導演
> 指示
>
> 凌亂的書桌擺設，彷彿
> 昏倒般趴在桌上的尚宇。
> （尚宇絕對不會
> 做的行動）

尚宇　　幹嘛要拖時間啊……

坐在座位上盯著手機的尚宇，心想著是不是要現在拒絕宰英，
於是打開了通訊軟體，卻在一陣猶豫後，又再次關掉。
在尚宇確認了待辦清單上的「準備期中考複習目錄」並打開書本的畫面上……

宰英　　（E）唉……考試到底什麼時候結束啊……

S#7. 咖啡廳／白天

歪歪斜斜地坐在咖啡廳的椅子上，猛吸著美式咖啡的宰英，
臉上露出無聊的表情。
在他面前正準備著主修科目考試的宥娜，厭煩地瞪著那樣的宰英。

宥娜	你在開玩笑嗎？連開始都還沒有，在那裡說什麼喪氣話啊……
宰英	我說的不是那個考試，而是張宰英的耐性測試。
	（整個人癱在椅子上）做了跟自己個性不合的事，真是要命……
宥娜	說什麼啊……（丟出書本）如果沒事可做，就幫我猜猜必考題吧！
宰英	啊，我突然肚子餓了！ 肚子超餓的！
	（拿出手機）找高卓過來一起吃個飯 吧
宥娜	（瞪視）真是對我的人生沒有幫助的傢伙。

宰英露出討人厭的笑容，接著撥了電話給亨卓。

亨卓正好在這時走進咖啡廳。

宰英抬起手，想要向他打招呼，但亨卓看了來電者之後，卻直接掛斷電話。

「那傢伙？」緊緊皺起眉頭的宰英。

宰英	喂！高亨卓！！
亨卓	（和宰英對上眼，嚇了一跳）

「我都看到了！」宰英比出警告的手勢，朝他勾了勾手指。

亨卓嗚噎一聲，乖乖地走向宰英和宥娜的座位。

（切換至）

畫面跳轉。像罪人般雙手交疊坐在宰英面前的亨卓。宰英轉換成審問模式。

宥娜雖然看著書，想要專心準備考試，看起來卻非常不鎮定。

宰英	（雙手抱著胸）我還在想最近你怎麼常常已讀不回。
	以為你只是在讀書，沒想到居然連遇到了，也敢裝作沒看到？
亨卓	（氣呼呼地嘟起嘴）
宰英	你做對了什麼，竟敢給我嘟嘴？還不快給我解釋清楚！

有直立式的燈具嗎？
有的話，
往亨卓的臉照！
就像犯罪調查
一樣。

宥娜　你在開玩笑嗎？連開始都還沒有，在那裡說什麼喪氣話啊……

宰英　我說的不是那個考試，而是張宰英的耐性測試。

　　　（整個人攤在椅子上）做了跟自己個性不合的事，真是要命……

宥娜　說什麼啊……（丟出書本）如果沒事可做，就幫我猜猜必考題吧！

宰英　啊，我突然肚子餓了！

　　　（拿出手機）找高卓過來一起吃個飯～～

宥娜　（瞪視）真是對我的人生沒有幫助的傢伙。

宰英露出討人厭的笑容，接著撥了電話給亨卓。

亨卓正好在這時走進咖啡廳。

宰英抬起手，想要向他打招呼，但亨卓看了來電者之後，卻直接掛斷電話。

「那傢伙？」緊緊皺起眉頭的宰英。

宰英　喂！高亨卓！！

亨卓　（和宰英對上眼，嚇了一跳）

「我都看到了！」宰英比出警告的手勢，朝他勾了勾手指。

亨卓嗚噎一聲，乖乖地走向宰英和宥娜的座位。

（切換至）

畫面跳轉。像罪人般雙手交疊坐在宰英面前的亨卓。宰英轉換成審問模式。

宥娜雖然看著書，想要專心準備考試，看起來卻非常不鎮定。

宰英　（雙手抱著胸）我還在想最近你怎麼常常已讀不回。

　　　以為你只是在讀書，沒想到居然連遇到了，也敢裝作沒看到？

亨卓　（氣呼呼地嘟起嘴）

宰英　你做對了什麼，竟敢給我嘟嘴？還不快給我解釋清楚！

273

宥娜　（忍不住地）他喜歡的人好像喜歡你啦。

亨卓　（猛然站起）啊，姊～～！

宥娜　幹嘛隱瞞？你打算一直憋在心裡，永遠不跟張宰英見面了嗎？

亨卓　（看了宰英一眼，坐在空位上）可惡……

宰英　什麼啊？是誰……（仔細一想，覺得荒唐）柳智慧？

亨卓　（一臉下一秒就會哭出來的表情）一起吃飯的時候，

　　　她開口閉口都是哥的事！

　　　問我哥的理想型是什麼樣的人、戀愛的風格是什麼、會不會先告白，

　　　甚至還問我你現在有沒有喜歡的人！！

亨卓哭哭啼啼地趴在桌上。

宰英憐惜地伸出手，輕輕摸著亨卓的後腦杓……然後「啪！」打了他一掌。

亨卓　啊！

宰英　喂，她才不喜歡我！她很討厭我。

亨卓　（哽咽地）哥怎麼知道！

　　　被單戀的當事人本來就是最看不清的那個！

宰英　（抓狂地）我知道！我比你更清楚。

亨卓　啊，不管啦……我現在玩完了……

　　　她還說考完試就要告白。

宰英　！！

亨卓　哥……你會接受嗎？應該不會接受吧……

　　　看在我們之間的友情份上……

　　　　　　　　　　　　　　　　　　　　　　這麼看重友情的

宰英　（敲了亨卓的腦袋）講義氣的人，居然還裝作沒看到我？

　　　算了。（把自己的手機丟給亨卓）把柳智慧的號碼給我一下。

亨卓　（覺得被背叛）哥！！

宰英　快、點（獨自下定決心），我得在一開始就斬草除根。

宥娜疑惑地看著宰英不太尋常的反應。

宥娜	（忍不住地）他喜歡的人好像喜歡你啦。
亨卓	（猛然站起）啊，姊～～！
宥娜	幹嘛隱瞞？你打算一直憋在心裡，永遠不跟張宰英見面了嗎？
亨卓	（看了宰英一眼，坐在空位上）可惡……
宰英	什麼啊？是誰……（仔細一想，覺得荒唐）柳智慧？
亨卓	（一臉下一秒就會哭出來的表情）一起吃飯的時候，

她開口閉口都是哥的事！

問我哥的理想型是什麼樣的人、戀愛的風格是什麼、會不會先告白，

甚至還問我你現在有沒有喜歡的人！！

亨卓哭哭啼啼地趴在桌上。

宰英憐惜地伸出手，輕輕摸著亨卓的後腦杓……然後「啪！」打了他一掌。

亨卓	啊！
宰英	喂，她才不喜歡我！她很討厭我。
亨卓	（哽咽地）哥怎麼知道！

被單戀的當事人本來就是最看不清的那個！

宰英	（抓狂地）我知道！我比你更清楚。
亨卓	啊，不管啦……我現在玩完了……

她還說打算考完試就要告白。

宰英	！！
亨卓	哥……你會接受嗎？應該不會接受吧……

看在我們之間的友情份上……

宰英	（敲了亨卓的腦袋）講義氣的人，居然還裝作沒看到我？

算了。（把自己的手機丟給亨卓）把柳智慧的號碼給我一下。

亨卓	（覺得被背叛）哥！！
宰英	快、點（獨自下定決心），我得在一開始就斬草除根。

宥娜疑惑地看著宰英不太尋常的反應。

S#8. 散步小徑，自動販賣機前／白天

宰英坐在桌前，開了一罐「黑色狂熱」咖啡悠閒她喝著。

智慧站在他的面前，猜測著宰英為什麼要約她見面。

宰英　　咳⋯⋯不管什麼時候喝，都很難喝！ *這麼*

　　　　他的口味還真是特別，對吧？

智慧　　生菜哥現在已經不喝那個了。 *嗎*

宰英　　（頓了一下，盯著智慧看）智慧，妳喜歡我？

智慧　　（感到荒唐而沒了緊張的感覺）什麼？？

宰英　　聽說妳向亨卓問了一堆有關我的事。

智慧　　（慌張地）啊，那個⋯⋯只是因為人都會有的好奇心⋯⋯

宰英　　（站起來與智慧對視）不要去告白。

智慧　　（覺得傻眼）我才不喜歡學長！ *堅定地！*

宰英　　我喜歡，秋尚宇。

> **導演指示**
> 宰英因為智慧的挑釁而露出不高興的表情，卻又馬上恢復平靜。

因為這句直擊而暈頭轉向的智慧。兩人之間瀰漫著宛如暴風雨前的氣氛。

接著，各自抱著胸，站在原地互相對峙的宰英和智慧，眼中冒出激烈的火花。

宰英　　所以，妳還是放棄吧！就算真的告白了，答案也可想而知嘛！

　　　　（模仿尚宇口氣）「抱歉，我沒有時間浪費在那種事上。」

智慧　　（感覺很差）感謝你的建議，不過你也管得太多了。

　　　　學長跟我應該是差不多的處境，所以我應該沒有放棄的理由吧？

宰英　　（不順眼地看著）好吧！我可以充分理解妳的心情。

　　　　（沉浸在感嘆中）秋尚宇⋯⋯的確很令人垂涎。

　　　　頭腦聰明、長得可愛、還是個徹底守法的好公民，

　　　　畢業後應該也很會賺錢。 *又好看*

智慧　　（傻眼，他幹嘛這樣）

宰英　　（態度突變）不過，我也不打算退縮。

　　　　如果妳打算像現在這樣繼續在他身邊打轉，就得做好和我對抗的覺悟。

S#8. 散步小徑，自動販賣機前／白天

宰英坐在桌前，開了一罐「黑色狂熱」咖啡悠閒地喝著。

智慧站在他的面前，猜測著宰英為什麼要約她見面。

宰英	咳……不管什麼時候喝，都很難喝！他的口味還真是特別，對吧？
智慧	生菜哥現在已經不喝那個了。
宰英	（頓了一下，盯著智慧看）智慧，妳喜歡我？
智慧	（感到荒唐而沒了緊張的感覺）什麼？？
宰英	聽說妳向亨卓問了一堆有關我的事。
智慧	（慌張地）啊，那個……只是因為人都會有的好奇心……
宰英	（站起來與智慧對視）不要去告白。
智慧	（覺得傻眼）我才不喜歡學長！
宰英	我喜歡，秋尚宇。

因為這句直擊而暈頭轉向的智慧。兩人之間瀰漫著宛如暴風雨前的氣氛。

接著，各自抱著胸，站在原地互相對峙的宰英和智慧，眼中冒出激烈的火花。

宰英	所以，妳還是放棄吧！就算真的告白了，答案也可想而知嘛！
	（模仿尚宇口氣）「抱歉，我沒有時間浪費在那種事上。」
智慧	（感覺很差）感謝你的建議，不過你也管得太多了。
	學長跟我應該是差不多的處境，所以我應該沒有放棄的理由吧？
宰英	（不順眼地看著）好吧！我可以充分理解妳的心情。
	（沉浸在感嘆中）秋尚宇……的確很令人垂涎。
	頭腦聰明、長得可愛，還是個徹底守法的好公民，
	畢業後應該也很會賺錢。
智慧	（傻眼，他幹嘛這樣）
宰英	（態度突變）不過，我也不打算退縮。
	如果妳打算像現在這樣繼續在他身邊打轉，就得做好和我對抗的覺悟。

智慧	（不情願地）生菜哥也知道學長是這種人嗎？
宰英	應該比妳還清楚吧？我們之間是比妳想的還要「深厚」的那種關係。
	（遊刃有餘的表情）
智慧	（沒有反駁這點的餘地而感到委屈）
宰英	啊，不過，我說妳啊……
	幹嘛叫一個跟妳完全沒有血緣的人「哥哥」啊？
	而且，竟敢這麼沒禮貌，用蔬菜幫尊敬的學長取綽號？
智慧	（不服輸）生菜哥說我可以這樣叫他！
宰英	我不喜歡。妳不准這樣叫。
	如果一定要叫他，就叫他「秋先生」吧！喂，秋先生！像這樣。
智慧	（覺得荒唐地）什麼？

智慧傻眼地看著耍賴的宰英。

S#9. 美術學院，工作室／白天

坐在少了宰英的工作室書桌前，

喀答喀答地像節拍器一樣以穩定的頻率點擊著滑鼠的尚宇，

配合著節拍看了一眼宰英的座位，又隨即收回視線，就這樣不斷重覆著。

雖然令人煩躁，卻還是咬牙忍住、想要好好讀書的宥娜，

不知不覺也跟著拍子搖擺了起來。

忍無可忍之下，她最後「啪！」一聲蓋起了原本正在看的書。

宥娜	真是的……好不容易下定決心要好好讀書！！
	秋生菜，怎麼連你也這麼煩啊？啊，要幫你叫張宰英過來嗎？
尚宇	都跟妳說不用了……
宥娜	唉……真是讓人鬱悶。不要把話一直憋在心裡不說，
	如果有什麼好奇的事，儘管問我。只要是我知道的，我都會盡量回答。

宥娜把椅子完全轉過去，擺出準備回答問題的架式。

尚宇稍微打量了一下宥娜，隨即蓋上筆電，開始正式提問。

智慧	（不情願地）生菜哥也知道學長是這種人嗎？
宰英	應該比妳還清楚吧？我們之間是比妳想的還要「深厚」的那種關係。
	（遊刃有餘的表情）
智慧	（沒有反駁這點的餘地而感到委屈）
宰英	啊，不過，我說妳啊……
	幹嘛叫一個跟妳完全沒有血緣的人「哥哥」啊？
	而且，竟敢這麼沒禮貌，用蔬菜幫尊敬的學長取綽號？
智慧	（不服輸）生菜哥說我可以這樣叫他！
宰英	我不喜歡。妳不准這樣叫。
	如果一定要叫他，就叫他「秋先生」吧！喂，秋先生！像這樣。
智慧	（覺得荒唐地）什麼？

智慧傻眼地看著要賴的宰英。

S#9. 美術學院，工作室／白天

坐在少了宰英的工作室書桌前，

喀答喀答地像節拍器一樣以穩定的頻率點擊著滑鼠的尚宇，

配合著節拍看了一眼宰英的座位，又隨即收回視線，就這樣不斷重覆著。

雖然令人煩躁，卻還是咬牙忍住、想要好好讀書的宥娜，

不知不覺也跟著拍子搖擺了起來。

忍無可忍之下，她最後「啪！」一聲蓋起了原本正在看的書。

宥娜	真是的……好不容易下定決心要好好讀書！！
	秋生菜，怎麼連你也這麼煩啊？啊，要幫你叫張宰英過來嗎？
尚宇	都跟妳說不用了……
宥娜	唉……真是讓人鬱悶。不要把話一直憋在心裡不說，
	如果有什麼好奇的事，儘管問我。只要是我知道的，我都會盡量回答。

宥娜把椅子完全轉過去，擺出準備回答問題的架式。

尚宇稍微打量了一下宥娜，隨即蓋上筆電，開始正式提問。

尚宇　宰英學長以前交往對象的情報和時間，請把妳知道的告訴我。

宥娜　（噴）啊～～我最討厭戀愛諮詢了……

尚宇　不是那樣的。我只是為了預測未來，需要過去的數據而已。

　　　　不論如何，都只是為了預知變數。

宥娜　（挖了挖耳朵）到底在說什麼啊……

　　　　總之，你想知道的就是張宰英的戀愛史嘛！

尚宇　（點頭）

宥娜　嗯……就拿我現在大概想得起來的來說……

　　　　「新生時期，和系上的學姊當了兩個月的校園情侶。

　　　　接下來是舞蹈系姊姊、空服員姊姊……」

宥娜伸出拳頭，一根一根攤開手指。每攤開一根，尚宇的表情也跟著漸漸僵硬。
畫面跳轉，最後以第七個人結束的宥娜，露出輕鬆的表情。

宥娜　總之，我知道的大概就是這些。

　　　　幾乎都沒有交往多久，而且大部分都是年紀比他大的女生。

尚宇　……（表情越來越嚴肅）分手的原因呢？

宥娜　你也知道他的個性嘛！喜新厭舊又沒耐性，

　　　　對於感情，好像也不是特別認真的類型。

是嗎？尚宇突然回想起在餐廳等待著自己回答的宰英。

INS ＞#4，宰英沒有催促尚宇，只是靜靜地用拇指摩娑著自己手背。

宥娜　啊，還有人這麼說過。他不會做什麼親密表現，個性又冷淡，

　　　　正好是會讓戀人覺得心寒的類型。

尚宇　（好像不是耶……無法產生認同感）

宥娜　（咧嘴一笑）怎麼樣？他不會這樣對你嗎？

尚宇　就說不是那樣了！！

宥娜　好吧～～就算是那樣。不過，你不覺得那傢伙最近好像有點不一樣了嗎？

尚宇　　宰英學長以前交往對象的情報和時間，請把妳知道的告訴我。

（手寫）都

宥娜　　（噴）啊～～我最討厭戀愛諮詢了……

尚宇　　不是那樣的。我只是為了預測未來，需要過去的數據而已。
　　　　不論如何，都只是為了預知變數。

宥娜　　（挖了挖耳朵）到底在說什麼啊……
　　　　總之，你想知道的就是張宰英的戀愛史嘛！

尚宇　　（點頭）

宥娜　　嗯……就拿我現在大概想得起來的來說……
　　　　「新生時期，和系上的學姊當了兩個月的校園情侶。
　　　　接下來是舞蹈系姊姊、空服員姊姊……」

宥娜伸出拳頭，一根一根攤開手指。每攤開一根，尚宇的表情也跟著漸漸僵硬。
畫面跳轉，最後以第七個人結束的宥娜，露出輕鬆的表情。

宥娜　　總之，我知道的大概就是這些。
　　　　幾乎都沒有交往多久，而且大部分都是年紀比他大的女生。

尚宇　　……（表情越來越嚴肅）分手的原因呢？

宥娜　　你也知道他的個性嘛！喜新厭舊又沒耐性，
　　　　對於感情，好像也不是特別認真的類型。

是嗎？尚宇突然回想起在餐廳等待著自己回答的宰英。
INS＞#4，宰英沒有催促尚宇，只是靜靜地用拇指摩娑著自己手背。

宥娜　　啊，還有人這麼說過。他不會做什麼親密表現，個性又冷淡，
　　　　正好是會讓戀人覺得心寒的類型。

尚宇　　（好像不是耶……無法產生認同感）

宥娜　　（咧嘴一笑）怎麼樣？他不會這樣對你嗎？

尚宇　　就說不是那樣了！！

宥娜　　好吧～～就算是那樣。不過，你不覺得那傢伙最近好像有點不一樣了嗎？

尚宇　　（好奇地看著）

宥娜　　他說自己正在接受什麼……耐心測試……？

　　　　憑他那種個性？應該是死期快到了吧？

尚宇　　……不管怎麼說你們也是朋友，用詞也太過激烈了。

宥娜　　你又不是他的戀人，幹嘛這麼生氣啊？

尚宇　　（緊緊閉上嘴）

宥娜　　總之！雖然不知道是誰，這次他好像很認真喔～～？（偷瞄尚宇一眼）

　　　　一個人如果開始做自己不曾做過的事，就代表對方很特別，

　　　　不是嗎，秋生菜？

尚宇　　（哼）雖然很感謝妳提供情報給我，不過請不要隨便亂改別人的名字。

　　　　如果我叫妳「崔又催」，妳會高興嗎？

宥娜　　（聳肩）我覺得沒什麼差耶？

尚宇　　那麼以後我就這樣叫妳了，崔又催。

宥娜　　（咯咯笑）隨便你！（站起身）我還是去圖書館好了～～

聽了宥娜的話，想法變得複雜的尚宇，

莫名其妙拿起書桌附近那張「酷似宰英的蔬菜大冒險角色」塗鴉（宰英畫的），

把它揉得皺巴巴的。

> 導演
> 指示
>
> 把黑色狂熱
> 咖啡罐捏扁。

S#10. 美術學院，工作室前走廊／白天

和稍早的氣勢凌人不同，被現實打擊而步履蹣跚地走向工作室的宰英。

宰英　　你真是醜陋啊，張宰英……

宰英輕輕嘆了口氣，正打算走進工作室，

宥娜剛好打開工作室的門走了出來。

宥娜　　來得正好，快進去看看吧！

尚宇	（好奇地看著）

宥娜　他說自己正在接受什麼……耐心測試……？

　　　憑他那種個性？應該是死期快到了吧？

尚宇　……不管怎麼說你們也是朋友，用詞也太過激烈了。

宥娜　你又不是他的戀人，幹嘛這麼生氣啊？

尚宇　（緊緊閉上嘴）

宥娜　總之！雖然不知道是誰，這次他好像很認真喔～～？（偷瞄尚宇一眼）

　　　一個人如果開始做自己不曾做過的事，就代表對方很特別，

　　　不是嗎，秋生菜？

尚宇　（哼）雖然很感謝妳提供情報給我，不過請不要隨便亂改別人的名字。

　　　如果我叫妳「崔又催」，妳會高興嗎？

宥娜　（聳肩）我覺得沒什麼差耶？

尚宇　那麼以後我就這樣叫妳了，崔又催。

宥娜　（咯咯笑）隨便你！（站起身）我還是去圖書館好了～～

聽了宥娜的話，想法變得複雜的尚宇，

莫名其妙拿起書桌附近那張「酷似宰英的蔬菜大冒險角色」塗鴉（宰英畫的），

把它揉得皺巴巴的。

S#10. 美術學院，工作室前走廊／白天

和稍早的氣勢凌人不同，被現實打擊而步履蹣跚地走向工作室的宰英。

宰英　你真是醜陋啊，張宰英……

宰英輕輕嘆了口氣，正打算走進工作室，

宥娜剛好打開工作室的門走了出來。

宥娜　來得正好，快進去看看吧！

宰英不明所以地走了進去。

S#11. 美術學院，工作室／白天

尚宇靜靜地坐著，把雜亂地堆成一團的便利貼整齊貼在宰英的螢幕旁。
宰英以為眼前的一切是夢，揉了揉眼，再定睛一看，然後笑著走上前。

宰英　　（在尚宇面前故作賭氣貌）不是說需要考慮的時間嗎？幹嘛來這裡？還
尚宇　　（嚇了一跳，趕快換上撲克臉）我不是說要繼續製作遊戲嗎？

宰英噗哧一笑，坐在位子上，悠哉地開始追問。

宰英　　一句「我想你」而已，說得還真是拐彎抹角。什麼時候才會老實一點？你
尚宇　　……隨便你怎麼想，反正妄想是個人自由。

宰英覺得態度高傲的尚宇很討人厭，卻又有點可愛，
隨後脫下夾克，準備開始作業。

宰英　　我先從細節的渲染開始修正喔？

尚宇暗自慶幸不再找碴、就這樣結束話題的宰英，並且偷偷瞥了他一眼。
尚宇突然在宰英捲起衣袖的手臂內側，發現了模樣怪異的刺青，
覺得新奇而一直盯著看，而宰英察覺到了尚宇那樣的目光。

宰英　　快要被你看穿個洞了。
尚宇　　（假裝沒在看）
宰英　　（轉過手臂，讓尚宇可以更清楚看到刺青）怎麼？很像小混混嗎？
尚宇　　（無法輕易收回自己的在意，又再次看著）……有點。這有什麼意義嗎？

宰英不明所以地走了進去。

S#11. 美術學院，工作室／白天

導演指示 因為不想離開，所以幫忙整理張宰英的座位。

尚宇靜靜地坐著，把雜亂地堆成一團的便利貼整齊地貼在宰英的螢幕旁。
宰英以為眼前的一切是夢，揉了揉眼，再定睛一看，然後笑著走上前。

宰英　（在尚宇面前故作賭氣貌）不是說需要考慮的時間嗎？幹嘛來這裡？

尚宇　（嚇了一跳，趕快換上撲克臉）我不是說要繼續製作遊戲嗎？

宰英噗哧一笑，坐在位子上，悠哉地開始追問。

宰英　一句「我想你」而已，說得還真是拐彎抹角。
　　　　什麼時候才會老實一點？

尚宇　……隨便你怎麼想，反正妄想是個人自由。

宰英覺得態度高傲的尚宇很討人厭，卻又有點可愛，
隨後脫下夾克，準備開始作業。

宰英　我先從細節的渲染開始修正喔？

尚宇暗自慶幸不再找碴、就這樣結束話題的宰英，並且偷偷瞥了他一眼。
尚宇突然在宰英捲起衣袖的手臂內側，發現了模樣怪異的刺青，
覺得新奇而一直盯著看，而宰英察覺到了尚宇那樣的目光。

宰英　快要被你看穿個洞了。

尚宇　（假裝沒在看）

宰英　（轉過手臂，讓尚宇可以更清楚看到刺青）怎麼？很像小混混嗎？

尚宇　（無法輕易收回自己的在意，又再次看著）……有點。這有什麼意義嗎？

宰英　　沒有什麼特別的意義，只是喜歡才刺上去的。要不要也幫你畫一個？

尚宇　　不用了。

宰英完全不理會尚宇的回答，

拿起黑色的簽字筆並把椅子拉到尚宇面前，

接著拉起尚宇的手腕，溫柔地握住。

尚宇　　（想要抽回手腕）啊，你想做什麼？

宰英　　等一下，我正好想到一個很適合你的。

宰英窸窸窣窣地讓筆尖在尚宇的皮膚上流暢滑行。

大概覺得有點癢，尚宇微微一顫，最後還是輸給了好奇心而放棄抵抗。

接著，他深深凝視著宰英專心的臉。

尚宇　　（壓抑著感情）你在畫什麼？

宰英　　你喜歡的東西。

尚宇覺得宰英現在畫了什麼已經不重要，

在這個瞬間只能感覺因為強烈的心動而不停衝撞的心臟。

S#12. 聯排住宅前，街道／夜晚

並肩走在回家路上的尚宇和宰英。

尚宇的手腕上多了一個可愛的蘿蔔人塗鴉，覺得神奇而持續看著。

宰英　　（咧嘴笑）看來你很喜歡，一直在看呢？

尚宇　　（急忙拉下袖子，裝蒜）這個要洗掉的話，應該會花不少時間。

宰英　　（笑著說）我好不容易才畫好的，可不能那麼容易就被洗掉～～

宰英　　沒有什麼特別的意義，只是喜歡才刺上去的。要不要也幫你畫一個？

尚宇　　不用了。

宰英完全不理會尚宇的回答，

拿起黑色的簽字筆，把椅子拉到尚宇面前，

接著拉起尚宇的手腕，溫柔地握住。

尚宇　　（想要抽回手腕）啊，你想做什麼？

宰英　　等一下，我正好想到一個很適合你的。

宰英窸窸窣窣地讓筆尖在尚宇的皮膚上流暢滑行。

大概覺得有點癢，尚宇微微一顫，最後還是輸給了好奇心而放棄抵抗。

接著，他深深凝視著宰英專心的臉。

尚宇　　（壓抑著感情）你在畫什麼？

宰英　　你喜歡的東西。

尚宇覺得現在宰英畫了什麼已經不重要，

在這個瞬間只能感覺因為強烈的心動而不停衝撞的心臟。

S#12. 聯排住宅前，街道／夜晚

並肩走在回家路上的尚宇和宰英。

尚宇的手腕上多了一個可愛的蘿蔔人塗鴉，覺得神奇而持續看著。

宰英　　（咧嘴笑）看來你很喜歡，一直在看呢？

尚宇　　（急忙拉下袖子，裝蒜）這個要洗掉的話，應該會花不少時間。

宰英　　（笑著說）我好不容易才畫好的，可不能那麼容易就被洗掉～～

那一瞬間，宰英帶著笑意的側臉映入眼簾，尚宇靜靜地看著。

尚宇　　學長。

宰英　　嗯？

尚宇　　在兩週的體驗版裡，我們可以做些什麼？

宰英聽到尚宇的話而停下腳步，尚宇也跟著停了下來。

尚宇　　我的意思不是現在要決定……

宰英突然抓住尚宇的手，與他十指交扣。因為驚嚇而僵住的尚宇。

宰英　　和我手牽手。

這次宰英用另一隻手捧起尚宇的臉。
尚宇因為緊張而全身僵硬。宰英的拇指緩緩掃過尚宇的嘴唇。

> 導演
> 指示
>
> 用十指交扣的手
> 把尚宇拉向自己。
> 凝視著嘴唇，然後互
> 相凝望……

宰英　　接吻已經做過了……
　　　　（停頓）接下來……

尚宇覺得慌張而悄悄往後退，
宰英用手掌罩住尚宇的頸項，將他拉入了自己懷中。
因為心臟跳個不停而暈頭轉向的尚宇，不由自主地想要繼續倚靠這副胸膛……
宰英卻突然鬆開懷抱。

宰英　　預覽到此為止！

那一瞬間，宰英帶著笑意的側臉映入眼簾，尚宇靜靜地看著。

尚宇　　學長。

宰英　　嗯？

尚宇　　在兩週的體驗版裡，我們可以做些什麼？

宰英聽到尚宇的話而停下腳步，尚宇也跟著停了下來。

尚宇　　我的意思不是現在要決定……

宰英突然抓住尚宇的手，與他十指交扣。因為驚嚇而僵住的尚宇。

宰英　　和我手牽手。

這次宰英用另一隻手捧起尚宇的臉。
尚宇因為緊張而全身僵硬。宰英的拇指緩緩掃過尚宇的嘴唇。

宰英　　接吻已經做過了……
　　　　（停頓）接下來……

導演
指示

尚宇感受著
擁抱，心動、
溫暖。

尚宇覺得慌張而悄悄往後退，
宰英用手掌罩住尚宇的頸項，將他拉入了自己懷中。
因為心臟跳個不停而暈頭轉向的尚宇，不由自主地想要繼續倚靠這副胸膛……
宰英卻突然鬆開懷抱。

宰英　　預覽到此為止！

宰英淘氣地看著因為空虛感而以疑惑的姿勢站著的尚宇。

宰英　怎麼樣，有產生一點想購買的慾望了嗎？
尚宇　（推開）並沒有。

尚宇隱藏住惋惜，逕自走在前面。
宰英一邊捉弄他：「不是耶？你一臉想要立刻結帳的表情耶？」
一邊跟了上去。

S#13. 尚宇的家，床上／夜晚

就寢之前，尚宇趴在床上仔細打量著手腕上的蘿蔔人塗鴉。
接著，想起稍早前的畫面，用手指輕輕撫摸著自己的嘴唇。
INS ＞#12，宰英輕輕掃過尚宇嘴唇的拇指。
以及#9，「一個人如果開始做過自己不曾做過的事，就代表對方很特別。」

尚宇　兩週左右……應該值得一試吧？

因為騷動的心而無法輕易入睡，不停翻來覆去的尚宇。
尚宇翻身正面躺著，T恤上寫著「YES」的字樣。

S#14. 美術學院前／白天

走向工作室的尚宇，喃喃自語地練習著要向宰英說的話。

尚宇　我要公布考慮的結果。（歪頭）會不會太公事公辦了啊？
　　　　（咳咳！清了清喉嚨）學長的提議，我願意接受。
　　　　（再次開口）體驗版，我們試試看吧！

尚宇輕輕揚起微笑，踏著壯烈的步伐繼續走向工作室。

宰英淘氣地看著因為空虛感而以疑惑的姿勢站著的尚宇。

維持擁抱的
姿勢直接定格。

導演
指示

宰英　　怎麼樣，有產生一點想購買的慾望了嗎？

尚宇　　（推開）並沒有。

尚宇隱藏住惋惜，逕自走在前面。

宰英一邊捉弄他：「不是耶？你一臉想要立刻結帳的表情耶？」

一邊跟了上去。

S#13. 尚宇的家，床上／夜晚

就寢之前，尚宇趴在床上仔細打量著手腕上的蘿蔔人塗鴉。

接著，想起稍早前的畫面，用手指輕輕撫摸著自己的嘴唇。

INS ＞#12，宰英輕輕掃過尚宇嘴唇的拇指。

以及#9，「一個人如果開始做自己不曾做過的事，就代表對方很特別。」

尚宇　　兩週左右……應該值得一試吧？

因為騷動的心而無法輕易入睡，不停翻來覆去的尚宇。

尚宇翻身正面躺著，T恤上寫著「YES」的字樣。

S#14. 美術學院前／白天

走向工作室的尚宇，喃喃自語地練習著要向宰英說的話。

尚宇　　我要公布考慮的結果。（歪頭）會不會太公事公辦了啊？

　　　　（咳咳！清了清喉嚨）學長的提議，我願意接受。

　　　　（再次開口）體驗版，我們試試看吧！

尚宇輕輕揚起微笑，踏著壯烈的步伐繼續走向工作室。

S#15. 美術學院，工作室／白天

因為緊張而用雙手緊緊抓住背包揹帶，然後踏進工作室的尚宇，
發現緊挨著坐在沙發上，一起看著電腦螢幕的宰英、亨卓和學弟們，
因此露出了可惜的表情。然而，該做的事不能再拖下去了。

尚宇　　學長，我有話要說。（雖然鼓起勇氣說出來）

亨卓　　瘋了！！真的是DEX？這應該不是垃圾郵件吧？

亨卓過於興奮，胡亂拍打著宰英的手臂。
宰英也因為驚訝，露出迷糊的表情，過了許久才發現尚宇的存在。

宰英　　哦！你來啦？

尚宇　　（走近）學長，我有話要跟你說……

亨卓　　（重新閱讀郵件，因為激動而抱住宰英胡亂搖晃著）

　　　　哇！真的太厲害了～～～～！

　　　　哥是韓國大學視覺設計系的驕傲！這一定要立刻在校門拉布條炫耀！！

宰英　　（往亨卓的背打了一巴掌，並把他甩開）啊，別那麼誇張……

　　　　（走向尚宇）你想要說什麼？

尚宇　　那個……（已經錯過時機，氣結地靠近）學長發生了什麼事嗎？

尚宇避開依舊在吵鬧的亨卓，走到螢幕附近看了一眼。
那是來自DEX總公司的設計師邀請郵件。（法語下面也寫著英語的內容）

敝司從張宰英設計師的作品獲得了極深的靈感，
希望能與您一起創作優秀的作品。靜候您的回覆。

尚宇因為驚訝而看了一眼貼在工作室牆上的DEX海報，接著再次看向宰英。

292

S#15. 美術學院，工作室／白天

因為緊張而用雙手緊緊抓住背包揹帶，然後踏進工作室的尚宇，
發現緊挨著坐在沙發上，一起看著電腦螢幕的宰英、亨卓和學弟們，
因此露出了可惜的表情。然而，該做的事不能再拖下去了。

尚宇　　學長，我有話要說。（雖然鼓起勇氣說出來）
亨卓　　瘋了！！真的是DEX？這應該不是垃圾郵件吧？

亨卓過於興奮，胡亂拍打著宰英的手臂。
宰英也因為驚訝，露出迷糊的表情，過了許久才發現尚宇的存在。

宰英　　哦！你來啦？
尚宇　　（走近）學長，我有話要跟你說……
亨卓　　（重新閱讀郵件，因為激動而抱住宰英胡亂搖晃著）

　　　　哇！真的太厲害了～～～～！

　　　　哥是韓國大學視覺設計系的驕傲！這一定要立刻在校門拉布條炫耀！！
宰英　　（往亨卓的背打了一巴掌，並把他甩開）啊，別那麼誇張……

　　　　（走向尚宇）你想要說什麼？
尚宇　　那個……（已經錯過時機，氣結地靠近）學長發生了什麼事嗎？

尚宇避開依舊在吵鬧的亨卓，走到螢幕附近看了一眼。
那是來自DEX總公司的設計師邀請郵件。（法語下面也寫著英語的內容）

敝司從張宰英設計師的作品獲得了極深的靈感，
希望能與您一起創作優秀的作品。靜候您的回覆。

尚宇因為驚訝而看了一眼貼在工作室牆上的DEX海報，接著再次看向宰英。

張宰英劇本

宰英　（淘氣地耀武揚威）看到了吧？你的夥伴這了不起的名氣。

尚宇　（感嘆而真心地）恭喜你，學長。

宰英　（笑著說）謝謝你。

兩人高興地微笑，互相看著對方。

亨卓　（開朗地）哥，所以你馬上要去法國了嗎？

聽到亨卓開朗的提問，微笑慢慢地從宰英和尚宇臉上消失，

兩人同時重新看了一眼寄來的郵件，然後不安地交換著視線！！

第7話 END

宰英　（淘氣地耀武揚威）看到了吧？你的夥伴這了不起的名氣。

尚宇　（感嘆而真心地）恭喜你，學長。

宰英　（笑著說）謝謝你。

兩人高興地微笑，互相看著對方。

亨卓　（開朗地）哥，所以你馬上要去法國了嗎？

聽到亨卓開朗的提問，微笑慢慢地從宰英和尚宇臉上消失，
兩人同時重新看了一眼寄來的郵件，然後不安地交換著視線！！

第7話 END

EIGHT
[SEMANTIC
ERROR]

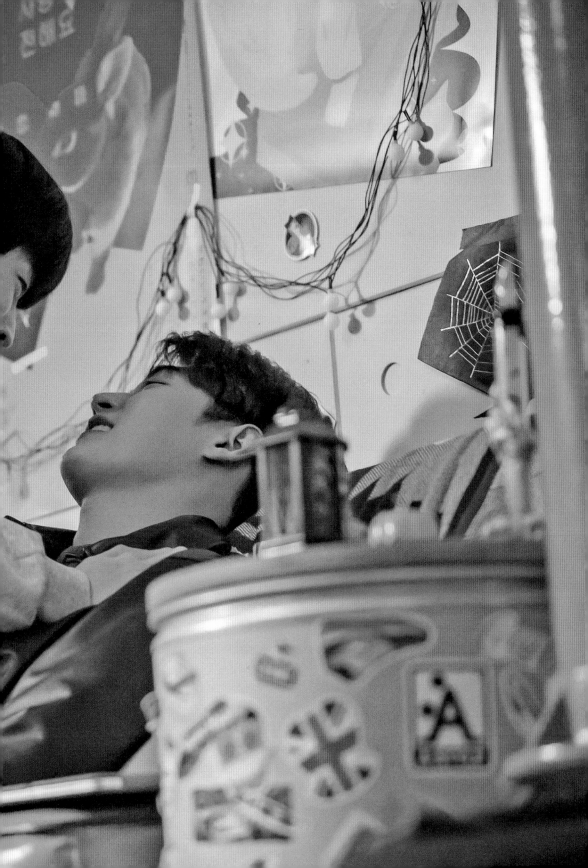

導演指示

宰英，強迫自己開朗。

S#1. 校園／白天

在安靜的氣氛下並行的尚宇和宰英。

宰英　（想要打破寂靜）你剛剛不是有話要告訴我嗎？

尚宇　（緊緊咬著下唇，然後鬆開）……沒什麼。

宰英　（觀察著神情晦暗的尚宇）DEX……還是我別去了？

尚宇　（皺眉）你是認真思考過，才這麼說的嗎？

宰英　（故作輕鬆）還有什麼需要考慮的嗎？（淡淡的笑容）

尚宇不想對宰英指手畫腳而沉默不語。
宰英將手臂搭上尚宇的肩膀。

宰英　（淘氣地）怎麼了～～老實說，你沒有我不行吧？

尚宇　（嘆氣，拿開宰英的手臂）你還是用心做完剩下的工作吧！
　　　後續的應對我會自己看著辦。

宰英　（停住）應對？什麼應對？

尚宇　（冷靜地）常喝的咖啡如果喝完，就得補上新的。
　　　這是我要自己解決的事。（繼續走）

完全明白過來的宰英，對著尚宇的背影喊著。

宰英　（像是嘆息般）秋尚宇……（停頓）對你來說，
　　　我……到底算什麼？

尚宇　（停下，最終還是不回頭）

宰英　（覺得傷自尊）算了。我大概知道了，所以你別回答。

導演指示

和第一話 S#2
展覽室類似的
角度。

受傷的宰英朝反方向轉身離去，
畫面彷彿發生故障，發出「滋滋滋」的聲響，同時顯示「錯誤」標示！

S#1. 校園／白天

在安靜的氣氛下並行的尚宇和宰英。

導演指示

滿心期待的情感完全被打斷，整個冷卻。

宰英	（想要打破寂靜）你剛剛不是有話要告訴我嗎？
尚宇	（緊緊咬著下唇，然後鬆開）……沒什麼事。
宰英	（觀察著神情晦暗的尚宇）DEX……還是我別去了？
尚宇	（皺眉）你是認真思考過，才這麼說的嗎？
宰英	（故作輕鬆）還有什麼需要考慮的嗎？（淡淡的笑容）

尚宇不想對宰英指手畫腳而沉默不語。
宰英將手臂搭上尚宇的肩膀。

宰英	（淘氣地）怎麼了～～老實說，你沒有我不行吧？
尚宇	（嘆氣，拿開宰英的手臂）你還是用心做完剩下的工作吧！後續的應對我會自己看著辦。
宰英	（停住）應對？什麼應對？
尚宇	（冷靜地）常喝的咖啡如果喝完，就得補上新的。這是我要自己解決的事。（繼續走）

完全明白過來的宰英，對著尚宇的背影喊著。

宰英	（像是嘆息般）秋尚宇……（停頓）對你來說，我……到底算什麼？
尚宇	（停下，最終還是不回頭）
宰英	（覺得傷自尊）算了。我大概知道了，所以你別回答。

受傷的宰英朝反方向轉身離去，
畫面彷彿發生故障，發出「滋滋滋」的聲響，同時顯示「錯誤」標示！

Title in ／語意錯誤

S#2. 居酒屋，餐桌／夜晚

宰英和包含宥娜、亨卓、秀英在內約五、六名朋友們，一起爽快碰著啤酒杯，
並歡呼：「恭喜張宰英征服DEX！」
激動的朋友們不斷說著「恭喜你，小子！」
「你這個瘋子，真的超羨慕你！」之類的賀詞，
並且爭相拍打著宰英的身體，送上熱烈的祝福。

學妹	不是亞洲分公司耶，怎麼會直接被總公司錄取啊？ 你應該是全韓國第一個吧？
學弟	張宰英從以前就很～～帥氣，也帥到讓人很～～火大。 你在出國之前要跟我多拍幾張自拍再走， 讓我在社群平臺上炫耀一下。
宰英	大家適可而止吧！我的雞皮疙瘩都快掉滿地了。

「如果哪天去法國玩，可以帶我參觀DEX總公司嗎？」
「可惡，太帥氣了！」
正當朋友們比宰英本人還要興奮，而吵鬧個不停時，
宰英雖然配合氣氛笑著，卻又時不時一臉沉重地看著手機。

秀英	啊！所以「蔬菜大冒險」之後該怎麼辦？公司那邊要我繼續追蹤進度， 我本來打算明天跟你聯絡的說……
宥娜	（獨自喝著酒，同時看了宰英一眼）
亨卓	當然要叫他找別人合作啊！這有什麼好煩惱的？你要去的可是DEX耶！
宰英	（無法輕易說出認同的話，只能夾起下酒菜吃著）
秀英	哼嗯……公司那邊之所以看好這個遊戲，有一部分是因為設計…… 如果你退出了，我也不知道會怎麼樣。只是對學弟來說，有點可惜了。

宰英完全失去胃口而放下筷子。
宥娜靜靜看著那樣的宰英，朝著他的酒杯裡丟了一顆爆米花，吸引他的注意。

秋尚宇劇本

Title in ／語意錯誤

S#2. 居酒屋，餐桌／夜晚

宰英和包含宥娜、亨卓、秀英在內約五、六名朋友們，一起爽快碰著啤酒杯，
並歡呼：「恭喜張宰英征服DEX！」
激動的朋友們不斷說著「恭喜你，小子！」
「你這個瘋子，真的超羨慕你！」之類的賀詞，
並且爭相拍打著宰英的身體，送上熱烈的祝福。

學妹	不是亞洲分公司耶，怎麼會直接被總公司錄取啊？ 你應該是全韓國第一個吧？
學弟	張宰英從以前就很～～帥氣，也帥到讓人很～～火大。 你在出國之前要跟我多拍幾張自拍再走， 讓我在社群平臺上炫耀一下。
宰英	大家適可而止吧！我的雞皮疙瘩都快掉滿地了。

「如果哪天去法國玩，可以帶我參觀DEX總公司嗎？」
「可惡，太帥氣了！」
正當朋友們比宰英本人還要興奮，而吵鬧個不停時，
宰英雖然配合氣氛笑著，卻又時不時一臉沉重地看著手機。

秀英	啊！所以「蔬菜大冒險」之後該怎麼辦？公司那邊要我繼續追蹤 進度，我本來打算明天跟你聯絡的說……
宥娜	（獨自喝著酒，同時看了宰英一眼）
亨卓	當然要叫他找別人合作啊！這有什麼好煩惱的？你要去的可是DEX耶！
宰英	（無法輕易說出認同的話，只能夾起下酒菜吃著）
秀英	哼嗯……公司那邊之所以看好這個遊戲，有一部分是因為設計…… 如果你退出了，我也不知道會怎麼樣。只是對學弟來說，有點可惜了。

宰英完全失去胃口而放下筷子。
宥娜靜靜看著那樣的宰英，朝著他的酒杯裡丟了一顆爆米花，吸引他的注意。

301

她朝外面點了點頭，示意他跟自己出去。

導演指示

統一 S#2、S#3 的場所。改變啤酒和下酒菜的布置（時間流逝）。

S#3. 居酒屋前，候位區／夜晚

並肩坐在居酒屋前候位區的宥娜和宰英，
大口喝著香蕉牛奶，一邊看著路過的行人。

宥娜　　這些傢伙今天話還真多，明明平常都在你背後說些閒話。

宰英　　（一笑）

宥娜　　（無心地突然開口說）之前我跟秋生菜單獨在工作室的時候……

宰英　　（一震）

宥娜　　他要我把你目前為止交往過的對象全都告訴他。

宰英　　（不安地）喂，妳該不會……

宥娜　　（一根根攤開手指）所以我就幫她們一個個編號，親切地全都告訴他了。

　　　　（停在第七個）幸好十根手指還夠用。

宰英　　（呼……覺得頭痛）我上輩子到底跟妳結了什麼孽緣……

宥娜　　（OL）本來應該要就此打住……

宰英　　（看著）

宥娜　　可是我卻像個瘋子一樣，又多說了幾句。

　　　　（看著宰英）我告訴他，你這傢伙大概快死了，

　　　　這次好像非常認真……（嘖嘖）我是不是太雞婆了？

宰英　　（心情複雜而垂下雙眸，用手抹了抹臉）我也不知道……

　　　　那個把人當成替代品的傢伙，我幹嘛覺得可惜，甚至還因為他而煩惱……

宥娜　　（安靜地聽著）

宰英　　（苦笑）不過，妳知道最好笑的是什麼嗎？即使在這種情況下，

　　　　因為聽到那個傢伙向妳打聽我的戀愛史，我沒有任何其他的想法，

　　　　現在只想要立刻跑去追問他。

她朝外面點了點頭，示意他跟自己出去。

S#3. 居酒屋前，候位區／夜晚

並肩坐在居酒屋前候位區的宥娜和宰英，
大口喝著香蕉牛奶，一邊看著路過的行人。

宥娜　　這些傢伙今天話還真多，明明平常都在你背後說些閒話。

宰英　　（一笑）

宥娜　　（無心地突然開口說）之前我跟秋生菜單獨在工作室的時候……

宰英　　（一震）

宥娜　　他要我把你目前為止交往過的對象全都告訴他。

宰英　　（不安地）喂，妳該不會……

宥娜　　（一根根攤開手指）所以我就幫她們一個個編號，親切地全都告訴他了。
　　　　（停在第七個）幸好十根手指還夠用。

宰英　　（呼……覺得頭痛）我上輩子到底跟妳結了什麼孽緣……

宥娜　　（OL）本來應該要就此打住……

宰英　　（看著）

宥娜　　可是我卻像個瘋子一樣，又多說了幾句。
　　　　（看著宰英）我告訴他，你這傢伙大概快死了，
　　　　這次好像非常認真……（嘖嘖）我是不是太雞婆了？

宰英　　（心情複雜而垂下雙眸，用手抹了抹臉）我也不知道……
　　　　那個把人當成替代品的傢伙，我幹嘛覺得可惜，甚至還因為他而煩惱……

宥娜　　（安靜地聽著）

宰英　　（苦笑）不過，妳知道最好笑的是什麼嗎？即使在這種情況下，
　　　　因為聽到那個傢伙向妳打聽我的戀愛史，我沒有任何其他的想法，
　　　　現在只想要立刻跑去追問他。

INS＞第七話#15，支吾說著「學長，我有話要跟你說……」的尚宇。

宰英　　我想要問清楚，當時他到底想跟我說什麼。

INS＞第八話#1，帶著傷心的表情說「……沒什麼」的尚宇。

宰英　　還想問他，聽到我要離開了，會不會覺得可惜。
　　　　（停頓）想要他……挽留我。

靜靜聽著的宥娜揉了揉鼻子，從位子上站起來。

宥娜　　張宰英也沒什麼嘛！談了戀愛也會變成膽小鬼。
宰英　　（唉……）算了，早知道就不說了。
宥娜　　不過，其實這樣才正常吧？變得膽小、變得笨拙……
　　　　這段時間，是你乾脆得太倒胃口了。
　　　　如果真心喜歡一個人，本來就絕～～對乾脆不起來，就像現在的你一樣。
宰英　　（有點感動）喂，崔宥娜……
宥娜　　（突然轉變）不過，這樣很沒有魅力。
宰英　　（煩躁地）啊！所以妳到底要我怎樣？
宥娜　　像平常一樣就好。不要折磨你那個本來就不太靈光的腦袋，
　　　　（戳著宰英的心臟）想做什麼就去做，像張宰英一樣。
宰英　　！！
宥娜　　（猛然移開手）呃……好肉麻！我要先回去了。
　　　　（本來想走進店裡又停下）記得結完帳再走！（笑）

宰英感激地看著宥娜，隨後一笑，獨自反覆思考著。

INS＞第七話#15，支吾說著「學長，我有話要跟你說……」的尚宇。

宰英　　我想要問清楚，當時他到底想跟我說什麼。

INS＞第八話#1，帶著傷心的表情說「……沒什麼」的尚宇。

宰英　　還想問他，聽到我要離開了，會不會覺得可惜。
　　　　（停頓）想要他……挽留我。

靜靜聽著的宥娜揉了揉鼻子，從位子上站起來。

宥娜　　張宰英也沒什麼嘛！談了戀愛也會變成膽小鬼。
宰英　　（唉……）算了，早知道就不說了。
宥娜　　不過，其實這樣才正常吧？變得膽小、變得笨拙……
　　　　這段時間，是你乾脆得太倒胃口了。
　　　　如果真心喜歡一個人，本來就絕～～對乾脆不起來，就像現在的你一樣。
宰英　　（有點感動）喂，崔宥娜……
宥娜　　（突然轉變）不過，這樣很沒有魅力。
宰英　　（煩躁地）啊！所以妳到底要我怎樣？
宥娜　　像平常一樣就好。不要折磨你那個本來就不太靈光的腦袋，
　　　　（戳著宰英的心臟）想做什麼就去做，像張宰英一樣。
宰英　　！！
宥娜　　（猛然移開手）呃……好肉麻！我要先回去了。
　　　　（本來想走進店裡又停下）記得結完帳再走！（笑）

宰英感激地看著宥娜，隨後一笑，獨自反覆思考著。

張宰英劇本

宰英　　像張宰英一樣啊……

S#4. 尚宇的家，書桌／夜晚

坐在筆電前，重新製作著「徵求設計師公告」的尚宇，
一個字、一個字寫著，卻一直無法加快速度。
他深深嘆了口氣後站起身，用手「磅！」一聲，拍在書桌上。

尚宇　　（莫名嘀咕）蚊子怎麼會這麼多……！

尚宇一臉煩躁地甩了甩手，視線自然地看向自己的手腕。
宰英替自己畫的蘿蔔人塗鴉，才過了兩天就變得模糊。他伸手撫摸著。

尚宇　　明明最後還是會消失……

此時正好響起的手機鈴聲。拿起一看，是宰英的簡訊。

宰英　　（E）〔你在讀書嗎？暫時出來一下吧！〕

尚宇猶豫了一會兒，從位子上站了起來。

S#5. 聯排住宅，屋頂／夜晚

遞向尚宇面前的蛋糕盒。

導演
指示

雖然覺得受傷，
卻能理解
尚宇的宰英。

宰英　　生日快樂。
尚宇　　！！
宰英　　我是第一個祝賀你的，沒錯吧？
　　　　（看著手錶，露出惋惜的表情）雖然晚了十分鐘。

宰英　　像張宰英一樣啊⋯⋯

S#4. 尚宇的家，書桌／夜晚

坐在筆電前，重新製作著「徵求設計師公告」的尚宇，
一個字、一個字寫著，卻一直無法加快速度。
他深深嘆了口氣後站起身，用手「磅！」一聲，拍在書桌上。

尚宇　　（莫名嘀咕）蚊子怎麼會這麼多⋯⋯！

尚宇一臉煩躁地甩了甩手，視線自然地看向自己的手腕。
宰英替自己畫的蘿蔔人塗鴉，才過了兩天就變得模糊。他伸手撫摸著。

尚宇　　明明最後還是會消失⋯⋯

此時正好響起的手機鈴聲。拿起一看，是宰英的簡訊。

宰英　　（E）〔你在讀書嗎？暫時出來一下吧！〕

尚宇猶豫了一會兒，從位子上站了起來。

S#5. 聯排住宅，屋頂／夜晚

遞向尚宇面前的蛋糕盒。

導演指示

場所變更成公園。
因為想快點見面，
而騎著腳踏車赴約。

宰英　　生日快樂。

尚宇　　!!

宰英　　我是第一個祝賀你的，沒錯吧？
　　　　（看著手錶，露出惋惜的表情）雖然晚了十分鐘。

尚宇　　（糊里糊塗地接過盒子）你怎麼會知道？

宰英　　寄出企畫案的時候，你不是也順便寄了履歷嗎？

　　　　「1001」……又不是二進位，連生日都跟你這個人一樣。

尚宇　　學長真的好奇怪……

宰英　　（靜靜地看著）既然都被你當成怪人了，那我就再說一句瘋言瘋語吧！

　　　　我不想去DEX。我要繼續跟你一起製作遊戲。

尚宇　　（皺眉）學長。

宰英　　你不是說過，不是我就不行嗎？不是說非我不可嗎？

尚宇　　當時是……

宰英　　（OL）我也一樣。不是你就不行！這就是我現在的心情。

尚宇　　！！

尚宇因為這句飽含真心的話而動搖了，

不過看到手臂上已經模糊的蘿蔔人塗鴉，馬上又恢復了理智。

尚宇　　關於學長的提議，我現在就給你答覆。

宰英　　（期待地看著）

尚宇　　（直接看著）我的答案是「拒絕」。還有，請你去DEX吧！

宰英　　（直到最後還是……！）秋尚宇。

尚宇　　（冷酷地）以我的常識有點無法理解。

　　　　如果學長為了我而放棄，你以為我真的會高興嗎？

　　　　很抱歉，我不是什麼愚蠢的羅曼史小說裡的主角。

宰英　　……雖然已經預料到了，不過你那該死的理性

　　　　今天也過份努力工作著啊！

尚宇　　（雖然心裡不太舒服）備份資料整理完再跟我聯絡吧！

宰英　　（嘆息）你總是以為自己是世界上最聰明的人，而且總是正確的吧？

尚宇　　那種事我才不感興趣。

　　　　我只是……（看著）真心希望哥能夠一切順利。

> 導演指示
>
> 「你現在覺得自己的心意是什麼？」
> 情緒轉換：
> 糾纏✕→說服。

尚宇　　（糊里糊塗地接過盒子）你怎麼會知道？

宰英　　寄出企畫案的時候，你不是也順便寄了履歷嗎？

　　　　「1001」……又不是二進位，連生日都跟你這個人一樣。

尚宇　　學長真的好奇怪……

宰英　　（靜靜地看著）既然都被你當成怪人了，那我就再說一句瘋言瘋語吧！

　　　　我不想去DEX。我要繼續跟你一起製作遊戲。

尚宇　　（皺眉）學長。

宰英　　不，你不是說過，不是我就不行嗎？不是說非我不可嗎？

尚宇　　當時是……

宰英　　（**OL**）我也一樣。不是你就不行！這就是我現在的心情。

尚宇　　！！

尚宇因為這句飽含真心的話而動搖了，

不過看到手臂上已經模糊的蘿蔔人塗鴉，馬上又恢復了理智。

尚宇　　關於學長的提議，我現在就給你答覆。

宰英　　（期待地看著）

尚宇　　（直接看著）我的答案是「拒絕」。還有，請你去DEX吧！

宰英　　（直到最後還是……！）秋尚宇。

尚宇　　（冷酷地）因為以我的常識有點無法理解。

　　　　如果學長為了我而放棄，你以為我真的會高興嗎？

　　　　很抱歉，我不是什麼愚蠢的羅曼史小說裡的主角。

宰英　　……雖然已經預料到了，不過你那該死的理性

　　　　今天也過份努力工作著啊！

尚宇　　（雖然心裡不太舒服）備份資料整理完再跟我聯絡吧！

宰英　　（嘆息）你總是以為自己是世界上最聰明的人，而且總是正確的吧？

尚宇　　那種事我才不感興趣。

　　　　我只是……（看著）真心希望哥能夠一切順利。

宰英　　**！！**

尚宇　　（難為情而避開視線，拿好蛋糕盒）謝謝你的蛋糕。

宰英愣愣地看著尚宇急忙離開的背影。

宰英　　（鬱悶地）說了那種話，就直接離開了？可惡的小子……

S#6. 尚宇的家，客廳／夜晚

回到家後，尚宇打開宰英給他的蛋糕盒。

雪白的奶油蛋糕上，畫了一個歪七扭八的蘿蔔人做為點綴。

尚宇　　這是什麼詛咒嗎……？

接著，打開卡片，上面有著用潦草的字跡寫下的幾句話。

〔告訴我你想要什麼，我通通都買給你。生日快樂！

PS. 裝飾筆買到了不良品……真的啦！〕

尚宇　　什麼啊……

最後，忍不住噗哧一聲笑了出來的尚宇，

想拿起手機拍下照片，卻又猶豫地放下，臉上盈滿苦澀。

S#7. 宰英的家，房間／夜晚

雙手抱著胸，一動也不動站在原地，獨自沉浸在思緒中的宰英。

眼前的筆電螢幕上，顯示著DEX的邀請郵件。

手指有一下沒一下地敲著，稍微苦惱了一陣後，他下定決心似地站了起來，

宰英　　　！！

尚宇　　（難為情而避開視線，拿好蛋糕盒）謝謝你的蛋糕。

　　　　　　　　　　　　　　　　我會好好享用

宰英愣愣地看著尚宇急忙離開的背影。

宰英　　（鬱悶地）說了那種話，就直接離開了？可惡的小子……

S#6. 尚宇的家，客廳／夜晚

回到家後，尚宇打開宰英給他的蛋糕盒。

雪白的奶油蛋糕上，畫了一個歪七扭八的蘿蔔人做為點綴。

尚宇　　這是什麼詛咒嗎……？

接著，打開卡片，上面有著用潦草的字跡寫下的幾句話。

〔告訴我你想要什麼，我通通都買給你。生日快樂！

PS.裝飾筆買到了不良品……真的啦！〕

尚宇　　什麼啊……

最後，忍不住噗哧一聲笑了出來的尚宇，

想拿起手機拍下照片，卻又猶豫地放下，臉上盈滿苦澀。

S#7. 宰英的家，房間／夜晚

雙手抱著胸，一動也不動站在原地，獨自沉浸在思緒中的宰英。

眼前的筆電螢幕上，顯示著DEX的邀請郵件。

手指有一下沒一下地敲著，稍微苦惱了一陣後，他下定決心似地站了起來，

然後從抽屜裡拿出護照，收進行李裡。

S#8. 通識大樓，法語教室／白天

正在進行單字小考的尚宇，

愣愣直看著〔出發；消失〕的題目，在旁邊的空格裡填入「partir」。

接著，又在〔retenir〕的題目上停了下來。（多義詞）

不久後，寫下了「挽留」，再次停頓了一下，又補上了「忍耐；自制」。

S#9. 圖書館，書架／夜晚

靠在書架上翻著書的尚宇，把看過的書放回書架後，便逕自離去。

攝影機拍攝書架，隨意塞在書架上的書是和法國旅行有關的書籍。

> 導演
> 指示
>
> 假裝若無其事，
> 反而顯得
> 更加溫柔。

S#10. 聯排住宅，走廊／白天

週末中午，手裡抓著錢包，揉著眼睛走出家門的尚宇。

隨著走廊的盡頭傳來的喀啦聲，宰英拖著行李箱登場。

尚宇不由自主將視線固定在行李箱上，呆站在原地，

彷彿要把行李箱看穿一個洞。

宰英　（若無其事地走近）尚宇，好久不見。〔等一下的〕考試準備得還順利嗎？

尚宇　（無法把視線從行李箱上移開）……還順利。

宰英　接替我的設計師也找到了？

尚宇　……等考完試，我就會開始找人，你不用擔心。

宰英　（苦澀地笑）我何必擔心。（停頓）你當然會自己好好解決。〔嘛！〕

尚宇　（雖然想要否認，其實並非如此，卻實在開不了口）

宰英　（遞出USB）拿去，備份檔案。我也傳了一份到雲端硬碟。

尚宇　（遲疑地接下）好，謝謝你。

宰英　不用客氣，幸好可以當面交給你。

　　　（點點頭）

然後從抽屜裡拿出護照，收進行李裡。

S#8. 通識大樓，法語教室／白天

正在進行單字小考的尚宇，

愣愣看著〔出發；消失〕的題目，在旁邊的空格裡填入「partir」。

接著，又在〔retenir〕的題目上停了下來。（多義詞）

不久後，寫下了「挽留」，再次停頓了一下，又補上了「忍耐；自制」。

S#9. 圖書館，書架／夜晚

靠在書架上翻著書的尚宇，把看過的書放回書架後，便逕自離去。

攝影機拍攝書架，隨意塞在書架上的書是和法國旅行有關的書籍。

> 導演指示
>
> 隔了半個月才又見到宰英的狀況！

S#10. 聯排住宅，走廊／白天

週末中午，手裡抓著錢包，揉著眼睛走出家門的尚宇。

隨著走廊的盡頭傳來的喀啦聲，宰英拖著行李箱登場。　＊高興地

尚宇不由自主將視線固定在行李箱上，呆站在原地，

彷彿要把行李箱看穿一個洞。

宰英　　（若無其事地走近）尚宇，好久不見。考試準備得還順利嗎？

尚宇　　（無法把視線從行李箱上移開）……還順利。

宰英　　接替我的設計師也找到了？　　太

尚宇　　……等考完試，我就會開始找人，你不用擔心。

宰英　　（苦澀的笑）我何必擔心。（停頓）你當然會自己好好解決。

尚宇　　（雖然想要否認，其實並非如此，卻實在開不了口）

宰英　　（遞出 USB）拿去，備份檔案。我也傳了一份到雲端硬碟。

尚宇　　（遲疑地接下）好，謝謝你。

宰英　　不用客氣，幸好可以當面交給你。

聽起來莫名像是臨行前的訣別，為此不禁愣住的尚宇。

宰英笑了一笑，然後毫無留戀地走進家門。

尚宇還依依不捨無法離開，只是茫然地看著已經關上的401號大門⋯⋯

此時，他收到了智慧傳來的訊息。

智慧　　（E）〔生菜哥⋯⋯〕〔你今天有空嗎？〕

S#11. 咖啡廳，窗邊座位／白天

尚宇大口大口喝著汽水，智慧坐在對面，陌生地看著他那副樣子。

智慧　　那個像這樣一口氣⋯⋯喉嚨不會不舒服嗎？

尚宇　　（不停咀嚼著冰塊）我只是⋯⋯有點煩躁。

智慧看出了尚宇不安定的狀態，只是靜靜地看著他。尚宇沉浸在自己的思緒中。

尚宇　　那個⋯⋯

智慧　　（OL）可以讓我先說嗎？

　　　　感覺好像又會被你牽著走，最後再給你一些奇怪的建議，

　　　　就這樣直接結束了⋯⋯（笑）

尚宇　　（有點驚訝）喔，好啊。

智慧　　嗯，謝謝你。

　　　　（因為緊張而吞了吞口水）我⋯⋯喜歡你。

尚宇　　！！

智慧　　我知道很突然⋯⋯但是如果現在不說，

　　　　好像就再也沒辦法坦率說出我的心意了。

　　　　我想要說出來，再好好被你拒絕，所以才決定告白的。

因為事出突然，尚宇不知道該做何反應。

聽起來莫名像是臨行前的訣別，為此不禁愣住的尚宇。

宰英笑了一笑，然後毫無留戀地走進家門。

尚宇還依依不捨無法離開，只是茫然地看著已經關上的401號大門……

此時，收到了智慧傳來的訊息。

智慧　　（E）〔生菜哥……〕〔你今天有空嗎？〕

S#11. 咖啡廳，窗邊座位／白天

尚宇大口大口喝著汽水，智慧坐在對面，陌生地看著他那副樣子。

> 導演指示
> 煩惱的表情。不要看著智慧，凝視他處。

智慧　　那個像這樣一口氣……喉嚨不會不舒服嗎？
尚宇　　（不停咀嚼著冰塊）我只是……有點煩躁。

智慧看出了尚宇不安定的狀態，只是靜靜地看著他。尚宇沉浸在自己的思緒中。

尚宇　　那個……
智慧　　（OL）可以讓我先說嗎？
　　　　感覺好像又會被你牽著走，最後再給你一些奇怪的建議，
　　　　就這樣直接結束了……（笑）
尚宇　　（有點驚訝）喔，好啊。
智慧　　嗯，謝謝你。
　　　　（因為緊張而吞了吞口水）我……喜歡你。
尚宇　　！！

> 完全不知道，覺得突然又慌張！

智慧　　我知道很突然……但是如果現在不說，
　　　　好像就再也沒辦法坦率說出我的心意了。
　　　　我想要說出來，再好好被你拒絕，所以才決定告白的。

因為事出突然，尚宇不知道該做何反應。

尚宇安靜看著雖然緊張，卻努力假裝鎮定並雙手交握的智慧。

尚宇　　……抱歉，我該怎麼回答好呢？

智慧　　（雖然失望卻依舊打起精神）不用了！看你的表情，我就知道了……
　　　　打從一開始，我就不抱任何期待，只是想要傳達我的心意而已。

尚宇　　（輕輕點了點頭）

智慧　　（輕鬆了許多）其實在告白之前，我還在擔心……
　　　　萬一被拒絕，我的世界會不會就這樣崩塌，可是現在反而鬆了口氣呢！
　　　　而且好像也可以更輕鬆地跟哥哥相處了。
　　　　（小心翼翼地）你呢？會覺得我讓你很不自在嗎？

尚宇　　（搖搖頭）不會。

智慧　　（笑）果然實際去做之前不會知道結果。
　　　　我要好好稱讚鼓起勇氣的自己～～

智慧可愛地輕拍了自己的肩膀，
尚宇則放鬆緊張的心情，露出了微笑，然後喃喃重複說著：「勇氣……」

智慧　　不過，我有點驚訝。

尚宇　　（看著）什麼？

智慧　　（學宰英模仿尚宇口氣）「抱歉，我沒有時間浪費在那種事上。」
　　　　我還以為你會這樣直接打斷我……可是我們現在卻還能這樣一起喝咖啡。
　　　　（笑到）哥哥，你好像有點不一樣了。

尚宇　　……我嗎？

智慧　　對，而且是往非常好的方向改變。

尚宇　　（思緒突然變得複雜，習慣性地撫摸著現在已沒了塗鴉的手腕）

智慧　　（看著那樣的尚宇）聽說愛上一個人就會改變……
　　　　看來羅曼史小說也不全是騙人的嘛！（笑著說）

尚宇　　（看著）

尚宇安靜看著雖然緊張，卻努力假裝鎮定並雙手交握的智慧。

尚宇　　……抱歉，我該怎麼回答好呢？

智慧　　（雖然失望卻依舊打起精神）不用了！看你的表情，我就知道了……
　　　　打從一開始，我就不抱任何期待，只是想要傳達我的心意而已。

尚宇　　（輕輕點了點頭）

智慧　　（輕鬆了許多）其實在告白之前，我還在擔心……
　　　　萬一被拒絕，我的世界會不會就這樣崩塌，可是現在反而鬆了口氣呢！
　　　　而且好像也可以更輕鬆地跟哥哥相處了。
　　　　（小心翼翼地）你呢？會覺得我讓你很不自在嗎？

尚宇　　（搖搖頭）不會。

智慧　　（笑）果然實際去做之前不會知道結果。
　　　　我要好好稱讚鼓起勇氣的自己～～

導演
指示

幸好、
放心。

智慧可愛地輕拍了自己的肩膀，
尚宇則放鬆緊張的心情，露出了微笑，然後喃喃重複說著：「勇氣……」

智慧　　不過，我有點驚訝。

尚宇　　（看著）什麼？

智慧　　（學宰英模仿尚宇口氣）「抱歉，我沒有時間浪費在那種事上。」
　　　　我還以為你會這樣直接打斷我……可是我們現在卻還能這樣一起喝咖啡。
　　　　（笑到）哥哥，你好像有點不一樣了。

尚宇　　……我嗎？

智慧　　對，而且是往非常好的方向改變。

尚宇　　（思緒突然變得複雜，習慣性地撫摸著現在已沒了塗鴉的手腕）

智慧　　（看著那樣的尚宇）聽說愛上一個人就會改變……
　　　　看來羅曼史小說也不全是騙人的嘛！（笑著說）

尚宇　　（看著）

智慧 （站起來）唉呀，實在太忌妒了，我沒辦法替你加油。

（看著尚宇）你要幸福喔，秋先生。

尚宇對智慧開懷的笑容留下深刻的印象。

S#12. 聯排住宅，走廊／夜晚

尚宇將宰英給自己的USB抓在手裡，慢慢地走回家。

看到在宰英的家門前大喊著：「有人在嗎～～」並用力敲著門的房仲時，

他把USB放回口袋，接著走了過去。（房仲身邊跟著一名客人）

尚宇 （謹慎地）請問是哪位？

房仲 （看著尚宇）啊，我是從房屋仲介公司來的。

請問您知道401號的房客去哪裡了嗎？

（從手機裡傳來撥話音）

我帶客人來看房子，可是他卻一直不接電話⋯⋯

尚宇 看房子？

INS ＞#10，想起宰英拖著的那只大行李箱的尚宇，露出不安的表情⋯⋯

INS ＞#10，宰英彷彿是最後道別的那句：「不用客氣，幸好可以當面交給你。」

房仲 他明明說想要盡快租出去⋯⋯

（看著尚宇）如果您遇到他，請替我轉告一聲房仲來過了。

房仲經過思考能力瞬間停止、無法運作的尚宇身邊。

此時，社群平臺的提示音響起，拿出手機一看，是亨卓標記了宰英的貼文。

那是一段兩人站在被完全清空的宰英工作室座位前，互相握著手的影片。

智慧　　（站起來）唉呀，實在太忌妒了，我沒辦法替你加油。

　　　　　（看著尚宇）你要幸福喔，秋先生。

尚宇對智慧開懷的笑容留下深刻的印象。

> **導演指示**
>
> 和沒有勇氣而退縮
> 的自己不同，
> 智慧選擇了告白。
> 尚宇想著看起來鬆了
> 一口氣的智慧。

S#12. 聯排住宅，走廊／夜晚

尚宇將宰英給自己的USB抓在手裡，慢慢地走回家。

看到在宰英的家門前大喊著：「有人在嗎～～」並用力敲著門的房仲時，

他把USB放回口袋，接著走了過去。（房仲身邊跟著一名客人）

尚宇　　（謹慎地）請問是哪位？

房仲　　（看著尚宇）啊，我是從房屋仲介公司來的。

　　　　　請問您知道401號的房客去哪裡了嗎？

　　　　　（從手機裡傳來撥話音）

　　　　　我帶客人來看房子，可是他卻一直不接電話⋯⋯

尚宇　　看房子？＊驚訝

INS ＞#10，想起宰英拖著的那只大行李箱的尚宇，露出不安的表情⋯⋯

INS ＞#10，宰英彷彿是最後道別的那句：「不用客氣，幸好可以當面交給你。」

房仲　　他明明說想要盡快租出去⋯⋯

　　　　　（看著尚宇）如果您遇到他，請替我轉告一聲房仲來過了。

房仲經過思考能力瞬間停止、無法運作的尚宇身邊。

此時，社群平臺的提示音響起，拿出手機一看，是亨卓標記了宰英的貼文。

那是一段兩人站在被完全清空的宰英工作室座位前，互相握著手的影片。

「代替去機場送機 # 光榮的_座位轉讓儀式 # 終於_得到好座位 # 掰掰張宰英」

S#13. 聯排住宅前／夜晚

尚宇滿腦子都想著一定要見宰英一面，惶然地離開聯排住宅，
急忙騎上停在聯排住宅前的腳踏車。
在他前往學校的尚宇迫切的畫面上，
和宰英之間的回憶像全景照片一樣掃過……

S#14. 校園＋工學院前／夜晚

尚宇一進入校園，想起和宰英初見的情景。

● 在會議室的初見面。「長得比想像中好看耶？」一開始就很傲慢的宰英。

接著，他經過工學院前，想起宰英幼稚地黏在自己身邊，欺負自己的每個瞬間。

● 穿了一身紅，走進教室的宰英，尚宇驚愕地看著他。
● 在自己臉上塗鴉，還笑得一臉欠揍的宰英。
●「脫掉吧！那頂帽子。」說出這句話挑釁自己的宰英。

S#15. 圖書館前／夜晚

尚宇想著和宰英之間漸漸發生變化關係，以及自己對於宰英的感情。

● 在居酒屋丟出飛鏢拯救了尚宇，拉著他的手一起逃跑的宰英。
● 在圖書館想要在宰英的臉上塗鴉，卻被抓包的瞬間。
　「我要閉著眼睛到什麼時候？」
● 服裝室裡，在狹窄的衣架縫隙間，緊貼著對方的兩人，
　心中小鹿亂撞而發生故障的尚宇。

就像當時一樣，此刻尚宇的心臟也瘋狂跳動不已。

「代替去機場送機 #光榮的_座位轉讓儀式 #終於_得到好座位 #掰掰張宰英」

導演
指示

充分表現情感。
回想著宰英，
然後跑了出去。

S#13. 聯排住宅前／夜晚

尚宇滿腦子都想著一定要見宰英一面，惶然地離開聯排住宅，
急忙騎上停在聯排住宅前的腳踏車。
在他前往學校的尚宇迫切的畫面上，
和宰英之間的回憶像全景照片一樣掃過……

S#14. 校園＋工學院前／夜晚

尚宇一進入校園，想起和宰英初見的情景。

- 在會議室的初見面。「長得比想像中好看耶？」一開始就很傲慢的宰英。

接著，他經過工學院前，想起宰英幼稚地黏在自己身邊，欺負自己的每個瞬間。

- 穿了一身紅，走進教室的宰英，尚宇驚愕地看著他。
- 在自己臉上塗鴉，還笑得一臉欠揍的宰英。
- 「脫掉吧！那頂帽子。」說出這句話挑釁自己的宰英。

S#15. 圖書館前／夜晚

尚宇想著宰英之間漸漸發生變化的關係，以及自己對於宰英的感情。

- 在居酒屋丟出飛鏢拯救了尚宇，拉著他的手一起逃跑的宰英。
- 在圖書館想要在宰英的臉上塗鴉，卻被抓包的瞬間。
  「我要閉著眼睛到什麼時候？」
- 服裝室裡，在狹窄的衣架縫隙間，緊貼著對方的兩人，
  心中小鹿亂撞而發生故障的尚宇。

就像當時一樣，此刻尚宇的心臟也瘋狂跳動不已。

隨著激烈的心跳聲，尚宇踩著踏板的力道也變得更強。

S#16. 校園，外牆布告欄／夜晚

接著他想起那些因為無法壓抑而不斷膨脹的情感，以及陷入混亂的瞬間。

- 甩開宰英的手，並大吼：「馬上給我滾！」接著凶狠地推開他。
- 站在自動販賣機前，向背對自己離去的宰英喊著：「我需要學長！」
- 在路燈下，對輕撫著自己頭頂的宰英感到心動。
- 在餐廳裡，最後忍不住吻上宰英的尚宇。

S#17. 美術學院前／夜晚

尚宇終於抵達藝術大學前，立刻跳下腳踏車。

擦去下巴凝結的一顆顆汗水，他想起了宰英最後像個成熟的大人一樣，

等待著自己時說的話。

INS ＞第七話#4，抓起手往尚宇胸口一放的宰英。

宰英　不要逃避，也不要忽視，好好感受一下吧！ ＊溫柔地

這麼一來，現在折磨著你的混亂說不定也會就此消失。

就像那個時候一樣，把手放在自己的胸膛，感受著激烈心跳的尚宇。

尚宇　消失個屁……（哽咽地）如果你敢這麼快就走了，就給我試試看。

宰英　（E）走去哪？

尚宇驚訝地轉身。宰英似乎十分意外地看著尚宇。

宰英　這麼晚了，你怎麼會在這裡？（站起來，想要靠近尚宇）有什麼事嗎？

322

隨著激烈的心跳聲，尚宇踩著踏板的力道也變得更強。

S#16. 校園，外牆布告欄／夜晚

接著他想起那些因為無法壓抑而不斷膨脹的情感，以及陷入混亂的瞬間。

- 甩開宰英的手，並大吼：「馬上給我滾！」接著凶狠地推開他。
- 站在自動販賣機前，向背對自己離去的宰英喊著：「我需要學長！」
- 在路燈下，對輕撫著自己頭頂的宰英感到心動。
- 在餐廳裡，最後忍不住吻上宰英的尚宇。

S#17. 美術學院前／夜晚

尚宇終於抵達藝術大學前，立刻跳下腳踏車。　*隨意丟下腳踏車

擦去下巴凝結的一顆顆汗水，他想起了宰英最後像個成熟的大人一樣，

等待著自己時說的話。

INS＞第七話#4，抓起手往尚宇胸口一放的宰英。

宰英　　不要逃避，也不要忽視，好好感受一下吧！

　　　　這麼一來，現在折磨著你的混亂說不定也會就此消失。

就像那個時候一樣，把手放在自己的胸膛，感受著激烈心跳的尚宇。

尚宇　　消失個屁……（哽咽地）如果你敢這麼快就走了，就給我試試看。

宰英　　（E）走去哪？

　　　　　看著

尚宇驚訝地轉身。宰英似乎十分意外地看著尚宇。

　　　　　　　　　　　坐在椅子上

宰英　　這麼晚了，你怎麼會在這裡？（站起來，想要靠近尚宇）有什麼事嗎？

尚宇　　（心中燃起熊熊怒火）你為什麼不接電話？！

宰英　　（一驚）電話？（拿出一看）啊……我轉成靜音了。

　　　　（看到未接來電通知，嚇了一跳）不是，你怎麼打了這麼多通……

尚宇表情更加沉鬱，朝著宰英大步走近。

尚宇　　（豁出去地）哥真的全身上下都是錯誤。

宰英　　什麼？

尚宇　　個性差、沒有時間觀念、善變，做任何事都感情用事……

宰英　　你跑來這裡，就是為了打擊我嗎？

尚宇　　（激動而毫無頭緒）我也不知道自己現在為什麼會這樣。

宰英　　（擔憂地看著）秋尚宇……尚宇啊

尚宇　　理智上告訴自己，應該要放手讓哥離開，

　　　　也知道現在說這些都沒有意義了……

宰英　　（感受到尚宇的混亂，緊張地看著）

尚宇　　明明這些我都很清楚……

尚宇向宰英跨出一步，終於說出心裡的話。

尚宇　　（直視著）我喜歡哥，非常喜歡你。

宰英　　！！

尚宇　　（有點沒自信而支吾地）學長的提議，我可以重新回答嗎？

宰英　　……（有點愣住，然後堅決地）不行，已經過去的事就無法挽回了。

尚宇　　！！（受到衝擊而當機）那、那麼……

宰英　　不過我要重新提議。

尚宇　　？？

宰英　　（直接看著）秋尚宇，跟我談戀愛吧！

導演指示

他怎麼會這樣？該不會……

324

尚宇　（心中燃起熊熊怒火）你為什麼不接電話？！

宰英　（一驚）電話？（拿出一看）啊……我轉成靜音了。

　　　（看到未接來電通知，嚇了一跳）不是，你怎麼打了這麼多通……

> 導演指示
>
> 感情尚未整理好，以怒氣表現。

尚宇表情更加沉鬱，朝著宰英大步走近。

尚宇　（豁出去地）哥真的全身上下都是錯誤。

宰英　什麼？

尚宇　個性差、沒有時間觀念、善變，做任何事都感情用事……

宰英　你跑來這裡，就是為了打擊我嗎？

尚宇　（激動而毫無頭緒）我也不知道自己現在為什麼會這樣。

宰英　（擔憂地看著）秋尚宇……

尚宇　理智上告訴自己，應該要放手讓哥離開，

　　　也知道現在說這些都沒有意義了……

宰英　（感受到尚宇的混亂，緊張地看著）

尚宇　明明這些我都很清楚……

尚宇向宰英跨出一步，終於說出心裡的話。

*緊接著像是一吐怨氣般，全都說出來

尚宇　（直視著）我說，我喜歡哥，非常喜歡你。

宰英　！！

尚宇　（有點沒自信而支吾地）學長的提議，我可以重新回答嗎？

宰英　……（有點愣住，然後堅決地）不行，已經過去的事就無法挽回了。

尚宇　！！（受到衝擊而當機）那、那麼……

宰英　不過我要重新提議。

尚宇　？？

宰英　（直接看著）秋尚宇，跟我談戀愛吧！

（咧嘴一笑）不是體驗版，是正式的戀愛。

尚宇　　（以緊張的眼神看著，接著露出一抹微笑）好啊！

激動的宰英二話不說便抱住了尚宇。

宰英　　（把額頭抵在尚宇的肩上，誇張地）呼……我緊張到快死了。

尚宇噗哧一聲笑了出來，接著又覺得這麼親密的肢體接觸很尷尬，
手不知道要放在哪裡而略顯慌張，最後小心翼翼地圍住宰英的腰。
覺得那樣的尚宇很可愛而笑了出來的宰英，
露出放心的表情，將尚宇抱得更緊。

S#18. 美術學院，工作室／夜晚

尚宇和宰英坐在沙發上，一起看著宰英的平板電腦。
上面有著翻譯成法語的「蔬菜大冒險」企畫案和尚宇的履歷。

宰英　　我已經寄給DEX了，也跟他們說好要當面談談。
　　　　（悄悄瞥了尚宇一眼）我告訴他們，韓國有個很優秀的遊戲工程師，
　　　　在被其他地方搶走之前，一定要先下手為強。啊我

尚宇　　（不敢置信地）這些東西，你到底是什麼時候準備的？

宰英　　在你白費力氣，想要找人代替我的時候？

尚宇　　！！

宰英　　（一笑）所以，你以為我會乖乖認命放棄你嗎？

尚宇　　那麼，你要離開的事……

宰英　　我是要去和DEX進行最終談判。
　　　　如果沒有成功，我會完成「蔬菜大冒險」之後再去。

尚宇　　（想要阻止）學長，如果因為感情而錯過重要的機會……

宰英　　（輕敲尚宇的頭一下）「蔬菜大冒險」是你一個人的嗎？
　　　　老實說，不管是企畫還是概念……

（咧嘴一笑）不是體驗版，是正式的戀愛。

尚宇　　（以緊張的眼神看著，接著跟著露出一抹微笑）好啊！

激動的宰英二話不說便抱住了尚宇。

導演
指示

要不要因為激
動的心情，和
宰英接吻呢？

宰英　　（把額頭抵在尚宇的肩上，誇張地）呼……我緊張到快死了。

尚宇噗哧一聲笑了出來，接著又覺得這麼親密的肢體接觸很尷尬，
手不知道要放在哪裡而略顯慌張，最後小心翼翼地圍住宰英的腰。
覺得那樣的尚宇很可愛而笑了出來的宰英，
露出放心的表情，將尚宇抱得更緊。

S#18. 美術學院，工作室／夜晚

尚宇和宰英坐在沙發上，一起看著宰英的平板電腦。
上面有著翻譯成法語的「蔬菜大冒險」企畫案和尚宇的履歷。

宰英　　我已經寄給DEX了，也跟他們說好要當面談談。
　　　　（悄悄瞥了尚宇一眼）我告訴他們，韓國有個很優秀的遊戲工程師，
　　　　在被其他地方搶走之前，一定要先下手為強。

尚宇　　（不敢置信地）這些東西，你到底是什麼時候準備的？

宰英　　在你白費力氣，想要找人代替我的時候？

尚宇　　！！

宰英　　（一笑）所以，你以為我會乖乖認命放棄你嗎？

尚宇　　那麼，你要離開的事……

宰英　　我是要去和DEX進行最終談判。
　　　　如果沒有成功，我會完成「蔬菜大冒險」之後再去。

尚宇　　（想要阻止）學長，如果因為感情而錯過重要的機會……

宰英　　（輕敲尚宇的頭一下）「蔬菜大冒險」是你一個人的嗎？
　　　　老實說，不管是企畫還是概念……

327

宰英　都是我重新設計的，可是你打算獨吞？嗎

　　　秋尚宇，現在看來，你真的是血汗老闆耶～～

尚宇　（還是捨不得）不過，那可是 DEX 耶……

宰英　（高傲地）DEX 有什麼了不起？

　　　如果被那個地方拒絕了，再去應徵更好的公司就好了。

　　　你還不知道你戀人的實力嗎？

「戀人……」跟著低語一遍，突然覺得害羞而閉上嘴的尚宇，

費盡千辛萬苦才忍住嘴角微微上揚的衝動。

宰英發現尚宇的反應，覺得他很可愛，所以貼近他的耳邊悄聲說道。

宰英　看你高興成這樣，這段時間到底是怎麼忍住的？

尚宇　（推開宰英）不過，想跟我談戀愛的話，要注意三件事。

宰英　（嘆咻）我就知道你要說這個～～又

尚宇　第一……（說到一半）

「啾！」親了尚宇一下，藉此打斷他的宰英。

宰英　（瞄了尚宇一眼）如果不想被發現，就去把門鎖好。

尚宇　……崔又催離開之後，我就把門鎖上了。

＊摸頭　宰英　（一笑）果然很聰明。

導演
指示

被宰英的物品
漸漸入侵的
尚宇家。

兩人緊緊依偎在一起，可愛地咯咯笑著。

S#19.（後記）尚宇的家，客廳／白天

幾個月後，新年剛過去不久的嚴冬，

緊緊相依坐在沙發上，各自進行手上工作的尚宇和宰英，

兩人一起蓋著同一條毯子。

宰英熟練地倚靠在結束工作、正伸著懶腰的尚宇肩上。

宰英	都是我重新設計的，可是你打算獨吞？
	秋尚宇，現在看來，你真的是血汗老闆耶～～
尚宇	（還是捨不得）不過，那可是DEX耶……
宰英	（高傲地）DEX有什麼了不起？
	如果被那個地方拒絕了，再去應徵更好的公司就好了。
	你還不知道你戀人的實力嗎？

「戀人……」跟著低語一遍，突然覺得害羞而閉上嘴的尚宇，

費盡千辛萬苦才忍住嘴角微微上揚的衝動。

宰英發現尚宇的反應，覺得他很可愛，所以貼近他的耳邊悄聲說道。

宰英	看你高興成這樣，這段時間到底是怎麼忍住的？
尚宇	（推開宰英）不過，想跟我談戀愛的話，要注意三件事。
宰英	（噗哧）我就知道你要說這個～～
尚宇	第一……（說到一半）

「啾！」親了尚宇一下，藉此打斷他的宰英。

宰英	（瞄了尚宇一眼）如果不想被發現，就去把門鎖好。
尚宇	……崔又催離開之後，我就把門鎖上了。
宰英	（一笑）果然很聰明。

導演
指示

尚宇開玩笑似地
壓制住宰英，
想要親吻
他的演技！

兩人緊緊依偎在一起，可愛地咯咯笑著。

S#19.（後記）尚宇的家，客廳／白天

幾個月後，新年剛過去不久的嚴冬，

緊緊相依坐在沙發上，各自進行手上工作的尚宇和宰英，

兩人一起蓋著同一條毯子。

宰英熟練地倚靠在結束工作、正伸著懶腰的尚宇肩上。

宰英　　錯誤都抓到了嗎？

尚宇　　嗯，原本以為很嚴重，結果只要修改輸出值就可以了。

宰英　　做得好……（摸了摸尚宇的頭）

尚宇　　（習慣地接受）下週的會議，準備得還順利吧？

宰英　　（停頓，故作艱難耍賴貌）呃呃……就叫你跟我一起去法國了～～

　　　　非得要跟韓國的公司合作，現在才會這麼辛苦……啊

尚宇　　（堅定地）我要從這裡開始，然後朝世界前進。

宰英　　好～～看來我又頂撞了秋尚宇代表……

尚宇　　（理直氣壯）你不相信我嗎？

宰英　　（咧嘴笑說）當然相信～～（在額頭上烙下一吻）當然無條件相信你啊！

　　　　（語氣突變）不過，我不相信你的簡報製作實力。明天是必修課的報告吧？

尚宇　　（警戒地，緊緊抱住筆電）啊，幹嘛……

　　　　我現在已經可以自己做得很好了。

宰英　　最好是。

宰英將尚宇的筆電搶來一看，當然又有那個暖暖人物的背景。

宰英　　我們尚宇，還真是始終如一呢……？

　　　　就是因為這樣我才喜歡你。

> 導演指示
> 宰英：為什麼又放了這個？
> 尚宇：因為這是可以引起人們好感的角色。
> 宰英：嗯，刪除。

宰英用頭輕輕撞了一下尚宇，接著開始修改簡報的設計。

尚宇雖然撫摸著被撞到的地方，嘟起了嘴，

但是看到隨即專心作業的宰英如此帥氣，於是雙眼發光地欣賞著。

宰英　　（一邊工作）如果你一直這樣看我，你的簡報今天就沒辦法完成了。

尚宇　　（難為情地）我是在監視你。

　　　　（站起身）我先去一趟廁所，你不要做一些奇怪的事喔！

宰英　　錯誤都抓到了嗎？

尚宇　　嗯，原本以為很嚴重，結果只要修改輸出值就可以了。

宰英　　做得好……（摸了摸尚宇的頭）

尚宇　　（習慣地接受）下週的會議，準備得還順利吧？

宰英　　（停頓，故作艱難貌耍賴）呃呃……就叫你跟我一起去法國了～～
　　　　非得要跟韓國的公司合作，現在才會這麼辛苦……

尚宇　　（堅定地）我要從這裡開始，然後朝世界前進。

宰英　　好～～看來我又頂撞了秋尚宇代表……

尚宇　　（理直氣壯）你不相信我嗎？

宰英　　（咧嘴笑說）當然相信～～（在額頭上烙下一吻）
　　　　（語氣突變）不過，我不相信你的簡報製作實力。明天是必修課的報告吧？

尚宇　　（警戒地，緊緊抱住筆電）啊，幹嘛……
　　　　我現在已經可以自己做得很好了。

宰英　　最好是。

宰英將尚宇的筆電搶來一看，當然又有那個暖暖人物的背景。

宰英　　我們尚宇，還真是始終如一呢……？
　　　　就是因為這樣我才喜歡你。

宰英：為什麼又放了這個？
尚宇：因為這是可以引起人們好感的角色。
宰英：嗯，刪除。

導演
指示

宰英用頭輕輕撞了一下尚宇，接著開始修改簡報的設計。
尚宇雖然撫摸著被撞到的地方，嘟起了嘴，
但是看到隨即專心作業的宰英如此帥氣，於是雙眼發光地欣賞著。

宰英　　（一邊工作）如果你一直這樣看我，你的簡報今天就沒辦法完成了。

尚宇　　（難為情地）我是在監視你。
　　　　（站起身）我先去一趟廁所，你不要做一些奇怪的事喔！

看著高傲地說完就逕自走向廁所的尚宇而噗哧一聲笑出來的宰英，
回頭看了一眼簡報，再次陷入無奈。

宰英　　版型……真的沒有別的了嗎……

宰英打開硬碟，四處翻找著……
突然發現了一個名為「張宰英」的奇怪資料夾。宰英歪了歪頭，接著點開。
看見裡面又分成〔社群平臺活動〕／〔作品活動〕／〔興趣〕等子分類資料夾。
那些資料夾裡，儲存了宰英的各種相片和資料。

宰英　　（瞠目結舌）這些到底是什麼……
　　　　（目瞪口呆地）秋尚宇，你這個變態……

此時，好像現在才想到，猛然打開門衝了出來的尚宇。

導演指示

宰英利用
身高優勢
死守筆電。

尚宇　　不行！不要看！

尚宇雖然想要擋住筆電，卻已經太遲了。
「這些是什麼？嗯？你是從什麼時候開始收集的？」
覺得尚宇可愛到不行而不斷捉弄他的宰英，
以及，「你幹嘛隨便看別人的資料夾？這是我的隱私！」
不斷掙扎，想要搶回筆電的尚宇。
可愛地打打鬧鬧的兩人，身上的重量不斷壓在筆電的鍵盤上。
「嚇！」兩人突然都嚇了一跳，同時看向筆電的螢幕。

伴隨著彷彿發生錯誤的「滋滋滋」聲，「錯誤」標示浮現。
接著，「清除」的字樣跳出後，電腦立刻關機！

尚宇閉上眼睛，
宰英覺得他可愛，
並朝他的瀏海
吹了口氣。
兩人相視而笑，
然後……親臉頰？
親脖子？接吻？

語意錯誤 END

看著高傲地說完就逕自走向廁所的尚宇而噗哧一聲笑出來的宰英，
回頭看了一眼簡報，再次陷入無奈。

宰英　版型……真的沒有別的了嗎……

宰英打開硬碟，四處翻找著……
突然發現了一個名為「張宰英」的奇怪資料夾。宰英歪了歪頭，接著點開。
看見裡面又分成〔社群平臺活動〕／〔作品活動〕／〔興趣〕等子分類資料夾。。
那些資料夾裡，儲存了宰英的各種相片和資料。

宰英　（瞠目結舌）這些到底是什麼……
　　　　（目瞪口呆地）秋尚宇，你這個變態……

此時，好像現在才想到，猛然打開門衝了出來的尚宇。

尚宇　不行！不要看！

尚宇雖然想要擋住筆電，卻已經太遲了。
「這些是什麼？嗯？你是從什麼時候開始收集的？」
覺得尚宇可愛到不行而不斷捉弄他的宰英，
以及，「你幹嘛隨便看別人的資料夾？這是我的隱私！」
不斷掙扎，想要搶回筆電的尚宇。
可愛地打打鬧鬧的兩人，身上的重量不斷壓在筆電的鍵盤上。
「嚇！」兩人突然都嚇了一跳，同時看向筆電的螢幕。

伴隨著彷彿發生錯誤的「滋滋滋」聲，「錯誤」標示浮現。
接著，「清除」的字樣跳出後，電腦立刻關機！

語意錯誤 END

導演的話

　　還記得接到執導《語意錯誤》的提議後，直到翌日天亮前，我便馬不停蹄地讀完了原著。幽默的臺詞和情境使我咯咯笑個不停，也曾為了浪漫場景而倒抽一口氣，甚至還不由自主張望了一下其實沒有任何人的四周，心裡想著：怎麼可能這麼有趣？兩個男人間的戀愛，也可以讓人如此心動嗎？因為這本難得一見的優秀羅曼史小說，我完全陷入了這部作品的魅力裡。

　　此後，我和J-sun編劇、李河恩製作人一起度過了四季。和她們一起徹夜工作的無數個夜晚，我們讓宰英、尚宇、宥娜、智慧以電視劇的角色重新誕生。為了讓原先只存在於文字裡的他們能夠早日化身成會呼吸的人物，我們每一天都過著心情激昂的日子。

　　尤其，看到編劇以「十分鐘，不能再多了」這句對白做為第三話的結尾後，我記得當時自己忍不住發出了衷心的讚嘆。

　　這句令人心動的臺詞（雖然比起我，朴栖含演員好像更喜歡它），以及讓人只想馬上追看第四話的尚宇和宰英之間的張力，也是讓整部電視劇的題材變身成羅曼史的轉捩點，成為了我個人最喜歡的結尾。但是第三話在全八集的電視劇中是最短的，只有十七分鐘，當時擔心因為時長問題而不能死守這個結尾，所以感

到非常緊張，為此我還寄了臨時剪輯的版本給Watcha。令人感激的是，Watcha
和製作公司比我更用心喜歡「十分鐘，不能再多了」這句話，最後才得以成功守
住這個結尾。

　　就這樣，在大家的用心和喜愛之下，電視劇《語意錯誤》終於誕生了。演員
和製作團隊「來夢來人」、Watcha，大家都帶著無限的愛一起完成了這部作品；
互相扶持、一起絞盡腦汁解決問題的導演組和製作組，所有人的感情好到不想分
開。努力協助尚有許多不足之處的導演組的攝影、燈光、美術、編輯、特效、音
效導演及各組的組員們，能夠遇到他們，是我的幸運；能有現在的成果，也全都
是托了他們的福。

　　當然還有承受住壓力，化身成角色本身的演員們。我想再次告訴大家，在片
場的每一天，可以透過螢幕看到他們打造的世界，對我來說不知道有多幸福。

　　最後，我想要感謝忍受無數個白色無題畫面，最後創作出深受大家喜愛劇
本的J-sun編劇，以及每當我迷失方向時，都會替我指出方向的李河恩企畫製作
人，多虧了她們兩位，我才能走完這段漫長的旅程。

　　像這樣寫著導演的話，我這才有了要和《語意錯誤》道別的感覺。感謝在播
映時一直為我們加油的觀眾們，我才能不再那麼執著，瀟灑地放下這部作品。在
《語意錯誤》的世界裡只有秋天，我也希望以後每到秋天，可以讓各位再次想起
《語意錯誤》的餘韻。

　　真心期盼《語意錯誤》可以在溫柔、可靠的諸位心中，帶來一絲幸福⋯⋯

導演　金率挺
敬上

To. 참참이형

일단 진짜 처음 오디션에서 봤을때 진짜 찐당황 한거
알져??? 근데 진짜 형이랑 친해줄 지는것도 빠르게
친해지구... 저 (상우) 한테 형은 진짜 재영이
그 자체 였음요. 원래 눈물 잘 없는데 진짜...
갑자기 눈머져서 눈물나고.... 사실 촬영 내내
형한테 받기만 한것 같아서 미안하고 고맙고
이래저래 힘들어 할때도 잘하고 있다고 위로 해주고
너무 고마웠어요. 아직껏 그동안 길게 촬영한
작품이 처음이기도 했지만, 여러모로 오래오래 기억에
남을것 같아요 앞으로도 재찬쓰의 멋진 참참이형이
되어 줬음 좋겠어요.. ㅎㅎ 사랑해여 ♥

　　　　　　　－막찬 끝내고 대간지난 (상우) 재찬－

To 含含哥：
首先，在試鏡的時候第一次見到你，我真的感到很慌張的事，你應該知道吧？？？不
過，後來跟哥也很快就混熟了……對我（尚宇）來說，哥真的就是宰英本人。原本我
是不太會流淚的人，可是真的……拍攝的時候，會突然感到傷心而流淚……其實，在
拍攝期間，我好像老是從哥身上得到東西，這讓我覺得又抱歉、又感謝。因為各種原
因覺得辛苦的時候，你也會稱讚我做得很好、給我安慰，真的非常感謝你。雖然這是
我第一次在這麼長的時間裡進行如此深入的拍攝，不過這段時間的點點滴滴，應該會
在我的記憶中保留很長一段時間。希望以後你還可以繼續當宰燦的帥氣含含哥……呵
呵！愛你唷 ♥
　　　　　　　　——最後一場戲拍攝結束兩個小時後的（尚宇）宰燦

To. 재찬.

재찬아 ... 촬영이 ... 재밌게

... 잘 ... 다행이다.

네가 ... 상우역 ... 다행이다 ... 진짜요.

나이 차이가 많이 나지만 ... 아우같이

정말 ... 동생 겸 ... 조카

같은 것 같다. 아무튼 ... 정말

신기한 인연인 것 같다.

넌 ... 잘 될거니까 ... 화이팅.

너무 ... 어른이 ... 귀엽게.

촬영 고생했고. 고맙고 재찬아

사랑한다. — 서하 삼촌이 —

2021. 12. 11

안산대학교

8시 43분..

P.S. 넌 진짜 잘해.

화이팅!

To 宰燦:
宰燦啊！拍攝還算順利、有趣地結束，真是太好了。真心覺得，幸好尚宇這個角色是你扮演的。雖然我們的年齡差距有點大，但是對我來說，你是個很好的弟弟兼姪子般的朋友。不論怎麼說，這真是一段神奇的緣分。你的未來一定會很順利，加油！不要變得太成熟，就這樣一直可愛下去吧！拍攝期間辛苦你了，同時也很謝謝你，宰燦，愛你唷！

——栖舍叔叔

2021.12.11. 8點41分，於鞍山大學

PS. 你真的很棒，加油吧！

國家圖書館出版品預行編目資料

語意錯誤寫真劇本集/諸怡宣作. -- 初版. -- 臺北市：春
　光出版, 城邦文化事業股份有限公司出版：英屬蓋曼
　群島商家庭傳媒股份有限公司城邦分公司發行, 民
　2022.10
　　面；　公分. --
　譯自：시맨틱 에러 대본집
　ISBN 978-986-5543-99-0（平裝）

862.55　　　　　　　　　　　　　111013090

語意錯誤寫真劇本書

Semantic Error Script Book　시맨틱 에러 대본집

作　　　　者／J-sun 諸怡宣
譯　　　　者／莊曼淳
企畫選書人／王雪莉
責 任 編 輯／王雪莉

版權行政暨數位業務專員／陳玉鈴
資深版權專員／許儀盈
行 銷 企 劃／陳姿億
行銷業務經理／李振東
總　編　輯／王雪莉
發　行　人／何飛鵬
法 律 顧 問／元禾法律事務所　王子文律師
出　　　版／春光出版
　　　　　　臺北市104中山區民生東路二段 141 號 8 樓
　　　　　　電話：(02) 2500-7008　傳真：(02) 2502-7676
　　　　　　部落格：http://stareast.pixnet.net/blog E-mail：stareast_service@cite.com.tw
發　　　行／英屬蓋曼群島商家庭傳媒股份有限公司城邦分公司
　　　　　　臺北市中山區民生東路二段 141 號11 樓
　　　　　　書虫客服務專線：(02) 2500-7718 /(02) 2500-7719
　　　　　　24小時傳真服務：(02) 2500-1990 / (02) 2500-1991
　　　　　　服務時間：週一至週五上午9:30～12:00，下午13:30～17:00
　　　　　　郵撥帳號：19863813　戶名：書虫股份有限公司
　　　　　　讀者服務信箱E-mail: service@readingclub.com.tw
　　　　　　歡迎光臨城邦讀書花園 網址：www.cite.com.tw
香港發行所／城邦（香港）出版集團有限公司
　　　　　　香港灣仔駱克道 193 號東超商業中心 1 樓
　　　　　　電話：(852) 2508-6231　傳真：(852) 2578-9337
　　　　　　E-mail：hkcite@biznetvigator.com
馬新發行所／城邦（馬新）出版集團　Cite（M）Sdn. Bhd
　　　　　　41, Jalan Radin Anum, Bandar Baru Sri Petaling,
　　　　　　57000 Kuala Lumpur, Malaysia.
　　　　　　Tel：(603) 90563833 Fax：(603) 90576622　E-mail：service@cite.my

封 面 設 計／蔡佩紋
內 頁 排 版／邵麗如
印　　　刷／高典印刷有限公司

■ 2022年10月27日初版一刷　　　　　　　　　　Printed in Taiwan

售價／699元

城邦讀書花園
www.cite.com.tw

ISBN　978-986-5543-99-0
EAN　471-770-2118-576-0

104臺北市民生東路二段141號11樓

英屬蓋曼群島商家庭傳媒股份有限公司
城邦分公司

- -

請沿虛線對折，謝謝！

愛情・生活・心靈
閱讀春光，生命從此神采飛揚

春光出版

書號：OW0005　　書名：語意錯誤寫真劇本書

讀者回函卡

謝謝您購買我們出版的書籍！請費心填寫此回函卡，我們將不定期寄上城邦集團最新的出版訊息。亦可掃描QR CODE，填寫電子版回函卡

姓名：_____

性別：□男　□女

生日：西元_____年_____月_____日

地址：_____

聯絡電話：_____　傳真：_____

E-mail：_____

職業：□1.學生 □2.軍公教 □3.服務 □4.金融 □5.製造 □6.資訊

　　　□7.傳播 □8.自由業 □9.農漁牧 □10.家管 □11.退休

　　　□12.其他 _____

您從何種方式得知本書消息？

　　　□1.書店 □2.網路 □3.報紙 □4.雜誌 □5.廣播 □6.電視

　　　□7.親友推薦 □8.其他 _____

您通常以何種方式購書？

　　　□1.書店 □2.網路 □3.傳真訂購 □4.郵局劃撥 □5.其他 _____

您喜歡閱讀哪些類別的書籍？

　　　□1.財經商業 □2.自然科學 □3.歷史 □4.法律 □5.文學

　　　□6.休閒旅遊 □7.小說 □8.人物傳記 □9.生活、勵志

　　　□10.其他 _____